444号家具店

# 深山客栈

烟二 著

SPM

南方出版传媒

广东人民出版社

·广州·

图书在版编目（CIP）数据

444号家具店.深山客栈 / 烟二著. —广州：广东人民出版社，
2021.3

ISBN 978-7-218-14756-7

Ⅰ.①4… Ⅱ.①烟… Ⅲ.①推理小说—中国—当代 Ⅳ.① I247.5

中国版本图书馆CIP数据核字（2020）第250394号

444 HAO JIAJU DIAN　SHENSHAN KEZHAN
**444 号 家 具 店　　深 山 客 栈**

烟二　著

版权所有　翻印必究

出 版 人：肖风华

责任编辑：黄炜芝　张　颖
责任技编：吴彦斌　周星奎
出版发行：广东人民出版社
地　　址：广东省广州市海珠区新港西路204号2号楼（邮政编码：
　　　　　510300）
电　　话：（020）85716809（总编室）
传　　真：（020）85716872
网　　址：http://www.gdpph.com
印　　刷：广东信源彩色印务有限公司
开　　本：890毫米×1240毫米　1/32
印　　张：8.5　字　　数：200千
版　　次：2021年3月第1版
印　　次：2021年3月第1次印刷
定　　价：39.80元

如发现印装质量问题，影响阅读，请与出版社（020-85716808）联系调换。
售书热线：（020）85716826

# 目　录

# 〝引子〞

前几年新修的水泥路到此为止，离开了苍穹山景区，再往西去，就只剩下一条崎岖荒芜的山道。

少数开车的旅客会因为好奇而继续向前行驶，在看腻了周围一成不变的草木后，纷纷失望地掉头折返；偶尔也会有出于各种缘由、不得不向深山行进的家伙，彼时，热心的商户便会提醒他们，沿着山道绕过四五个弯，日落前，还有一处能歇脚的地方。

群山交会间，是自然形成的谷地。

山谷临近山道的位置，坐落着一座仿古样式的院落，黑瓦白墙，飞檐翘角，四下是盈盈翠色，举目是万里晴空，颇有地底窥天的意境。院子整体呈四方形，四面被高墙围拢，叫过路者瞧不出内里有什么门道，只能看到镶嵌着铜制铺首的两扇大门上方悬着一块木匾，上书"不来客栈"四个墨字……

这里，有入山前最后一缕人间烟火。

听当地人说，这地方原本就有座难辨朝代的古宅遗址，前几年开发苍穹山，本打算将其作为旅游景点重新修葺一遍，却因资金问题中途作罢，又荒废了好些年，直到最近才被邻市来的生意人以低价租赁下来，改建成了客栈。

为了和古宅景致相衬，那生意人不知从哪儿弄来许多古旧家具置于每间客房中，不乏价格不菲的老物件。见客栈经营者投入不计成本，又疏于宣传、营销，于是有好事者传言，说此人多半是发了不义之财，东窗事发，才带着全部家当隐于深山中避风头。

附近商户大多不信这个说法。

毕竟，这深山客栈的老板看上去不过二十出头，生得眉眼清秀，逢人便笑，怎么看都只是一个没有经商头脑，又喜欢附庸风雅的小年轻，等败光了爹妈给的血汗钱，自然会夹着尾巴离开这里。

瘫在花梨木躺椅上的"小年轻"莫名打了个喷嚏。

原本团在他怀中假寐的黑猫倏地睁开金瞳，四下观望片刻，在确认没有危险后，才缓缓舒展身躯，不悦地踩着主人的脸离开。男人不满地哼了一声，拨弄着被小兽弄乱的头发，浅色的眼眸中透露出一丝无奈。

沉重的木门被人从外推开，发出"吱呀"一声响。

见有生意上门，客栈老板终于舍得起身，抬手抚平衣服上的褶皱，冲刚进门的客人淡淡地笑。

"只有四间客房……房费？明码标价！不参与任何景区优惠活动。"

"另外，房间里的木头家具可都不是便宜货，请务必小心对待。"

"我店里有一条规矩，得先和你说明白：不要在深夜时随意出门走动。至于原因，那是因为每天午夜十二点过后，不来客栈还要做别的生意，喏，就在我身后这间名叫'闻木轩'的小二楼里……喂，你那是什么眼神啊？当然是正经生意！"

## // 梧桐棺·棺材里的残肢 //

这一场雨比想象中来得更突然。

雨水的凉意混合着黑夜的诡秘，让整座苍穹山变得不同于往昔。

一辆小型货车"暂停"在泥泞褊狭的山路上，尽管发动机倔强地咆哮着，轴承带动四只轮胎飞速旋转，车体却纹丝不动，仿佛是被一只从后方伸出来的无形大手给拉扯住了，数次尝试未果，引擎落败，货车倏地熄了火。

车门被人猛地推开，一个干瘦的男人从驾驶室里走出来，骂骂咧咧闯入雨帘。

前照灯一灭，他只能举着手机照明，围着座驾检查了一圈，却未寻到任何异常：路面上既没有泥坑，也没有障碍物，只有车胎被压扁了些许……不对啊，拉货上路时可没显示过超载，难不成，那玩意儿还能慢慢变重不成？男人想着心事，目光不由飘去栏板后面，盖在货物上的防雨布不知何时被风刮落，露出四方棺椁的一角。

这一趟，运的是一口棺材。

准确来说，是他自己的棺材。

满脸焦躁的男人在车尾站定，铆足力气推了车身一把，又愤愤踢上几脚，本就外凸的眼珠似乎爆得更厉害了，车轮分毫不动，倒是飞溅的泥水将他的两条裤腿全部打湿。他抓起手机看了看，没有信号——即便现在能打通救援队的电话，等他们找来这里，估计也是几个小时以后的事。

雷声将他的咒骂吞没。

眼瞅着一道雷劈开夜空，落于不远处的山头上，男人浑身一个激灵，瞬间清醒不少。他用手背擦干脸上的雨水，再抬眼时，竟发现前方的黑暗中幽幽燃起一点光亮——那是一盏白面灯笼，也不知是什么材质，在这般恶劣的雷雨天气里依然亮得晃眼，白森森地散发出瘆人的阴气。

刚才怎么没看见这附近有住户？强压下心中疑虑，心急的男人支起三脚架，三步并作两步向着光亮跑去。

那是一座颇有几分禅意的古宅，至于是真的古旧，还是刻意做出来的沧桑，那便不得而知了。借着灯笼的白光，男人看得很清楚：高悬在门口的木头牌匾上写着"不来客栈"四个字。客栈？下午开车经过苍穹山景区，沿路都是风格各异的民宿和农家乐，这里，应该也和那些差不多吧？

有歇脚的地方，就一定有人。

这么一想倒是宽心许多，于是，他抓起门上的铜环，重重扣了下去。

5

两扇看似笨重沉实的木门并未上栓，几乎不怎么费气力就能推开，一脚跨过门槛，扑面而来的是一股木头特有的冷香，即便在雨水中也清晰可闻；香味散尽后，就只剩下了冷，雨滴落于脸上，满身狼狈的男人不禁打了个哆嗦。

古宅四面高墙，宛若一座围城，几间矮屋散落四周，众星捧月般衬托着中间位置上的二层建筑。廊庑上摆着一张躺椅，听闻动静，原本正在躺椅上小憩的年轻男人慢悠悠睁开眼，声线慵懒地唤了声："住店吗？"

"我就是来……"

"再往前去就进山了，这么晚，又下着雨，走山道很危险的。"并不在意来客的真实意图，店家用一种仿佛看穿一切的目光打量着他，"更何况，你车上还装着'十大块'呢，那玩意儿最容易招惹不干净的东西"。

大多数的棺材由十块木料打制，盖三块，底三块，左右邦各两块，前后档各两块，所以在很多乡下地方，又被称作"十大块"。

男人听罢，大惊道："你小子怎么知道……"

年轻的店家抬手指了指安装在廊庑一角的监控摄像头。

毕竟是迎来送往的旅店，在门口山道上装监控，倒也说得过去。虽然满心疑虑，男人没再说什么，他低头考虑片刻，最终还是松了口："行吧，那就住一晚。"说完，他又补上一句，要最便宜的房间。

"我这儿的房间都不便宜，但是既来之，则安之啦。"店家谄媚地笑了笑，领他沿游廊向几座矮屋走，"我姓杜，单名一个卿字，请问怎么称呼？"

"赵得财。"男人神色鬼祟，犹豫着问，"要登记吗？我、我

6

没带身份证……"

"不必了，我这儿可没那么多规矩，赵哥只要记得，晚上十二点之后不要随便出门走动就行。"杜卿说罢，转身又冲身后招呼道，"莫换，泡壶茶水送去'地'字房"。

赵得财随他一并望过去，惊觉游廊里根本没有人，只有一只金瞳黑猫，不远不近地跟在两人身后——方才那畜生就歇在躺椅底下，他还以为就是个黑不溜秋的枕头。那姓杜的话音刚落，黑猫颇有灵性地"喵呜"了一声，跑远了。

他正啧啧称奇，杜卿忽然道："赵哥走这一趟，是给家里老人尽孝呢？"

"不是。"

"那就是，从事这一行当？"

"也不是。"赵得财四下张望，不经意说了实情，"给我自己运的"。

杜卿故作惊讶："实不相瞒，我以前也做过好几年'十大块'的生意，只是，给自己选棺材的人不少，给自己运棺材的，还是头一回见。"

如今这年月，不少偏僻村落依然保留有土葬习俗，做棺材有讲究，运棺材也有讲究，手头宽裕的人家会花钱请专人来运送，用什么车、走什么路线都要事先安排好；就算为了省钱自己租车拉棺，那也该是由子女来操心，而面前这位已过天命之年的客人居然亲自上阵，不免让人好奇其中缘由。

年轻的客栈老板眉眼生得很淡，又穿一身宽松的月白居士服，着实有一丝隐世高人的味道，无端勾起了赵得财的倾诉欲："我这辈子没成家，能指望谁啊？听老乡说，惑城那边梧桐棺材便宜，我就给自己先备上一口，这几年，我们村能干活的木匠都去城里讨生活了，棺材不好买。"

杜卿点点头："既是从惑城过来的，怎会走景区山道？"

赵得财唆着嘴，并不打算回答这个问题，满脸写着老江湖的精明。

他这一沉默，听者心里倒是有了些数——多半是身上带着案底，要是走外面的路，只要被拦下一查，铁定会翻出些"陈年旧案"，这种人，就像是活在阴沟里的老鼠，连一天的太阳都晒不得。

或许是出于心虚，赵得财妄图转移话题："哎，你说，我那货车又没坏，地上也没有泥坑……怎么就动不了呢？真是活见鬼！"

"可能是棺椁里积了雨水吧？"杜卿摸着下巴，"若是漆工没做好，让木头吃了水，分量可不轻啊。"

"啧，有道理！"

"等天一亮，我让伙计跟你出去瞧瞧，把里头的水舀出来便是。"

"最好是这样，万一是车出了毛病……哎，那可真是要了人老命！"

"还有另一种可能：那棺材里本就装了些别的东西，只是你一直没发现罢了。"杜卿若有所思地笑了笑，迎上客人不解的眼神，"不过，能寻到不来客栈，便是有缘人，我们自当好好招待。"

赵得财听得心头一紧，总觉得那一声"招待"，别有用意。


按照杜老板的说法，这不来客栈只有四间客房，地字房位于西南角上。

中式装修的客房比想象中更大，说是套房也不为过，古典家具虽不成套，但搭配、摆放颇为讲究，看得出店家的良苦用心；不同于其他民宿刻意营造的怀古之风，这里几乎每一件家具都带着浑然天成的古意，好似已经在这座深山古宅里静候了数百年，直到房门被推开的瞬间，才得以重新见得天日。

见客房里空调、台灯、热水壶之类电器一应俱全，今晚的住客才稍稍定下心神，在房间里转悠了一圈，没见过世面似的摩挲着那些家具："这床和椅子，不便宜吧？"

杜卿当即舒展开一个笑容："赵哥好眼力，不光是这架子床和南官帽椅，还有那贵妃榻和杌凳，都是我的私人藏品。"

说话间，有人提着只铜制茶壶走进客房，冷不丁插嘴道："……都是之前卖不出去的家具。"

是那名叫做莫换的伙计。

他身材高挑、样貌俊朗，却从头到脚裹着一身黑，浑身透出一股疏离感，像是生了锈的兵器般让人不想亲近。杜卿没好气地瞪了自家伙计一眼，加重语气又向客人强调一遍："是私人藏品。"

说罢，他接过莫换手里的茶壶，轻嗅几下，立刻露出痛心疾首的表情："你泡茶用的是我那包'明前碧螺'？"

"有问题吗？"

"我说过好几遍，给客人喝的茶叶放在曲尺柜台上的罐子里。"他压低声音，略带不满地嘀咕一句，"这茶叶很贵的"。

姓莫的伙计分毫没把自家老板放在眼里，冷哼一声，头也不回地走了出去。杜卿屏气吞声却又无可奈何，只好勉强压抑住破财后的悲痛，换上笑脸与客人商议："赵哥你看，这茶钱……也要记得给喔。"

自打住进这地字房，时间仿佛过得飞快，赵得财洗漱完毕，就已经到了深夜。

入夜前他去过一次闻木轩，想问问有没有吃的，可那位神神叨叨的杜老板只告诉他院子里种有蔬菜、灶房里还有腌渍过的肉食，若是饿了就自己生火摆弄……至于所用食材的钱，退房时一并结算。

哪有在这荒郊野岭开客栈，却不管住客伙食的？摸不清这家客栈的古怪规矩，赵得财不敢轻举妄动，最后拿了桶泡面悻悻回房。

电视翻来覆去只有几个频道，手机信号断断续续，男人躺在床上辗转反侧，越想越觉得奇怪：这个总是一脸高深莫测的老板不会是什么江湖骗子吧？那一壶不知真假的明前碧螺，不会开出天价吧？还有那个脾气不好的面瘫脸伙计，怎么看，都像是雇来看家护院的打手！

难不成，自己进了家黑店？

赵得财艰难地吞咽着口水，起身拉开竹帘，瞧了眼窗外：雨已经停了，空气里弥漫着泥土混合着草木的味道，还有一丝分不清是锈水还是血水的腥臭，随着寒气一并钻入鼻孔；院子里栽种着品类繁多的花草和蔬果，枝叶重重交叠，像是无数摇曳的人影蹲守在那里，冲着房间里的住客，摆出各种扭曲怪异的姿势……

男人赶紧合上窗，鸡皮疙瘩布满一身。

必须得走！哪怕是摸黑走山路，也比留在这里被狠宰一刀强！

这个念头从赵得财的脑海里一闪而过，而后他火速付之于行动，但他又想到，就这么两手空空地离开，着实有点不甘——那杜老板可是亲口承认过，客房里有不少值钱货。这几年外面风声紧、

10

查得严，老本行越来越不好做，难得跑一趟，至少得把油费赚出来吧？他的目光在房间里扫视一周，随即走到桌案旁，将看上去就不便宜的雕花妆奁揣进怀里。

还是差了点意思。

赵得财向外凸起的眼珠动了动，一把扯过床单，将手边小件的木制品全数扔进去，四角打结，拧成包裹扛于肩上，临出门前，还不忘顺走了泡澡木桶里的半个瓢——棺材里囤积的雨水得想办法排空，不然还是走不了。

古宅四间客房都陷于黑暗之中，唯有那座小二楼还有零星微弱的光，照亮了前行的路。赵得财之前就觉得奇怪，整座客栈好像只有那主雇二人出入，别说其他伙计，就是连活人都没见着一个……不过也多亏如此，逃离计划十分顺利，他找到仍停靠在山道上的货车，解下肩上满载"战利品"的包裹，得意洋洋地吹了个口哨。

货车是三年前买的二手车，驾驶室空间不大。赵得财盯着那口棺材，暗自盘算得先把里面的水舀干，再把顺手牵羊来的东西藏进去。他抬脚跨上栏板，推开棺盖，果不其然，里面已经盛满液体，散发出一阵阵恶臭。

不，不是臭味，是很浓的腥气。

该不会是有动物尸体烂在里面了吧？赵得财一脸厌恶，屏住呼吸，舀了几瓢，却被沉在棺材底部的某样东西阻碍了动作，他愣神，拿瓢接连划拉了几下，却一无所获。夜色极浓，那棺椁像是一口灌满了黑色染料的大缸，掩饰住一切真相。男人唾了口吐沫，撸起袖子，将手伸探进了棺材里。

几秒钟后，惊恐万分的尖叫声划破了山中静谧。

囤积的雨水中忽然出现了一只手，死死拽住他的手臂，随即，孩童的哭嚎声犹如潮水般涌入他的双耳，一声比一声凄厉！被吓破了胆的男人眼角欲裂，猛地抽回手，跌坐在棺材尾端，哆哆嗦嗦地捂住耳朵，直到黏稠液体滴落到脸上，他才意识到棺材里所盛的并非是雨水……

那分明是血水！

无数咒骂的话卡在嗓子眼里，半个字都吐不出来，连喘气都变成了一种奢侈，赵得财只能用胸腔里仅存的一点气息发出毫无意义的尖叫；但叫声愈大，不知从何而来的孩童啼哭声也愈大，吵得人神志昏聩、头重脚轻。他扶着栏板，跌跌撞撞爬下货车，在泥水里滚了几圈后才玩命似地向着不来客栈的方向奔去——那里有人！他现在迫切想要见到能说话、能喘气的大活人！哪怕他和奸猾狡诈的生意人、冷酷无情的打手同吃同住也没关系，总好过被这种不干净的东西缠上！

无视周围的一切，他用最快的速度穿过廊庑，直奔闻木轩，重重拍打门框："杜老板？杜老板！你睡了吗……这里，还、还有活人在吗？喂，来个人啊！开门！"

门从内被人拉开，迎接他的是冷着脸的客栈伙计。

莫换侧身将败兴而归的客人让进屋，见他身上沾着血水，并未显现出丝毫惊愕。倒是赵得财瞪大眼睛看着眼前的一切，脸色逐渐变作灰白：屋里的家具陈设皆不同于白日，齐全的电子设备也都不翼而飞；落地香炉轻轻袅袅冒着青烟，目之所及处，没有一丝现代气息，像极了电视剧里那些古代富贵人家的大宅；那姓莫的伙计虽然还是一身黑衣，但俨然变作古代游侠的样式，在他的束腰后面，甚至还横着一把短剑。

老天还嫌他今天遇上的怪事不够多吗？大活人装神弄鬼穿成这

样又是要干吗！赵得财狠命抓着头皮，心里想着要逃，双腿却软到根本迈不开步子，只能硬着头皮往里走："杜、杜老板他人呢？"

莫换没有回答，转身向屏风后走去。

赵得财不敢多问，耸着肩，垂着眼，不近不远地跟着，直到前面的人停下脚步，才做贼心虚地抬头瞅了一眼：那位年轻的客栈老板正坐在案几边用毛笔写字，而他的面前，则放着一盏样式古朴的油灯以及成堆的书册、竹简，还有一只精巧的白瓷瓶，里面插着几枝叫不出名字的、青白色的花……总之，都不是现代人日常生活中会用的东西。至于人，也是古代打扮，青衫束发，环佩锵鸣，和黑衣服的那位不太一样，乍一看，就是位大户人家的富贵公子。

见有客到访，杜卿搁下笔："我不是说过，十二点过后不要出来走动吗？"

赵得财不声不响地将沾染着血水和污秽的手臂藏到身后，神色有一丝慌乱。所幸，杜卿没有追问他离开房间的原因，而是指着对面的蒲团说了声"坐"，和颜悦色地问他遇到了什么麻烦。语毕，又示意莫换为客人拿来擦脸的布巾和热茶。

掉了魂的男人这才恢复些许精神，语无伦次地说起方才的经历："我、我就是想出去看看车，结果，就听见有很多小孩在哭，很多，而且全都在哭，喊也不答话，骂也骂不走……棺材里是有水，但不是雨水，是血水！还有不知道谁的……咳，别提了！我怀疑有人藏在棺材里跟了我一路，你们年轻人胆子大，谁过去帮我看看？"

"棺材里装着什么，你真的不知道吗？那形状，那触感，分明是一只手！"笑意从杜卿微挑的眼角渐渐扩散开，"区区残肢而已，就把赵哥吓成这样，若是开棺见到本尊，你该如何是好？"

“你……你怎么知道棺材里有只手？”

“是那口梧桐棺告诉我的。”

“瞎说什么！”赵得财一嗓子喊破了音，“啥事都往棺材上扯，吓唬谁呢！”

“这怎么能是瞎说呢？木头知道的事，我都知道。”杜卿笑容一收，“包括，那些你想带进棺材里的秘密”。

“什么秘密？我一个糟老头子能有什么秘密！别再给老子装神弄鬼了，说清楚，这到底是什么地方？你们到底是什么人？”赵得财倏地站直身子，伸手指着面前高深莫测的年轻店家，“你怕是不知道老子当年是干什么的吧？信不信我这就砸……哎哟……”话未说完，莫换便黑着脸一脚踹在他的小腿肚上，赵得财一个吃痛，咧着嘴重新跪坐在蒲团上，再也没了先前的嚣张气焰。

“这里，是解惑之地；我们，是渡你之人。”心知有人在身旁为自己“保驾护航”，杜老板并未因方才的小插曲有任何动摇，转而又道，“如果你不想再被那只手纠缠，可以与我做个交易——放心，我不要你的钱，也不要你的命，只要一棵树，等你阳寿耗尽，那棵树，便归我们处置”。

“什么书？我不认识几个字，我没有书！”

“不是书，是树。”

“我在乡下也没有种过树……”

“一时半会儿说不清，你跟我去个地方，就全都明白了。”杜卿认命般地眉眼一耷，被莫换狠狠剜了一眼后才重新坐端正，他搁下毛笔，将方才写的那张纸推到客人面前，“按手印吧”。

只见那宣纸上密密麻麻写满蝇头小楷，最后的落款，是赵得财的名字。

虽然不能完全看懂上面的内容，可他知道，但凡要按手印的，肯定不是好事。

"别担心，只是一张支付凭证。"杜卿双手合十，露出万分抱歉的神色，"山里信号不好，附近也没有可以蹭的无线网，不然，就让你直接扫二维码了——我们以前可都是线上支付的，唔，真怀念那时候啊"。

"你、你们……是驱鬼捉妖的道士吗？还是……"

"完全不一样，大多数时候，我们'守林人'只和人类打交道。"杜卿又笑，上挑的眼角透出些许得意，"自作孽，不可活，老祖宗的话终归是有道理的！所以啊，不要一遇到灵异事件就不问青红皂白推到神鬼妖怪的身上，他们很忙的，没空捉弄人类"。

"难道不是撞了鬼？不是的话，那、那只手到底是谁的！你倒是说，说啊！"

"你，相信因果报应吗？"


赵得财十分后悔。

他很快意识到这是一桩"强行买卖"的生意，而且自己作为买方，根本没有讨价还价的资格。签下所谓的凭证后，男人干瘦的手臂上立刻显现出一枚难辨字体的"允"字，至于究竟是"允诺"还是"允许"，却不得而知，待"允"字没入皮肉之中，便意味着双方达成交易。

见时机成熟，杜卿领着今晚的客人来到闻木轩一隅：雅正的白色纱幔后留出数米见方的空地，贴墙安置着一架一人多高的多宝格——正中央的格子里仅有一截枯枝，与周围那些分不清朝代的书卷竹简、古玩瓷器格格不入。

不等赵得财发出质疑，莫换将手掌轻抚在枯枝上，不知碰触到了何种机关，那多宝格竟缓缓开始向一侧挪动，原本空无一物的墙面上铺展开错综繁复的枝叶纹样，继而凭空出现了一道裂缝……

赵得财探着身子向缝隙里瞧看，随即绷紧脊背，如果没有记错方位，那堵墙后应该是苍穹山才对，怎么会是一座望不到尽头的森林？更令人咂舌的是，森林里的植物通体泛着幽绿色的光，与世间草木大不相同，更像是来自于另一个遥远的时空：仙境，又或是冥府。

他活了大半辈子，也没见过这等震撼人心的场面，心脏差点从胸膛里跳出来，不敢呼救，也不敢多嘴，只能半张着嘴，不停地倒吸冷气。

连通两个时空的裂缝越来越大、逐渐成形，直到长宽至足够成年人轻松通过时，才停止撕裂。杜卿率先走入其中，莫换垫后，赵得财夹在中间，不得不迈开步子。出于恐惧，没走多远他便一把抓住前方引路人，力度之大，差点扯掉杜卿半截袖子。莫换瞧不过眼，用剑鞘狠敲他的手背，吐出带着警告意味的三个字："别碰他。"

赵得财一吃痛，忙不迭松开手。

虽然气极，他一个半截身子入土的老东西又不敢真去和身强体壮的年轻人叫板，只能服软，装傻充愣道："两位大师，这里到底是啥地方啊？"

"长生林。"杜卿伸出手，拨弄了一下挡住去路的枝叶，"这里的每一棵树，都代表着世间存在过的一个生命，而挂在树枝上的果子，则是树主的记忆；树主离世，属于他的长生树也会随之枯萎，我们向你索要的报酬，便是那一截枯木"。

"要那玩意儿做什么？"

"你不需要知道。"

"那、那我会不会损阴德……"

"我说赵哥，你有多少阴德可损？"男人的语气中透出轻蔑，"等凭证生效，你已经躺在棺材里了——死人可不顾上那些"。

赵得财吃瘪，悻悻闭上了嘴，装模作样打量起面前那棵枝叶枯黄的树。彼时，本能的恐惧已经被本能的好奇所取代，他很快发现，树上那些果实像走马灯一般，正不断播放着自己的记忆：在那座废弃的粮仓内，男人举起斧头，没有半点迟疑地挥砍下去；不远处，有一只肮脏的大型狗笼，里面蜷缩着几个年幼的孩子，进出的门却被手臂粗的铁链紧紧拴住……无论那些脏兮兮的小东西怎样痛哭尖叫，恶魔始终无动于衷。

褪色的罪孽终究在这一刻重新被着色。

在记忆的森林中，时间不再是帮凶，而是最有力的指证者。

"那是你的长生树。"杜卿仰着脸，眯起琉璃色的眸子，"那些果实，是记忆，也是因果"。

树干上显现出一枚"允"字，和赵得财手臂上的一模一样。

施暴者忙退后两步，摇头否决："不、不是，弄错了吧？那些……我没有……"

"那些事是真是假，你应该比我们更清楚。"声音陡然转冷，杜卿望向今晚的客人，"你说对么，赵三？"

听闻许久不用的名字，赵得财面如土色，他退后几步，转身欲逃，却被莫换一把揪住衣领——男人的眼底压着怒意，一拳捶在赵得财腹部，后者双腿一软，半跪在地上，呕出几口酸水。

虽然长期本着"能动嘴就不动手"的原则行事，偶尔也会有意外，比如，遇上了这种十恶不赦的混蛋；但若是有客人在长生林里一命呜呼，作为守林人定难辞其咎。于是，杜卿蹙着眉，轻声提醒同伴："下手别太重，揍两拳差不多就行了。"

莫换活动着手腕："我知道分寸。"

揍两拳吗？也就是说，还有一拳……

第二拳，他也没有吝啬力气。

眼见那姓赵的疼得趴在地上求饶，杜卿指尖一动，脚下杂草发出窸窸窣窣的声响，无数扭曲的藤蔓急速生长，一道一道缠上赵得财的腿脚——越挣扎缠得越紧。等到他扯开嗓子高呼"救命"时，已然被拉扯到了长生树根部，下一秒，粗壮的树干"咯吱咯吱"崩裂，像巨兽张开了大口，急于吞噬眼前的猎物。

赵得财眼眶欲裂，嘴里喊着胡话，手指疯狂在地面上抠弄，却依然无法阻止自己一点点陷入回忆深渊的命运。


惊慌过度的干瘦男人终于意识到，自己回到了过去某个时间点，但眼前景象究竟是梦境还是现实，他也说不清——记忆中的那座废弃粮仓，早已在村里修路时被夷为了平地，但此时此刻，他却又一次站在了这里。

"什么情况？怎么把我搞到这地方……"

话说到一半，赵得财就猛地捂住了嘴：那暗哑苍老的声音，当真是从自己喉咙里发出来的？他伸手摸了摸脸和身体其他部位，顿时被一种前所未有的绝望所笼罩：凹陷的眼眶，松弛的皮肤，干瘦的手臂，佝偻的背，连模样也变成了年迈的老者？！

他无力地骂了句娘。

没有温度的男声忽而响起："安静点。"

那声音极其耳熟，藏身在草垛后的赵得财浑身一颤，低下头才发现，不来客栈的那只黑猫一直蹲在自己脚边，它像是监视者一般，用那双金色的眼睛幽幽盯着他。"年迈"的赵得财动了动唇，吞吐道："猫……说话……这声音，我明明记得是……你、你是客栈伙计？人变成了猫？还是猫……能变成人？娘亲诶，我这遇到的都是些什么事！"

黑猫灵敏地跃到上通风口，四下张望："嘘，闭嘴。"

粮仓的铁门被人从外拉开，冷风毫无预兆地灌进来，冲散了原本的潮湿气。四个男人提着酒瓶和盒饭，大摇大摆走在前面，而他们身后，跟着六个年幼的孩子。那些孩子无一例外穿着破烂衣服，满是污秽的小脸上没有一丝笑容，表情或是木然、或是恐惧，最后那个男孩，甚至是趴在装了滑轮的木板上一点点爬进来的。

他没有双腿。

孩子们按照指示列成一排，将讨来的钱翻找出来，全数交到为首的男人手中——那是年轻时的赵得财。

"二十六？你出去了一天，就讨来二十六块钱？给你们买饭都不够！"他点清第一个孩子上缴的钱后，立刻破口大骂，抓起地上的木棍就狠狠抽了他两下，又不解气地踹了一脚，"滚一边去！看到你就烦！"

"兔子赚了一百七……嘿，不错。"另一人点了点"板车男孩"的钱，得意洋洋地冲另外三人炫耀了一番，喂狗似的将盒饭里的肉丢了两片到男孩手上，算是奖励，"还是火车站那地方人多，明天再带个人过去，轮班"。

此时，农妇打扮的中年女人将身子探进来："赵三哥，这两个东西怎么搞？"她一手拽着一个小孩，一男一女，年纪都在七八岁

19

左右，说是朋友从城郊那边弄来的，抬了一手价转卖给她了。

赵得财扒着盒饭，不耐烦地抬了抬眼皮："老规矩，女娃娃卖了，男娃娃……这男娃娃长得挺标致，没有人要吗？"

"这个手不行了，干不了活。"女人咂咂嘴，"以前跑过一次，摔得狠，没给治"。

"砍了吧。"有人提议，"两只都砍掉，人废了就不敢跑了。"

"两只都砍了怎么拿碗讨饭？"赵得财哈哈大笑，忽而又灵光一现，"都砍掉也行，塑料盒拴绳挂脖子上"。他比划了一下，随即猛地一仰头，灌下几口酒，从麦秸秆堆里摸出一柄斧子，朝新送来的男孩走过去。

男孩已然明白了自己要经历什么，边哭喊边挣扎，想要逃离粮仓，却被站在门口的女人逮了个正着，重新推进魔窟："哎哟，我一个女人可见不得那血腥场面，赵三哥你们弄好了再叫我，我去外头烧点热水……"

被利欲熏黑了心的男人目露凶光，一把揪住男孩荡在袖子里的瘦弱手臂，却被求生欲望强烈的小东西发狠死死咬住肩膀。他一个吃痛，扬起巴掌扇在男孩脸上，怒骂道："活得不耐烦了，敢咬老子！"

冲着那张又怕又恨的小脸呸了口吐沫，他一斧头劈了过去……

痛苦的叫声没有持续太久，男孩因为失血过多而昏死过去。赵得财抹着脸上的血珠，眼珠子一瞪，杀鸡儆猴道："看见了吗？哪个小兔崽子不听话，就像他这样！"受惊的孩子们抱成一团，瑟缩着，呼救着，连哭都不敢大声，然而，这里除了恶魔就只剩下羔羊，没有人会来救他们。

"畜生。"立在高处的黑猫再也按捺不住。

"谁？谁在说话！"四下搜寻，歹人们很快发现了黑猫和老态龙钟的男人，没有人认为一只畜生会开口骂人，方才出声的只可能是那个老头。一个满脸横肉的男人上前抓住年迈的赵得财，斥道："这里有个老东西！谁弄来的？"

带着几分醉意，为首的男人提着滴血的斧头，摇摇晃晃走来。年迈的赵得财急了，用沙哑的声音冲他喊："赵三，你想干什么！你睁大眼睛看清楚！我就是你，我就是你啊！是以后的你！猫大仙，大仙救命！"

黑猫喵呜一声，事不关己甩着尾巴走开了。

至于年轻时的赵得财，完全没听明白他在喊什么，只是警觉道："这老不死的认得我？不会是我们村出来的吧？那只能弄他了！把老头弄傻了，也能带出去讨钱！找个小东西跟着他，摆块'辍学为爷爷筹钱看病''父母双亡爷孙两人相依为命'之类的牌子，总能骗到几个人吧……"

其他人全票通过了老大的提议，决定用铁棍和板砖把送上门来的摇钱树好好"改造"一番——为了敛财而失去人性的家伙们，面对年幼孩童都能下得去狠手，更别说面对一个半截身子入土的羸弱老头。

板砖敲下来的第一下，赵得财就觉得头晕目眩，继而发出凄惨的哭嚎，原本想到的、足以自证身份的话，在疼痛中被全数咽回到肚子里。

疼，只有疼。

喊，只能喊。

歹人们一合计，只有哑巴才不会泄密。

有人冲粮仓外面喊了一嗓子："婆娘，开水烧好了吗？拿进来！搞新花样了！"

赵得财整个人瘫软下去：用开水灌喉咙……这也是自己曾经的手段之一，只为了那些被拐骗来的孩童面对好心人的关切、警察的询问时，发不出任何声音。

女人听闻招呼，提着刚烧开水的热水壶走进仓库，几个人扑上来，强行撬开他的嘴。透过他们晃动的身体缝隙，赵得财看得很清楚，那几个蜷缩在角落里的孩子正盯着自己，然后慢慢绽放出诡异的笑容……

只有亲自直面过同样的恐惧，才会明白自己所背负的罪孽有多么沉重。

沉到举步维艰，重到入土难安。


在近处的猫叫声和远处的野兽嘶吼声渐渐融合，赵得财醒了过来。

他浑身上下像是被车轮反复碾压过一般，许久才有了点知觉。微凉的晨雾提醒着他，这里是苍穹山，不是那个作为"敛财基地"的废弃粮仓，也不是那座匪夷所思的森林。男人庆幸地想，一切都只是个梦吧？他想伸手摸一摸脸，确认容貌是否恢复，但无论怎样努力，肩膀以下都动弹不得分毫——有东西死死压住了他！

更要命的是，他发现自己正躺在一个狭长的、密闭的、黑暗的空间里……

是那口梧桐棺。

那压着他的……

是什么？

是什么！

猛然想到一个答案，赵得财死命挣扎起来，带着哭腔喊道："求求你们！行行好！别再折腾我了，放我出去！把、把我身上这些手啊、脚啊都拿走，我真的……咳，我会死的！真的会死的！"

"怕什么呀？棺材里放着的，不过是你偷来的东西罢了。"

空灵的男声落定，棺盖便被从外推开些许。借着依稀天光，赵得财看得清楚，来探望自己的人正是那位杜老板，而他的身边，还站着那位不知是人是妖的黑衣伙计；至于棺材里那些压得人喘不过来气的物件，全是昨夜他从客房里顺出来的"值钱货"。

杜卿没有给他起身的机会，一撩衣摆，径直坐在棺盖上，他一改先前笑颜，声音里透着清冷："我且问你，后来，那些孩子如何了？"

"后来？后来……我们被查了，仓库封了，有人来把残废的小孩子们都带走了，那几个兄弟也都进去了，我趁乱逃走，改了名字，东躲西藏十来年都没敢回去。"赵得财在棺材里难耐地挪动着身体，不敢有所隐瞒，"这么多年过去，我连个像样的家都没有，也没有女人愿意跟着我受罪……现在，我就想过几天安稳日子，没想到，居然栽在这个鬼地方……"

"安稳日子？"杜卿嘲讽，"那似乎就只有入土为安了吧？"

赵得财呼吸一滞，没敢接话。

可是，就算那些孩子回了家又怎样？肢体的残缺是不可逆的，有过这样的经历，身体和心灵上的创伤都再难愈合。不等杜卿指示，莫换便跳下货车，从山道边捡来几块分量不轻的石头压在棺盖上，只留下斜斜一条细缝让里面的人透气——这种歹毒之人，不配留在客房里过夜。

杜卿默许了自家伙计的举动。

他的声音自缝隙飘入梧桐棺内："既然知道了因果，便把欠下的债都还干净吧？等天一亮，我会和景区商会会长说明客栈失窃的事，到时候，自然会有人来送你出山。交代作案经过的时候，别忘了把以前犯的事交代清楚，不然，说不定还会在其他地方冷不防冒出来一只手、一只脚、一颗眼珠子，紧紧缠住你不放……"

"我知道！我交代！"棺材里传出惊恐的声音，"求您别说了！"

"还有，不该说的事，千万别多嘴。"

"明、明白的！你们这里……有、有很多树的事，打死我也不会说的！"

"唔，那就好。"杜卿笑着伸出手，轻轻拍了拍棺盖，"赵哥，睡个好觉。"


返回古宅的路上，莫换一路眉头紧皱，缄默不言。

杜卿猜测，他定然是想起了自己小时候的悲惨遭遇：同样是被一群歹人"圈养"，同样是用血肉和性命为他人效力，沦为赚取利益的工具，直至成年也无法逃离魔窟；被赵得财一行拐骗、摧残的孩子们尚且还有回家的可能，但莫换和他的同伴，却只有"失去自由地活着"和"被杀死"两种选择。

有意分散他的注意，杜卿发出感慨："果然还是想念城里的生活啊……"

莫换神色稍缓，安静等待后文。

见这招生效，杜卿眨眨眼，毫不吝啬地表达出对目前居住环境的不满："住在这样的深山古宅里，舒坦是舒坦，可出门买东西实在不方便，来住店的客人也不多，最重要的是网络信号太差，连游戏都玩不了！"

他絮絮叨叨说了一堆话，最后被莫换一声低语终结："我觉得这里很好。"

"哈？是因为山里人烟稀少吗？"

"如果你能再安静一些，就更好了。"

"我算是听出来了，你就是在拐弯抹角嫌我话多。"杜卿嗔怪地瞥他一眼，"我还是喜欢热闹一些的地方，这里太过冷清，缺失了烟火气，难抚人心啊！那些没有客人入住的夜晚，我甚至会产生一种错觉：这天底下是不是就只剩咱们俩了……"

"那样更好。"莫换压低声音，"我不擅长与别人相处。"

"这世间，有人便有荒唐，有荒唐便有迷惑，只有不断帮他们解开心结，双生朽木才有取之不尽的养料啊！你我的长生树与旁人皆不同，一旦缺少养料便会枯死……我是无所谓，但你还想继续活着吧？"杜卿用指腹轻捻藏于袖笼中的薄薄纸张，客人在上面留下的指印尚且鲜艳，"正因为有那些步入歧途、心生迷茫的客人，我们才有续命的养料——世间万物环环相扣，因果循环，即便是丑陋的、不堪的、罪大恶极的人，也没有必要去避忌他们。"

"我明白。"

"莫换，用你觉得舒服的方式去和别人相处便好，不必强迫自己，也不用担心其他的事，不是还有我吗？"早已决定要替性情孤僻的搭档去接纳瞬息万变的世界，杜卿无声地笑了笑，"你不擅长的，由我来应付。"

莫换颔首："说的也是。"

向前走了几步，他宛若自语般低声念一句："……幸好有你。"

# 松木围屏·长着羊脸的女人

　　"咔嚓。"

　　"咔嚓。咔嚓。"

　　今夜无月。被夜色所笼罩的古宅院落里回荡着诡异的咀嚼声，一下一下，又一下，咀嚼过后是吞咽，然后是新一轮的啃咬……被吃下去的东西干而脆，以至于每一个进食的步骤都清晰易辨。

　　子夜已过，位于苍穹深山中的时空缝隙，早已悄然无声被撕裂。

　　听闻从院子里传来的怪异声响，换作古时装扮的杜卿从书案后抬起头，微微蹙眉，像是在猜测声音的来源。

　　据他所知，这苍穹山阴有一片不大不小的坟场，里头几乎没有像样的墓碑，因而无法确认是何年代、哪一支氏族所留；前几次修路开发，规划、施工都特意绕开那处，也未从有人提及迁坟之事……久而久之，便在附近居民中滋生出不少与坟场有关的怪谈，眼下屋外的动静，就让人莫名联想到故事中那些啃食人类尸骸的精怪。

　　杜卿说笑般这么提了一嘴，一身游侠装扮的搭档却连眼皮都没抬，专心擦拭着手里的短剑。那柄剑是莫换唯一留存在身边的东西，因为不懂交通规则，曾被惑城地铁站工作人员强行没收过一次，还是杜卿替他写了一千字检讨、好说歹说才将东西拿了回来；如今在深山中开店，虽无人管束，为避免节外生枝，杜卿只准他在夜幕降临后佩剑走动。

　　又听得几句唠叨，莫换才接话："那坟场离不来客栈少说也有几里地，哪一路不识趣的食尸鬼挖出了尸骸，还非得拖到守林人眼皮子底下用餐？"

　　"兴许，这古宅底下也葬过人，引了它们前来觅食？"

　　"若真是如此，你那'小菜园'怕是也保不住了。"

　　"食尸鬼吃腐肉，吃骨骸，怎会惦记我种的菜？"

　　"你不是常说，吃饭要荤素搭配才有营养吗？万一，来的是一群讲究荤素搭配的食尸鬼呢？"

　　杜卿张了张嘴，意外地发现自己竟无法反驳，更意外的是，自家那位不懂风情、常识缺失的伙计，似乎是说了个冷笑话？

　　刚搬进古宅那会儿，杜卿觉得这院子过于空旷，便请人来修了假山、池塘和一座六角亭，除了栽种观赏性花木外，还有一隅种了些瓜果蔬菜以供平日食用。山中难寻乐子，不甘寂寞的杜老板便将所有热情倾注到"小菜园"里，想到宝贝菜地可能遭殃，他到底是坐不住了，提上一盏白面灯笼推门而出——讲究营养均衡的食尸鬼也好，误闯古宅的野猫黄大仙也罢，胆敢对他种的菜出手，绝不可饶恕！

　　莫换虽有不满，仍提剑跟了上去。

27

那不同寻常的声响确实自小菜园的方向传来，借着灯笼光亮，杜卿远远便看见篱笆后面有一道黑影，正在埋头狂吃手里的东西；看身段轮廓，应该是个女子，他立刻想到晚饭后入住玄字房的女客人：她来时头戴一顶夸张洋帽，帽檐下用黑纱严严实实遮了一圈，看不清样貌。杜卿当时便觉得不对劲，可那位女客人心事重重，一进房间便紧锁大门，没留给他任何套话的机会。

他走近些许，犹豫着唤了声："周女士？"

女人动作一僵，没有回应。

愈发肯定自己的猜测，杜卿轻拍了一下她的肩膀："周女士，都这么晚了，你不在客房里休息，跑我这菜园子里来做什么？"

她没吭声，只是平静起身，缓缓扭过头。

首先映入杜卿眼帘的是一对弯曲的、黑色的兽角，自前向后长在女人双耳上方，紧接着是遍布细长绒毛的脸颊、几近垂直的鼻骨、略微外翻的肥厚嘴唇以及间隔足足有两拳宽的双眼，那两颗眼珠分别向外侧爆凸，仿佛下一秒就会从眼眶中掉落出来……且不说扭曲变形的五官，单单是那一对硬角，就绝不可能属于人类。

那分明，是一张羊脸！

好不容易收住惊呼声，杜卿一只脚已经踩进了菜园排水沟，若不是莫换眼疾手快拽住他，只怕整个人都会扑到泥地里去。回想活过的数千年时光，他也曾撞见不少匪夷所思的场面，可被客人的样貌吓到失态，还真是头一回。

再吓人，生意还是要做的。

做足了心理准备，杜老板再度抬眼，却惊讶地发现女人的脸已经恢复了正常，不，应该说，那张脸没有任何异样：皮肤光

28

滑，五官端正，两颗眼球好端端嵌在眼窝里，连头顶那对羊角都不见了……

等等，难不成是自己方才眼花了？

杜卿揉了揉眼睛，面前的周女士依然"人模人样"，他只能小声向同伴求证："你看到那张脸了吗？"

莫换答了个"嗯"，眼睛一眨不眨紧盯菜地里的女人："错觉吗？"

"错觉？那也不可能我们两个一起看错了吧？"杜卿伸手捏着鼻梁，试图让自己紧绷的神经放松下来，而后冲周女士做了个邀请的姿势，"山里入夜后寒气最重，周女士若没有睡意，不如随我们去闻木轩喝杯热茶、聊聊心事？啊，对了，茶水免费！"虽说那女人的样貌眼下无异，但对于自己方才的惊慌失措，她居然没有表现出半点惊讶或者疑惑，这只能说明一点——她很清楚问题所在。

果不其然，得了客栈主人邀约，周女士欣然点头，她张口想要表达感谢，却始料未及发出嘹亮的一声"咩"。


燃着油灯的房间里，几根被啃咬过的白萝卜横七竖八地摆放在桌案上。

这些，便是之前咀嚼声的缘由。

周女士执意要带上这些萝卜，说是可以当夜宵，她甚至还想从菜地里摘些西红柿和卷心菜。杜卿没同意——他埋头擦拭着衣摆上的污秽，一时间不知该先心疼这身被泥水玷污的行头，还是先心疼那些花费老大工夫才种出来的萝卜。

她告诉两人，自己是在网上抽中了苍穹山旅游节的免单名额才来到此地，原本是住在景区最大的度假山庄里，结果今早一睡醒，就发现身体出现了"异变"。

"异变?"

"就、就是特别想吃蔬菜和水果,说话时还会夹杂着羊叫,还有啊,我这脑子……也有些恍惚,我明明记得下午有把自己关在房间里,等清醒过来,我发现自己居然在大庭广众之下啃地上的草皮,真是丢死人了!"女客人捂着脸,发出细碎的呜咽,"还有人跑来告诉我,说、说我的脸……像一只羊……"

自从逐渐"羊化"后,周女士便一直用布巾遮着脸,这一路听多了有关苍穹山的各种怪谈,她不敢报警,也不敢联系亲友,无奈之下只能向山庄主人求助,结果,当晚就被送到了不来客栈。生怕面前的客栈老板误会自己是被"丢弃"到此处,女人急忙解释:"那位百里先生说,你们这儿有高人能帮我驱邪。"

"百里先生?"杜卿低头一琢磨,"你是说百里烬?"

"我听山庄伙计称呼他为'百里先生',具体叫什么,我也不太清楚。"周女士如实相告,"他让我今晚十二点之后来找你们,我一晚上没吃东西,路过菜园看到里面有新鲜蔬菜,没忍住就……"

女人口中那位百里先生,正是苍穹山风景区商会会长,这一带的商户几乎都受过他的照拂,对其赞不绝口。杜卿虽没有和他打过照面,但因为生意上的事偶尔会线上联络。傍晚,百里烬曾给他打过一通电话,说自己经营的度假山庄今日客满,希望能安排一位客人到不来客栈歇息,压根没提到"羊脸女"的事。

送上门来的生意,杜老板自然没有拒绝的理由,只是他没料到,一位称不上熟识的同行竟然会给他们介绍这种"特殊"的生意?

莫换右手不自觉地按在剑柄上："那家伙和你说了多少不来客栈的事？"

被那双泛着寒光的金瞳盯得发怵，女人支吾道："没、没说多少，百里先生说你们是不会害人的，让我听话，跟你们去一个地方……他还说了报酬的事，我没、没弄明白，不过，只要能让我'康复'，我愿意付出任何代价！"

气氛稍显凝重。

杜卿若有所思摸着下巴："看样子，是先前进过长生林的客人口风不够紧哪，居然让无关之人得知了不来客栈的秘密。唔，百里烬是吗？稍微有点麻烦了。"

莫换理所当然地问："要我去处理掉吗？"

杜卿急忙制止："别，您歇着，我来想办法……"

眼见两人旁若无人地说起题外话，周女士连咳数声，扬声提醒："杜老板，您要是真有驱邪的本事，请务必帮我这一次！我是个本分人，活了三十多年，从来没做过伤天害理的事，走在路上看见庙堂都要进去拜一拜的！也不知得罪了哪一路神仙妖怪，要遭这般罪？你让我、我以后还怎么见人啊！"

"周女士可能误会了，我并不会你说的那种神通……"

"你们不会驱邪？那百里先生诓我跑来这里是什么意思！"听闻驱邪无望，周女士顿时开了哭腔，边瞅着杜卿，边用手重重拍打地面，"哎哟，我的命怎么这么苦哇！老公没出息，孩子不听话，出趟门居然还能撞邪？让我下半辈子吃草、吃树皮，还不如死在这里算了！咩……"

最怕遇上情绪激动的客人，杜卿苦恼地揉着太阳穴，将求助的目光投向自家伙计。莫换亦被吵得额上青筋直跳，索性将身后短剑

"嚓"地拔出寸许，烛光映着寒铁，明晃晃地反射到女人脸上。

男人的声音冷得几乎能冻住空气："我可以帮你。"

周女士被那道剑光吓了一跳，瑟缩着身体，小声嘟囔道："你会驱邪吗？你能帮我恢复正常吗？"

"不会。"

"那你能帮我什么？"

"你不是想死吗？"莫换反问。

"我、我不想，我什么时候说……我想……"

"周女士方才不是说'还不如死在这里'吗？"杜卿看戏般用手撑着脸，替自家伙计表达想法，"那正好，我家这伙计专业对口，经验丰富，保准能给你留个全尸；等你彻底咽气后，我们会把尸体拖到苍穹山阴的坟场掩埋，干净利索，任何人都不会发现。"虽然他说得轻声细语，但在这般时间、这般地点说这种话，着实骇人。

周女士瞬间消停下来，无比恐惧地盯着面前的男人。

"说笑而已，我们可是遵纪守法的生意人。"杜卿起身替她续了杯茶，正色道，"周女士莫慌，你这情况若是因心病所致，我倒有办法帮你查出病因，至于能否治得好，那还得看你自己的造化。"

"心病？"

"正所谓相由心生，可不就是心病吗？"他直言，"周女士怕是心里有鬼罢。"

"鬼？我……"

"请周女士仔细回忆，可曾做过什么亏心事？唔，一时想不起也没关系，我知道这世间有一个地方，能让你回忆起过往一切，只需支付一点微不足道的报酬，我们便能带你前往。"

说罢，杜卿推开桌案上一卷熟宣，提笔饱蘸浓墨，没一会儿便将一张收取"允"的凭证撰写完毕，又取了一盒朱砂印泥，递到周女士眼前；而另一边，莫换走到多宝格前，打开了通往长生林的"门"。

也不知那百里烬究竟和周女士说了些什么，面对长生林中种种怪异现象，她并没有表现出过多惊讶——比起这些，人家分明更在意沿途生长的新鲜草木，甚至还妄想尝一尝长生树叶和悬于枝头的因果是何种滋味。

幸好，她每一次的"妄想"都被莫换及时制止了。

虽然打扮时髦，但那位周女士只是普通家庭主妇，生活单调乏味，唯一的乐趣，不过是在网上买买东西、下楼收收包裹。

杜卿起初略有困惑：一个生活如此平淡的人，怎会落得自食恶果的地步？直到那些封存的记忆被重新开启，真相才慢慢浮现……

周女士婚前在工厂上班，是一名仓库出纳，那时信息化并不普及，劳保用品进出库全都得靠手写记录。她成天独自对着满满当当的仓库，久而久之便动了心思，进库时多写一件，出库时少扣一样，神不知鬼不觉，将公家东西挪进了自己口袋，转头再贱卖给劳保用品商店，每个月都能挣出几件新衣服的钱。

监守自盗的事情终究还是败露了，工厂记了周女士处分，她嫌丢人，索性辞职回家当起了全职主妇，头几个月倒还好，可花光了本就不多的积蓄后，伸手找老公要钱便成了周女士最头疼的事。苦于没有收入，她只能处处缩衣节食，可大小两个孩子正是在花钱的时候，自己那爱美之心也尚未磨灭，于是，在某次和"连一千块零花钱都不愿给的"老公争吵过后，周女士毅然决然加了好几个兼职群。

起初，她只是做些超市短促、网络刷单、新店开门排队之类的杂活，收入不多，直到给群主发了两百块红包，加进了所谓的"高级群"，和生财有道的群友们交流了几次，周女士才算真正意义上推开了新世界的大门。

之后的几个月，周女士频频进出附近超市，倒不是为了买便宜货，而是专买那些没来得及下架的过期、变质食品，再拿着购物小票回过头来索要十倍赔偿，因为金额不多，几乎所有店家都会选择赔钱息事宁人。

客人的记忆如同走马灯一般在眼前流逝，在看见女人沿着货架仔细分辨每样商品的保质期时，面无波澜的莫换稍稍勾起了唇角。

细微的动作被杜卿捕捉到："想到什么了？"

莫换的表情一露即收："想到你每个月的超市会员日都要去排队买打折鸡蛋；选零食和卫生纸要算各种包装的单价；为了赠品玻璃碗去买临期的牛奶；想要集印花换优惠券，所以囤了一堆没用的东西……"

寥寥数句，就将一位热衷购物且精打细算的"大当家"形象勾勒出来。杜老板被自家伙计说得脸上一阵青，一阵白，颇为不满地甩了袖子让他住嘴："我和那位周女士可不一样，她是取巧图便，我是勤俭节约！再说，我这么省钱，还不是为了养你？你一天要吃几顿、一顿要吃多少，自己心里没点儿数吗？"

食量惊人的败家猫儿无法反驳，只好双手抱肩，恢复一贯的冰山模样。

两人说话间，长生树枝头的果实流光一转，杜卿冲同伴递了个眼色——接下来要看到的，才是重头戏。

周女士恢复神志后，发现自己被拘在一圈简陋的木制栅栏中，脚下是沙地，身边是几只聒噪肮脏、散发着骚臭味的羊。失去意识的那段时间里发生了什么，她已经完全想不起来了，只依稀记得，她顺着那位杜老板的指引，走进了一棵树的裂缝中，说是要回到曾经的记忆中去寻找"病因"。

这地方有些眼熟，如果没记错的话，应该是上周才去过的农家乐，老公所在的单位举行团建活动，说是可以带家属，她便领上两个孩子一起参加了——反正也不用花钱。正想着心思呢，周女士一抬眼，正巧看见一个中年女人走到栅栏边，她怀里抱着一个孩子，手里牵着另一个，满脸不耐烦地从口袋里摸出手机，接通了电话："喂……对，是我，你有事吗？"

那不就是……她吗？

周女士大惊。

可如果自己站在栅栏外面，栅栏里面关着的，又是谁呢？她想喊住"她"，可两瓣嘴刚张开，就发出一声滑稽至极的"咩"，她顿时想到一件更可怕的事：现在的自己，已经完完全全变成了一只羊！

"变"成羊的周女士不由瞪大眼睛，发疯一般用头上的羊角顶撞着栅栏，想要逃离这个鬼地方。

可惜事与愿违。

这几只羊被圈养在农家后院，专供客人拍照投喂，早已丧失了野性。刚蹦跶几下，她就累得垂下脑袋，不大情愿地咀嚼起小孩子递过来的几片莴菜叶。

35

面前的女人十分嫌弃地啐了"它"和"它"的同类，向旁边挪了两步，继续打电话："对，我确实在你的店里下单了六百张松木围屏，不是你们说库存绝对够吗？我高兴买多少就买多少，你管我……"

　　尚且还有人类思维的羊，被恐惧和绝望包围着。

　　就在她几欲放弃之际，杜卿的声音穿透幻境，隔空传来，示意今晚的客人趁此机会好好审视曾经的自己。这世间爱恨情仇、冤孽缘债复杂难辨，难免有人偏离正途，守林人借看守长生树之便，替有缘人解惑、引路，可所做种种，是否当真能拨云见日、令其迷途知返，也唯有当事者自己才清楚。

　　空灵的男声一散去，周女士便听到眼前另一个自己陡然扬声，尖细的嗓音吓得怀里的小孩子浑身一颤："那我可不管！反正我已经付过了钱，你不按时给我发货，那我就去网站投诉！"

　　"我不想听你的解释，你们自己粗心犯错，为什么要消费者可怜你？谁写错了谁承担损失啊……客服？我管她赔不赔得起呢？我拍了我就要收到东西，收不到你们赔钱，她穷她有理啊？"

　　"你别在这儿哭，哭也没用！你还要我说几遍？"

　　平日里说话没有自觉，今日作为旁观者一瞧，才发现自己那副嘴脸出奇蛮横、出奇丑陋……

　　周女士想起来了，那天她闲着无聊，一边带孩子，一边在购物网站上乱逛，无意间看到关注过的一家禅意生活店上新了一些折扣商品，其中有一款直接从工厂拿货的松木围屏看着就很不错。说来奇怪，人一旦上了年纪，总会对那些四平八稳的中式家具感兴趣。这种时常出现在古装戏和古风民宿里的屏风大多是四叠或者六叠，也有八叠、十二叠，但粗心的店家却标错了规格，将四叠误写成了四十叠……

　　周女士眼前一亮，立刻拍下六百张松木围屏，并将这个千载难逢的"商机"分享到群里。经常跟风"薅羊毛"的群友们迅速会意：标错了规格，责任自然是在店家，如果将错就错发了货，他们是花一份钱买到了十份东西，就算用不上，也能挂到二手交易平台或者旧货市场小赚一笔；如果店家不肯发货或者货不对板，那就是欺骗消费者，可以直接去网站投诉，但凡正规店铺都交过保证金，一旦产生纠纷，会按照货款的一定比例赔付，这也就意味着，买得越多，赔得越多，赚得也就越多。

　　短短十几分钟内，围屏的销量蹭蹭上涨。

　　店家很快发现了问题，在下架商品的同时，请求退款的电话也接二连三打到下单客户的手机上。心知对方此刻左右为难，周女士理直气壮地拒绝了退款请求，连允诺赠送的优惠券也不放在眼里："要我取消订单也行啊，除非……除非你们给我两万块误工费和精神损失费！"

　　电话那头发出惊呼："这、这也太多了吧？"

　　"多吗？要是让平台介入，只怕你们会赔得更多吧？"周女士冷哼一声，"解决方案我已经给你了：要么发货，要么给钱，就两条路！别想着随便弄点破烂货来糊弄我，你们自己写的四十叠松木浮雕围屏，就得有四十叠，少一叠都是欺骗消费者！"

　　"四十叠，六百张……光是您这一单买木料的钱，小店几年都挣不回来啊！"和她通话的姑娘已经哭了出来，但语气依然礼貌，"况且，您要那么长的围屏也没用，家里根本放不下……"

　　听到弱势一方愈发低声下气，无理者往往会产生一种自己得了理的错觉，周女士举着手机，愈发盛气凌人："那是我自己的事，不用你们来操心。"她不耐烦地摆摆手,让孩子去别处玩耍,随手抓了把菜叶塞进栅栏,引着羊儿来吃,继续阴阳怪气:"我就是拿四十叠的围屏去乡下圈块地养羊,你们也管不着!"

再不听店家的苦苦哀求,周女士嘴角一撇,挂断电话。

比胡搅蛮缠更可怕的,是有组织、有纪律的胡搅蛮缠,不出一刻钟,她就收到了店家发来的"求和短信",紧接着,账户上轻轻松松多出两万块。大获全胜的周女士不急不慢地取消了松木围屏的订单,将喜讯告知各位群友,字里行间充斥着得意与自豪,宛如刚刚谈成了一笔几百万的大买卖。

鲜花、鼓掌、点赞,群友们用各种表情刷屏,或是羡慕周女士的聪慧果断,或是后悔自己手慢没能多拍几扇那松木围屏……

没过多久,又有几十个人先后晒出了店家赔钱求取消订单的截图,有三千的,有五千的,还有上万的。

素未谋面的"战士们"聊着,笑着,像极了一场妖魔鬼怪的狂欢。直到有人将那家禅意生活网店的最新公告贴出来,群里才安静了一段时间:原来,那位店主是残疾人,无法直立行走,只能坐在电脑前打理网店,帮着镇里的家具厂售卖滞销的产品。因为标错了规格,导致几年苦心经营终成一场空,她既难过又不甘,一时竟起了轻生念头,只恳求下单的顾客能及时取消,减少店铺损失。

对于这样的公告,群友大多嗤之以鼻:

"假的吧?这才赔了多少钱啊,我才不信店主会为了几万块自杀!"

"说白了,就是卖惨博同情呗……谁叫她自己写错了规格,误导消费者?我们也是正当维权!"

"就是,我凭本事挣来的违约金,为什么要体谅她?而且,这个店的东西又贵质量又不好，早晚关门大吉！和我们有个屁关系！"

看着手机上不断刷新的对话，周女士恍惚间又想起电话里的哭诉，不由后背一凉。

羊圈外的风比方才更大了，她整个人缩在衣服里，身体颤了颤，抓起手机又是噼里啪啦一通敲："就算闹出人命也和我没关系，反正我已经把订单取消了，两万块是她自愿赔付给我的，短信还在呢！"

始作俑者开口撇清自己，其他占了便宜的群友也着急了，纷纷附和着晒出店家发来的短信，甚至有不少人退群保平安。

五分钟后，所有人都不再说话。

十分钟后，群被解散了。

周女士松了口气，心里也空落落的，仿佛这个群一散，自己曾经那些"辉煌战绩"便再也无迹可寻。

为了发泄不满，她故意将手里的菜叶狠狠掷到圈里的羊儿脸上。维持着畜生形态的周女士吃了一惊，只觉得那片菜叶有千斤沉，脸颊顿时疼得如同火燎，本能地撒开四蹄蹦跶起来，栅栏上的木栓不知何时被碰掉了，羊角一顶，木门便大敞，几只羊儿趁势从狭窄的羊圈里冲了出来……握着手机的女人大声尖叫，忙招呼两个儿子躲开，她自己却躲避不及被几只羊撞翻在地，摔了个嘴啃泥，手机也被甩出老远。好巧不巧，周女士的老公和领导、同事结束酒局，结伴路过，在众人的哄笑声中，男人的脸当即涨成猪肝色，他干笑几声，瞪了妻子一眼。

周女士揉着腰坐起身，一边擦拭脸上的泥土和草屑，一边咒骂。末了，她盯着羊圈里没有离去的最后那只羊，恼羞成怒道：

"看什么看，今晚就吃了你……"

仿佛听懂了女人的话，羊儿瞪大眼睛咩咩地叫着，外凸的眼珠里，映出了一柄锋利的刀。

周女士是在不来客栈正厅的卧榻上清醒过来的，她缓了许久，才忆起自己是被那两位高人领去曾经的记忆里走了一遭。那些记忆就像是一个个很深、很沉的梦境，换一个视角去琢磨，总能品出些当时品不出的滋味。

现实中，周女士很快就忘记了自己恶意购买松木围屏的事，也忘了那家命途多舛的网店。没过多久，她便又加入了新的群，将那些专注"薅羊毛"的战友重新聚集到一起。来苍穹山度假前，她听从了群友们的"点拨"，在购物网站买了十来件新衣服，连吊牌都没剪，等着凹造型拍完照之后"七天无理由退货"。

杜卿的脸色不算太好。

和形形色色的人类打交道多年，他很少露出这样的神色，特别是在客人面前。莫换瞧出些端倪，拎着铜壶往杜卿面前的茶盏里添了些热水。他回过神，却依然没顺气，冲周女士嗤了一声，后者一愣，随即主动低头认错："我……我们，我们就是被猪油蒙了心，贪图那么一点小便宜！咩，我没有良心，我不要脸……"

说到这里，女人猛然想到什么，急忙改口道："呸呸呸，脸我还是要的！要的！我后来其实也去打听过，那店家是赔了不少钱，但人没事，没自杀！至于还有没有别人投诉她的店铺，这我就不知道了……杜老板您瞧，我就是和尚吃八方、伸手捞好处而已，真没做过伤天害理、大逆不道的事……这病因也弄明白了，咩，后续该怎么治呢？我有眼不识泰山，您行行好，指条明路吧……"

杜卿端着茶盏吹了吹："不难。"

"当真？"

"周女士，你应该庆幸。"他沉吟道，"在我们接待过那些客人里，能用钱直接解决问题的，屈指可数。"

这话她听得明白，张口便允诺："行，我这就把两万块还给店家，再问问他们一共损失多少钱，要是群友们不肯还，我就全补上……这样总行了吧？我发誓！我以后再也不干这种缺德事儿了，我发誓！"话音刚落，她便摸出手机，却发现这间宛如古人居住的大宅正厅里根本没有信号，极像是与世隔绝的一方孤岛，心中疑虑重重，周女士却不敢多问，只捧着手机回到卧榻上，继续装模作样地摆弄，没过多久便打起呵欠。

她倚着卧榻断断续续地睡，不知不觉便过去了一整夜。

被清晨的日光一浸，闻木轩内的家具陈设又变了样，曲尺柜台新出现在原处，一并出现的，还有电脑、冰柜以及一些现代电子设备。

周女士不禁啧啧称奇，再看那位杜老板，也已然换上一身清清爽爽的现代装扮，悠闲且懒散地瘫在廊庑的花梨木躺椅上看书，至于那位冷着脸守在自己身边的伙计……

洞悉客人的目光，莫换扭头与她对视，当着她的面幻化成一只黑猫，大摇大摆走进院子里晒太阳了。

周女士倒吸一口冷气，心想这不来客栈，可真不是个寻常地方。


次日，百里烬亲自开车接走了入住玄字房的女客人。

兴许是感知到客人悔过自新的决心，兴许是觉得这笔买卖拿到

"允"便不赔本，杜老板没收周女士的房费，只让她不管用什么法子——雇人送货也好，找托运公司也罢，向那店家买张松木围屏寄到客栈来，说自己想收藏。

周女士爽快地一口答应，想了想，又主动提议："可那网上卖的到底是便宜货，杜老板你对我有大恩，怎么说，我也应该去古董市场买一张木料和做工都顶顶上乘的屏风给您送过来……"

"只要保存得当，就算是便宜货，几百年后不也能成一样古董吗？我只是想留下一些有关于时间的回忆罢了，与木头本身的贵贱无关。"

彼时的周女士仍不清楚眼前这位样貌清秀的年轻人究竟度过了多少个春秋，忍不住犯嘀咕："几百年后……再贵的古董，你也见不着了啊！"

杜卿笑了笑："谁知道呢？"

门外有车鸣笛，他再没心思与客人闲聊，整了整衣领，故作镇定走了出去，打算好好招呼那位"知道太多"的景区商会会长。只是，看见停在不来客栈门口的那辆黑色卡宴，杜老板内心便泛起酸楚：同样是生意人，差距怎么就这么大呢？

那位事业有成的同行约莫三十岁，样貌出众，目光沉稳，穿一身裁剪考究的灰黑色洋服，时不时会抬手推一下鼻梁上的金丝边眼镜。即便举手投足都是一副成熟做派，杜卿还是觉得，这位商会会长实在太过年轻——他本以为，能坐上那位置的人类，少说也该有四十出头。

巧的是，对方看他的眼神里表露出了同样的想法：年纪轻轻就敢盘下这么大的古宅开客栈，你杜老板也绝不是一般人啊……

棋逢对手，两人心照不宣地笑了笑，算是招呼。

百里烬将依旧戴着洋帽的周女士请进车内，这才转身与杜卿攀谈，话里话外都在打听昨晚到底发生了什么。杜卿游刃有余地将那些问题一一挡回去："百里会长似乎对我这儿的'生意'很感兴趣呢。"

"那是自然。"百里烬并没有否认的意思，"有机会的话，我甚至还想向杜老板请教些生意上的事呢。"

忘了眼下是一身现代打扮，杜卿嘴角噙着笑，本能地拱手一拜："百里会长真是会说笑，不来客栈一向冷清，就算是旺季也鲜有客来，能不能撑到明年都还是个问题……怎么说，也该是我登门向您请教经营之道才对。"

镜片后的眉眼一弯，百里烬将话说开："我是说，午夜十二点过后的生意。"

杜卿的笑容僵在脸上。

莫换被晾在一旁多时，心头本就窝着团火，一听那瞧不顺眼的家伙随意提及长生林的秘密，当下便想将人擒住，好生教训一番。杜卿伸手拦住同伴，薄唇紧抿，用眼神下了逐客令。

"来日方长，相信我们很快还会有生意上的往来。"百里烬深深看了一眼两人，单方面结束闲聊，拉开车门，取出备好的礼盒递到杜卿面前，"对了，这是我的一点心意，希望杜老板笑纳。"

"哎，怎么能让百里会长破费呢？使不得，使不得……"

嘴里说着婉拒的话，身体却出奇诚实，杜卿收下礼物，再度舒展开一抹笑容，目送商会会长离开。等豪车沿着山道驶出视野，他立刻站在原地开始拆礼物，将方才的疑虑暂时抛到脑后。

莫换面无表情地盯着他："你好像很高兴？"

杜卿手里的动作愈发暴力："是啊，我很久都没有收到过礼物了。"

这话不假，以前他们住在繁华闹市，对街就有旧识，偶尔带着好酒来串门，逢年过节还能聚在一起吃顿大餐；可自打搬来这苍穹山，别说朋友送来的礼物，就连快递小哥送来的包裹，一年到头也见不到几个。

莫换低头思忖着，再抬眼时，杜卿已经拆开了礼盒：是一盒精致的糖果，糖纸上印着不知哪一国的语言，一看就是高级货。

他迫不及待地尝了一颗，随即略显惊讶地挑了眉："……酒心巧克力？"收到昂贵礼物的好心情算是没有了，取而代之的是一种被对手知晓秘密、拿捏准喜好的挫败感，杜卿举目四顾，总觉得有一只隐藏在暗处的眼睛，观察了他们许久。

苍穹山这地方，确实是人杰地灵、藏龙卧虎。


第二日，杜老板是被"镇店之宠"给闹醒的。

黑猫在被褥上来回走动着，时不时"喵呜"叫唤两声，见那懒骨头始终不肯起，便用脑袋使劲顶他的下巴："起来，有东西给你。"

杜卿的困劲没过，连眼睛都睁不开："什么东西？"

黑猫迟疑着吐出两个字："礼物。"

说完这话，小兽便从窗户缝里跑了出去，不知是出于羞臊，还是某些别的原因。杜卿却是听明白了，他迷迷糊糊对着空气道了声谢，伸手在枕头边摸了摸，果不其然，那里有样东西：很小，很软，毛茸茸的，还带着一点温度……

他猛地睁开眼，发现那是一只死老鼠。

准确来说，是一只半死不活的老鼠——摸过去的时候，它还挣扎着蹬了蹬腿。

这是……礼物？这算哪门子礼物？我可去他的礼物吧！杜卿的魂当即便飞了一半，顶着张惨白的脸翻身下床，跌跌撞撞推开窗，冲院子里溜达的黑影大声吼道："莫换！姓莫的！你是在释放天性的时候，把脑子给弄丢了吗？我要解雇你！等等！你、你先回来，快回来，帮我把老鼠弄出去！它还活着，在、在床上乱跑啊……"

不是说，不管收到什么礼物都会很高兴吗？

生意人果然都是骗子。

黑猫缓缓眨了一下金瞳，郁闷地摇起尾巴。

# 偶人·染血的第九十九个任务

　　杜卿走在回不来客栈的山道上，心情不是很好。

　　他左右手各提一只鼓鼓囊囊的购物袋，走一段路，就要停下歇息片刻，内心那点"必须买车"的念头，全写在一张清秀白净的脸上。

　　自从搬进深山之中，出行起居远不如在城里方便，所以遇上天气不错、又无事可做的日子，杜卿便会叫莫换一起去景区商店买些日用品，以备不时之需。虽然往返一趟要步行两个小时，但他只管出钱，不管出力，权当出门遛弯，倒也不会觉得太累。

　　今天却出了点意外：客栈昨日刚入住两位高中生模样的女孩，说是特意趁着暑假结伴来苍穹山旅行的，结果大清早两人手挽手出门转了一圈，回来后就有些不对劲了，几次三番跑来问他要洗手液和去污粉。客人自然不能怠慢，杜卿便让莫换留下看家，独自出了趟门，结果正巧赶上超市优惠大酬宾，在折扣和优惠的诱惑下，东西越买越多……

回程时也想过花钱坐车，但司机一听是往进山的方向去，只能做单程生意，个个都摇头说不乐意。

他只能硬着头皮走回客栈。

出了景区，行至半途，他看见十来个附近住户围拢在山路边高声议论着什么，间或还伸手对着草丛里指指点点——这是稀奇事，要知道，平日里这鬼地方可没人会来，更别说扎堆站在一起聊天了。

八卦之心，人皆有之。

杜卿三两步走过去，打听过后才知道，方才有拾荒者在此地踩出一脚血，临走前，还用黑布裹走了血糊糊的东西……就这样，"荒郊碎尸""野外情杀"之类的说法在附近飞快传开，而且越传越玄乎，前来一探究竟的闲人也越聚越多。

不多时，有人扬着手机对看客们吼了一声："安静，我问到了！哎哟，根本不是什么杀人抛尸，鬼晓得哪个吃饱了撑的在胡扯……就是死了只猫，尸体扔草堆里了！都散了吧，哎呀，不是什么大事……"

"听说那猫不是被车碾死的，是被人活活杀死的！耳朵尾巴都没了，肠子内脏流了一地，不知道是真是假……哎，城里不是有人专门虐猫拍视频赚钱吗，没想到，咱们这地方也有人干这缺德事，真是世风日下啊！"

"大老远跑过来，结果就死了只畜生给我看？是不是老王家那只啊？那只猫成天在这一片溜达，上个月还被车撞断了条腿呢！"

景区喂养猫狗的商户有不少，一来是为了捉老鼠，二来是为了给店面添些人气——也不知是何时兴起的，来山里旅行的文艺青年们，就喜欢带着相机给那些猫狗拍照。散养的动物们从小就习惯于人类的抚摸和投喂，根本不怕游客，平日里喜欢大摇大摆四处乱逛，喂点吃的、叫一声就跟着人跑，几乎每隔一段时间就会传出猫狗走失或者被车撞死的消息。

杜卿越听越觉得不对味儿，条件反射般插嘴问了句，什么样的猫？

听小年轻口音不像本地人，可能是新来的商户，传达消息的男人不耐烦地摆手说这谁知道啊！可经不住一而再、再而三地被追问，他这才答复："照片上黑乎乎的一团，大概是只黑猫吧？还有一只浑身都是血，看不出花色了……"

再抬眼时，年轻人已经急匆匆地跑远了。

有人认出杜卿，说他是附近客栈的老板，可能是他家的猫吧？

"可怜喔。"他们惋惜地摇摇头，商量着谁家的小猫出窝了，记得给他送一只。


杜卿气喘吁吁地回到客栈，发现镇店之宠正在亭子里晒太阳，悬到嗓子眼的一颗心这才彻底放下。他将购物袋挂在腕上，顺手将小兽捞进怀里，揉了又揉，暗自责备自己的大惊小怪：能让这家伙流血的人类，怕是还没出生罢？

一场清梦被扰，黑猫支棱起耳朵，不悦地用爪子拨开杜卿的脸。

他也不恼，边笑边抱着猫往廊庑走。

酷暑未至，白墙黑瓦的四方院落里盛着盈盈夏意，让人心旷神怡，由整块青石砌成的洗手池边，两位少女正在低声说话。她们年纪相仿，穿着款式一样的连衣裙，留着相似的发型，甚至连身上的小配饰都差不多，站在一起，很容易会让人误以为是亲姐妹——杜卿便这样问过，但两人都矢口否认了。

　　名叫吴茉的女孩性格活泼些，见杜卿走过来，立刻扬起手招呼道："杜老板，你可算回来了，咦，这是你养的猫吗？早知道客栈里有猫，我们的'任务'就……"她的话戛然而止，尴尬地扯了下嘴角，将目光移到别处。

　　"你看我这像是'养'猫吗？我啊，分明是'供'了一只猫。"杜卿单手掂量着怀里分量不轻的黑色小兽，将购物袋里的洗手液和去污粉拿给她，"你拿去客房洗吧，这池子里的水可别弄脏了，浇花、浇菜都要用呢，附近的鸟儿也会飞过来喝水。"

　　另一个叫做陆栀的少女没有回话，仍然在用力搓洗自己的右手。杜卿皱了皱眉，放下怀中黑猫，凑上前关切地问她怎么了？少女吓了一跳，摇摇头，将右手沉进池子里，有意躲避着杜卿的视线。

　　倒是吴茉开始替好友鸣不平，嗔怪道："还不是因为客房里的那尊偶人！陆栀只不过是轻轻摸了它一下，结果，偶人的油彩就沾在手上了，怎么都洗不干净！杜老板，那偶人好丑，晚上看着怪吓人的，下次别放客人的房间里啦！"

　　偶人？

　　杜卿想起来，两个女孩住的黄字房里，确实摆着一尊樟木偶。那是自己几年前在旧货市场里淘来的，说是民国年间布袋戏班子里传下来的偶，原本六尊为一套，可惜辗转过几手，如今仅留存下这么一尊。卖家的话几分真假，无从考证，反正他最后没花多少钱就将偶人收了回来，却苦于找不到买家，只能将其搁置在客房里，充当摆件。

　　他委婉地表示："那樟木人偶跟着我也有好些年了，油彩早就干透了吧？是不是你们清早出去玩的时候，不小心沾到了别的东西？"

"那你帮忙看看，这红颜色的污渍，到底是在哪儿沾上的？"吴茉说着，抓住同伴的手臂就往杜卿眼前伸，谁料陆栀却并不领情，拼命将手藏在身后，急得眼圈都红了。她自讨没趣，只好松开手，和杜卿撒了会儿娇，又从购物袋里拿走了一盒自热小火锅和几样零食，转身回客房去了。

陆栀也想走，却被杜卿叫住。他冲她眨了一下眼，不紧不慢地放沉了语调："苍穹山灵气充沛，时不时会发生一些诡谲怪诞之事，你若有所困惑，可以在今晚十二点过后来闻木轩寻我……"

"大半夜见面？"

"嗯，有问题吗？"

"当然有问题！没事谁会约别人大半夜见面？我、我才不是那种随便的女生！"她瞪大眼睛，厉声斥责，"亏我昨晚还和吴茉夸你文质彬彬呢，想不到，你居然在打女高中生的主意？臭不要脸！"

看着少女跑远，杜卿揉了揉眉心。

见莫换变回人形走近，他颇为无奈地问："她是不是误会了什么？唔，方才我那番说辞有那么不正经吗？现在的女孩，总是特别容易多想……不过，对陌生男人有防范意识是好事，嗯，好事。"

莫换没理那位"臭不要脸"，目光直直望向黄字房，吐出一个字："血。"

"你说什么？"

"她手上那块洗不干净的污秽，不是油彩，是血。"

血迹？唔，这可不是好兆头，杜卿低头打量客人方才洗过手的青石池子，那清澈见底的池水里，果然漾着丝丝缕缕的红色。

他心情复杂地叹了口气，将两只沉甸甸的购物袋塞给莫换："今晚，怕是要有生意上门了。"

昨日爬了山，两个女孩都有些乏，晚饭后就待在客房里，哪儿也没去。

趁陆栀洗澡的功夫，吴茉自顾自吃完了自热小火锅，抹抹嘴，随手将余着汤汁的塑料盒扔进垃圾桶。十分钟后，陆栀穿着印有草莓图案的睡裙从浴室里走出来，闻见满屋飘着辣油味儿，皱了皱眉："我洗好了，你去吧。"

"手上的脏东西洗掉了吗？"

"没有。"她无奈道，"可能是皮肤底下的淤血，不折腾了，回去以后我去趟医院检查一下。"

"嗯，这样也好。"

吴茉匆匆按灭了手机，翻找出和好友同款的草莓睡裙，快步走进浴室——连手机也一并带了进去。

终于，房间里只剩下陆栀一个人。

不，还有……博古架上的那只古装樟木人偶。

她犹豫片刻，轻手轻脚走过去，重新打量起那尊差不多有一臂高的偶人：看得出，那是个白面红裙、下巴圆润的女娃娃，发髻上还插着几根细簪，像是富贵人家的千金；虽然偶身破损，但瞧得出，这些年来"她"被那位杜老板保存得很好，只是无人把玩时，那双黑洞洞的眼睛像是藏匿着无数秘密，沉沉死气，着实骇人。

她伸出手指小心翼翼轻碰了一下偶人的衣服，谁料，指尖那一小片皮肤立刻染上怪异的红色，像是尚未凝固的油彩，又像是浓厚黏腻的血液，和自己手掌心先前沾染上的污秽，一模一样……

陆栀屏住呼吸，攥紧右手退后几步：洗手液，肥皂，洗衣粉，洗涤精……但凡客栈里能找到的清洁用品，她全部都试过一遍，甚至用小刀刮破了皮肤，却始终没能让那块红色污秽消失。

果然，是这只偶人在作祟！

浴室里传出哗哗水声，吴茉嚷嚷了几句话，但陆栀并没有听清楚——她的注意力全部集中在面前的偶人上。不出两秒钟，偶人小巧的下巴忽然自动开合，清脆的女童声音直直钻进她的耳朵："不是所有人都喜欢'学人精'哦，小心被人讨厌！"

"谁？"陆栀惊呼一声，想要喊吴茉，但内心刚涌起这念头，嗓子眼里便发不出任何声音了，她的目光一阵乱飘，最终重新落在偶人身上，"是你，在和我说话？"

樟木人偶的嘴巴动了动，发出咯吱咯吱的声响。

陆栀仿佛听见自己的牙齿在打颤。

随即，更清晰的字句从"她"的嘴里吐出来："去找那两位大人吧，他们会很乐意告诉你真相的。"

找人？真相？陆栀心里十分困惑，脑海里却莫名浮现出一张似笑非笑的脸，对了，那位杜老板也说过，让她午夜十二点过后去找他……手上的污秽，说话的偶人，还有这间怪异的古宅，这一切，莫不是有联系？

只是没等她再多问几句，浴室门便被吴茉推开。

女孩裹着一身水汽，边擦头发边说："那个木桶好大呀，泡起来还挺舒服的。"

陆栀随口应了声，扭头再去看那尊木偶，却发现"她"已然恢复成原先紧闭双唇的模样，就如同从未发出过任何怪异的声响。吴茉见她神游，冷不丁发问："你刚刚在外面做什么呀？我好像有听到你在和谁说话……"

"没、没什么，接到了推销电话而已。"

"可你的脸色不太好呢，是不是又想到期末考试成绩了？"吴茉用手背在她额头上试着温度，"听我说，九十九个'任务'已经全部做完了，如果你还是觉得压力大、情绪不好，我们可以从头再做一遍，来，第一个任务，闭上眼深呼吸三十秒……"

"不、不用！不用再做一遍！"好友的话像是不经意触碰到某个隐形开关，陆栀略显慌张地说起别的话题，"我们今天早点睡吧？明天一大早就得起，要走到景区那边才有大巴车呢！"

"别提了，上午出去一趟，我的脚都被鞋子磨破了。"

"让你买好一点的鞋，你非不肯听。"

"我的鞋不是和你的一样吗？哪里不好？"

"我这双鞋是正品，比你那双山寨货肯定舒服多了！"陆栀弯腰在背包里翻找，并没有注意到对方不悦的脸色，"来，我这里有创可贴，你明天记得在脚后跟贴一张，如果还是不行，我们换鞋穿。"

吴茉没接，拿着面膜转身又进了浴室。内心装着沉甸甸的心事，对于同伴的无视，陆栀并不恼，她下意识地用余光瞥着博古架上的樟木人偶，却惊讶地发现，"她"的嘴巴居然又张开了？！

似乎，是在笑。


位于不来客栈正中位置的二层小楼，今夜依然烛光跃动。

杜卿煮了茶，研了墨，描了字，等到后半夜，才听见轻而又轻的敲门声。

……是那个叫做陆栀的女孩。

她如履薄冰般从遮挡视线的巨大屏风后探出身子，勉强对着杜卿点了一下头，并没有对屋内不同于白日的布置发出任何质疑——自然是有困惑的，但回忆起今日一连串怪异之事，她觉得什么都不问，才是上上策。

杜卿也不在意，毕竟，来到这里的每位客人性格不同、索求也不同，他要的只是顺利拿到报酬而已。

指派莫换给客人倒了热茶，他率先开口："只有你一个人？"

陆栀恍然："啊，我是趁吴茉睡着后才过来的……"

他提醒她会错了意："我是说那尊樟木人偶，'她'怎么没来？"

提及那尊木头娃娃，陆栀立刻流露出惊恐神色，她伸出右手，将掌心和指尖处的"血迹"展示给两人看；在杜老板舌灿莲花、半劝半吓的言语攻势下，少女终于卸下心防，诉说起自己的遭遇。

杜卿听罢，并没有急于解释偶人的怪异，他只是取来半盏温茶，浇淋在陆栀手上。如她所言，那块红色污秽刹那被茶水洗净，但仅仅一眨眼的工夫，又诡异地重新出现在原来的地方。

陆栀有很多话想说，一时又不知从何说起，只能呆呆地望着两人，像是要请他们拿定主意一般。

垂首不语的莫换出了声："你们一直在谈论的'任务'，到底是何意？"

杜卿转过脸，期待地望向陆栀——对此，他也早有疑问。

此时，女孩的目光仍然涣散："那就是一个'解压游戏'而已……"

那个游戏的名字叫做"羽化"，事实上，是吴茉最先接触的。

54

她告诉陆栀，游戏玩家需要按照指令完成九十九个放松身心的任务，释放压力、缓解负面情绪；只是，一旦开始就不能中途退出，否则会受到厄运的反噬。

彼时，陆栀正在为期末考试退步了十几名而苦恼不已，听吴茉这么一说，她立刻就决定一起加入。按照提示在网页上填写手机号之后，她时不时就能收到一个陌生号码发来的任务信息：有时是让她去厕所大声唱一首歌，有时是让她一口气喝掉半杯奶茶，总之都是些无伤大雅的事，就连这次旅行，也是任务之一。

"唔，就只是这样？"

"也有过一些奇怪的任务。"陆栀低头回忆着，"我记得有一个任务是'用美工刀划自己的食指'，一定要划到流血为止。"

"还有呢？"

"还有就是捏死一只虫子、在讨厌的长辈背后说脏话、朝玻璃上吐口水之类的……今天，我们正好做完了全部九十九个任务。"少女紧张地用手指摆弄睡裙上的蝴蝶结，很刻意地强调了一遍，"我做的那些事，吴茉也都做了，我想，应该没有问题吧？"

她攥紧"染血"的右手，将一枚蝴蝶结挤压成怪异的形状。

羽化而登仙。

这种听上去无害的字眼，往往最容易滋生出"恶"的萌芽。

杜卿没给她喘息的机会，追问道："那么，第九十九个任务是什么？"

"最后一个任务是……是……"

"是杀死一只猫，对吗？"

"你、你怎么会知道的？难不成，杜老板你也玩过羽化游戏？"少女的神色从惊讶变作慌张，还没等杜卿编出个理由糊弄过去，她自己就先交代了，"我也不想的，我最讨厌做那种血腥的事了！但吴茱从景区偷偷抱来了两只小猫，她、她当着我的面，用水果刀杀掉了一只，非让我和她做一样的事……吴茱还说，如果不做完全部的任务，我肯定会倒霉的！那样的话，她就再也不和我一起玩了……"

她的瞳孔微微放大，急于为自己辩解，最后竟双手捂脸，低声抽泣起来。

掌心的血色污迹被泪水稀释成极淡的红色，顺着手腕流下来，陆栀浑身发颤，止不住地道歉："对不起，对不起，我知道自己做了很过分的事，但是，我真的不想失去唯一的朋友……呜……我不是真的想杀死那只小猫的，我……我也害怕，请不要用这种方式'惩罚'我，我到现在，都不敢看自己的手……"

"乖，别哭，你再这么哭下去，我可没心情做生意了。"杜卿垂着眼，提笔开始书写向客人索取"允"字的凭证，"今晚留给客人的时间不多，你是想坐在这儿哭呢，还是想跟我们去长生林里寻找——真相？"

真相？还有什么真相？

陆栀用湿漉漉的眼睛看着面前一身古装的男人，有些发怔。仿佛猜到了她的心思，杜卿故意丢出疑问："你明明和吴同学一起完成了九十九个任务，可为什么只有你一人染上了血迹呢？"

"对啊，为什么？"她木讷地问了一句，"为什么只惩罚我一个人？"

"你有没有想过，那块洗不干净的血迹，也许根本不是'惩罚'。"

"那是……"

56

"这个嘛，需要你自己去找答案。"

必须承认，杜老板更喜欢和年轻客人打交道，因为对于长生林和因果的存在，他们往往更容易接受。

……不愧是在各种小说、漫画和连续剧熏陶下成长起来的一代人。

今夜的客人也是如此。

结契、开门、前往时空裂缝后的另一方天地，过程十分顺利，只是陆栀一直惴惴不安地跟在两位守林人身后，对于长生林里诸多异象也不多问。直到路过两棵扭曲、丑陋、枝干纠缠在一起的参天枯木时，她才忍不住问杜卿，为何这两棵树与森林里的其他树长得不太一样？若说它还活着，那粗壮遒劲的树枝上连一片绿叶都没有，更别说结出流转光华的记忆果实；若说它已死去，两棵树彼此依靠，以一种微妙的姿态托起肆意横生的枯枝，坚持且笃定，使尽浑身解数诠释着何为生命力。

"那是我们的长生树。"杜卿身边的莫换说道，"我，和他。"

"你们……呃，它们，我是说这两棵树，它们都还活着吗？"

"你说呢？"莫换此刻的面无表情更像是一种威慑和警告，他声音冰冷，重复了一遍杜卿方才对客人解释过的话，"人死，树枯，记忆散尽，归于尘土。"

"抱歉。"看着面前两个"活生生"的大男人，陆栀急忙道歉，"我好像问了一个很蠢的问题。"

"双生朽木还活着，只是和死了也差不多，得不断补充养料才能维持现状。"杜卿并没有责备她的意思，难得有兴致地向人类诉说守林人的事，"一棵树死去，另一棵定然也没有办法独活。"

"你们的养料？就是指别人的长生树吗？"陆栀忐忑地摸着自己的手臂，她在支付凭证上签下名字时，那里曾出现过一个"允"字的纹样，像是钻入皮肤一般消失了。在这片诡秘的森林中，偶尔能见到一两棵树干上刻着同样字迹的长生树——那些树主，应该也和杜老板做过"生意"吧？

"好奇怪啊，世上居然还有你们这样的人……"她嘀咕一句。

"我们只以死人的东西为养料，渡人渡己；可这世上还有一种人，却是以活人的东西为养料才能活下去的，害人害己。"杜卿无声地笑起来，故作轻松地说了句牢骚话，"他们才奇怪呢。"

就在少女咂摸其中深意之时，他停下脚步，在三人面前，是一棵生机盎然的树，细长树枝上吐了不少新绿色嫩芽——长生林里的时间和空间皆不同于现世，要在亿万棵姿态各异的长生树中快速、准确地找到其中某一棵，听上去不可思议，但对于守林人来说，却易如反掌。

"这是吴同学的长生树，那些果实里留存的影像，全部都是她的记忆——无论你看到怎样的真相，都要接受它，然后做出正确的决定。"杜卿定定看了一眼陆栀，颇为绅士地伸手引了路，"那么，一路顺风。"

男人的声音刚落，那棵树便自根部向上缓缓裂开了一条一人多高的缝隙，诡异的幽绿色流光自树身中喷涌而出，将少女紧紧缠绕，带入时空的漩涡中。


陆栀出生于大都市的富裕家庭，自幼受到良好的教育。

只可惜，她没能继承父母在念书方面的天赋，再加上样貌平平、性格内向，是老师和同学眼中的"透明人"。这样的状况持续到高中，陆家付了一笔"赞助费"，才将陆栀以借读生的身份塞进市重点高中，尽管她很努力地去听课、去做题，但成绩却始终徘徊在班级中下游。

在学生时代，很多人都有机会成为舞台上的主角：成绩好会受欢迎，长得好看会受欢迎，擅长体育或者艺术会受欢迎，行为叛逆、性格张扬也会受欢迎……可偏偏陆栀在各个方面都很普通，她就像一株长在孤岛上的野草，对海面上的日升月落和惊涛骇浪既憧憬，又恐惧，总期盼着能够遇到同类，一起探究周围未知的海域。

全班只有那个叫做吴茉的女孩愿意主动找她说话。体育课上，她们被分到同一组做仰卧起坐，吴茉笑嘻嘻地挽着她的手，将"第二杯半价"买来的奶茶递给她："咦，我们的名字里都带着一朵'花'呢，是不是特别有缘分？"

吴茉长得漂亮，成绩很好，能歌善舞，是学校里的"风云人物"。陆栀觉得，自己能和这样耀眼的女生成为无话不谈的好朋友，简直像是在做梦……尽管在很多人看来，她只是吴茉的"跟班"而已。

引人注目的感觉令人心情愉悦，渐渐地，少女脸上的笑容变多了，也不再游离于集体之外。

她将改变归功于吴茉，又固执地认为，这种程度的改变还远远不够：孤独的野草被一朵花所吸引，并迫切想成为另一朵花——要和她一样芬芳，一样鲜艳，一样耀眼，而不仅仅是作为陪衬。

陆栀开始刻意模仿好友的一切：吴茉喜欢往书包上挂毛茸茸的玩偶，她也照做，每天换一只，一个月都不重样；吴茉将校服裙裁短，搭配长筒袜和小皮鞋，身材姣好的她有样学样，笔直修长的双腿吸引了不少男生悄悄投来的目光；吴茉熬夜在网上抢购当下最新款的手机，用光了大半年的零花钱，她第二天就托国外的亲戚买来同款，还配了一副价格不菲的蓝牙耳机；吴茉报名参加英语角，说是要练习口语，她立刻去一家知名英语培训机构预定了半年课程……

起初，吴茉并没有把陆栀的幼稚行为放在心上，顶多是语气不爽地嘲讽她几句："你怎么也买了同款""又和我一模一样""能不能有点主见"。可时间久了、次数多了，便有了些积怨。

她旁敲侧击告诉过陆栀，"学人精"很讨厌，可陆栀就像是听不懂一般，继续我行我素，模仿她的穿衣搭配、言行举止，有时还要拍照发到社交网络上，似乎是想用这些具象化的东西来向别人证明，自己和吴茉之间并没有太多差距。

但是，她们怎么可能没有差距呢？

不仅有差距，而且，是陆栀一辈子都追赶不上的差距。吴茉愤愤地在隐藏空间里写下"日志"：做什么都要和我一样，她就不能有点主见吗？还有，当"学人精"也就算了，还非要压过我一筹！拜托，又不是所有人都像她一样每个月有那么多零花钱，也不知道显摆给谁看……这种人，最好赶紧从世界上彻底消失！成天像橡皮糖一样黏着我，真的很烦！

写到"消失"二字时，吴茉心下一颤。她盯着亲手写下的文字，浑身打了个寒战，飞快按下删除键，像是要为自己的恶念辩解一般，斟酌后又重新写下一句：要是有什么办法能让她主动退学就好了。

可坐在这里等，是不会有办法的。

几分钟后，她点开对话框，发过去几个撒娇的表情包后，敲下一行字："表哥，我记得你是学程序开发的，对吗？能不能帮我一个小忙啊？”

整场戏在暑假后拉开帷幕。

期末考试结束后，吴茉所在的校舞蹈队参加了一场文艺汇演。节奏欢快的青春舞曲结束后，她跟其他人一起在后台更衣室换衣服，女生们七嘴八舌聊着天。有人对吴茉喊了声“陆栀”，发现弄错后才尴尬地道歉：“不好意思，我把你和陆栀弄混淆了……你们真的好像啊。”

吴茉本就不高兴，听她这样一说，无名火瞬间冒了出来，连说话的声音都不自觉提高许多：“我和她到底哪里像了？”

“就是发型啊，打扮啊，喜欢吃的东西啊，就连拍照片的风格都很像！而且，你们不还有很多同款的挂件和玩偶吗？”旁人无心的言语，在吴茉听来却十分刺耳，“诶，你这条裙子，陆栀也有一条一模一样的。”

“是我先买的，她觉得好看才……”

“你们两人的关系可真好，我也想要个能一起穿‘闺蜜衫’的朋友。”有女生发出感慨，“说起来，这个牌子的连衣裙真的好贵呢，我在商场里试过，可喜欢了，结果一看吊牌上的价格……对不起，打扰了。”

吴茉没说话，转身去盥洗室卸妆了——她很清楚，陆栀的裙子是正价商品，而自己这条，只不过是网上便宜的仿款罢了。被那股说不上来的恶劣情绪压得透不过气，她一边撕假睫毛，一边对着面前的镜子低声赌咒。

几分钟后，陆栀拎着两杯奶茶出现在盥洗室门口。

她今天原本没事，是专程过来为好友庆祝演出顺利的，还特意拍了照发在网上，那些不清楚状况的人，还以为是她代表学校来演出的呢。吴茉内心冷笑，不急不慢地卸完妆，才走过去接了奶茶，问她想不想去吃夜宵。

陆栀一秒都没多想，脱口而出："如果你想去吃的话，那我肯定去呀。"

仿佛在等这样的答案，吴茉斜睨着她："陆栀，是不是不管我做什么事，你都会跟着一起做啊？"

全然没有领会到好友的弦外之音，少女天真地点点头："那当然啦，谁让你是我最好的朋友呢？不管你做什么事，我都会陪你的！"

"说的也是，好朋友就应该做一样的事。"吴茉故意拖长声音，亲昵地挽住了陆栀的手臂，"对了，我最近在玩一个可以缓解压力的'羽化游戏'，还挺有意思的，你要不要来试试？"

记忆的时间线推移至这个夏天。

吴茉推荐给陆栀的羽化游戏，已经进入了尾声，两人商量着尽快完成，然后去拍一套闺蜜写真集，当做各自十七岁的礼物。

第九十三个任务：尝试着来一场说走就走的旅行，去安静、偏僻的地方。

第九十四个任务：登上山顶看一次日出，大声喊出"我不喜欢这个世界"。

第九十五个任务：凌晨三点十三分站在镜子前点燃蜡烛，说出自己最害怕的东西。

……

第九十九个任务：杀死一只猫，向所有人证明自己的勇气。

看着陌生号码发来的第九十九个任务，陆栀犹豫了：从小到大，她连鱼都没杀过，根本不敢也不忍心对一只猫下手。

可惜，吴茉并没有给她打退堂鼓的机会。她打开双肩包，将另一只从景区街上用火腿肠骗来的小猫强行塞进她怀里，又递上方才在景区超市里买来的水果刀——刀身上还留有血珠，顺着刀刃滴滴答答落在草地上，那是方才吴茉杀猫时所留下的。

吴茉似乎一点儿都不害怕，甚至还带着一丝兴奋，落下第一刀后，小猫并没有咽气，她又接连刺了第二刀、第三刀，直到那可怜的小东西变成一摊毫无生气的血肉，她才停止了疯狂的举动。

毛茸茸的小猫并不知道自己即将面临死亡，仍在少女的怀中扭动着，翻滚着。见陆栀迟迟不敢动手，吴茉急了，催促道："你亲口说过的，我们是最好的朋友，不管我做什么事，你都会陪着我——我做完了全部的任务，你可别告诉我你做不到！再说，中途退出'羽化'游戏会被厄运反噬，你要是停在这里，我以后可不敢和你一起玩了！我还要告诉班里其他人，让他们也别和你玩！"

她蹙着眉，不悦地看着好友。

如果、如果所有人都不理睬自己，那她是不是又要忍受曾经那般孤独、透明的校园生活？不，她不要那样！她绝对、绝对不能失去吴茉这个朋友！在那道目光的逼迫下，陆栀咬着牙，举起了手中的刀……

而她浑身发颤、用水果刀刺向小猫的画面，却被另一个少女微笑着、偷偷用手机镜头记录下来。

鲜红的血液不小心沾染掌心，孤岛上异变的花朵，终被玷污。

茂密的野草掩盖了两只猫的尸体，两人用背包里的矿泉水和湿纸巾擦洗了手，还喷了驱蚊水遮掩身上令人作呕的血腥气，飞快逃离现场，折返回落脚的客栈。

兴许是手机里存下了"罪证"，吴茉对好友比往昔更加热情——只要将这段"虐杀动物"的视频发到校园论坛上，再配上愤慨激昂的文字，一旦引发众怒，她就再也不用见到那张讨厌的脸了。

……

安静观看完整幕戏的少女缓缓在空旷的山道上显现出身形，脸色苍白，眼角通红。在那些来自好友记忆的片段中，她得知了太多自己未曾细究的东西，那些混合着丑陋与污秽的青春年少，是那样腐朽且脆弱，轻轻一碰，就全部碎掉了。

看着远处肩并肩、手牵手离去的两抹背影，陆栀只觉得今年夏天格外闷热，闷热到足以令人窒息。

自长生林中寻得"真相"后，陆栀的心情便处在低谷。

第二杯热茶下肚，她才哑着嗓子开口道："吴茉早就设计好了一切，连游戏注册页面都是她事先找人做好的；她还特意买了张电话卡，用陌生号码给我发任务信息，我居然傻乎乎地相信了，甚至从未怀疑过她邀请我玩'羽化'游戏的动机……我真的没有想到，吴茉她那么讨厌我……"

陆栀捏紧手中茶盏，如同喃喃自语：我不过是，想变得和她一样耀眼罢了。

虽说活了一把年纪，但杜卿却不能完全体会青春期女孩们的细腻心思，只是，获知那活泼伶俐的少女心存恶念，宛若见着破土不久的嫩芽扭曲生长成怪异的形状，不免叫他心痛。

"也不知道，吴茉后来有没有把偷拍的视频传到网上……"

"我这儿信号不好。"对于客人的担忧，杜卿立刻做出回应，"再说，会有人帮你把那些视频都删掉的，唔，'她'是个好孩子。"

"谁？"

"你说呢？"

"杜老板，你说的该不会是那尊樟木人偶吧？"陆栀举起右手，掌心和指尖的血污已经不知在何时消失了，她轻叹道，"我算是想明白了，她故意弄脏我的手，并非是在'惩罚'我，而是在'提醒'我啊——如果我今晚没有来找你们，我可能没办法知道吴茉的真实想法，也不会知道，自己的行为原来那么惹人厌烦。"

"来，或不来，都是你的因缘。"杜卿和风细雨地笑，"人在这世间走一遭，谁都无法逃脱因果轮回的制裁，即便是受了他人蛊惑，你今日造的杀孽可别忘了还，至于那位吴同学的报应嘛……"

不是不报，只是，时候未到。


一趟说走就走的旅行，一场说散就散的友情。

闹剧谢幕，两位少女的友谊也走到了尽头。

那一晚，陆栀没有再回黄字房。了解到"羽化"游戏的真相后，她已经无法再面对曾经的挚友了，等回到家之后，她会和父母商量转学的事。莫换领她去其他客房前，从杜卿书案上的白瓷瓶里取了一朵青白色的花，插在黄字房门口。对上少女疑惑的目光，他解释说这是长生花，能让吴茉一夜好眠，即便觉察到不来客栈午夜过后的异样，也会在第二天醒来时全部遗忘。

陆栀盯着花枝："如果，我是说如果，吴茉为自己的恶意付出了代价，她……还能找得到这里吗？你们，还会帮助她吗？"

"她未必寻得到。"

"为什么？"

"因为，我们不会在同一个地方停留太久。"莫换如实回答，"兴许你下一次来苍穹山的时候，便再无不来客栈了。"

陆栀似懂非懂地点点头，总觉得那个男人说这话时，透着一股落寞与无奈。

第二日大早，身心俱疲的少女便花了大价钱叫车，离开了。吴茉醒来后寻不到好友，恍惚间意识到什么，也匆匆忙忙退房，订了下山的大巴。

正午过后，不来客栈又恢复了往昔的平静。指派莫换拿来了全套清洁工具，杜卿揣着手站在黄字房的博古架前，一双清浅的眸子紧盯那尊樟木人偶，语气不满："怎样，是要我请你现身吗？"

话音一落，那偶人的关节便倏然活动起来，落地的一瞬，变作一位古代装扮的红衣小姑娘，恭恭敬敬对两位守林人行了万福礼，张口便是道歉："对不起，我知道木灵不应该插手人类的事，但那个女孩是真的很可怜嘛，我忍不住就……"

杜卿摸了摸她的脑袋："你做得很好。"

樟木木灵刚露出一丝笑意，就被杜卿接下来的话惊到直接失去语言能力。他将扫帚和抹布强行塞到她手中，不容置喙："在我这儿白住了这么久，也该付点报酬了吧？看你不像有钱的样子，不如就做工抵债好了，对了，黄字房打扫完了去地字房，陆同学昨晚在那里过的夜。"

苍穹山风景区的民宿和农家乐数量众多，当地赋闲在家的女人经常会找些后厨或者收拾客房的杂事来做。她们干活利索，按小时结算工资，一个电话上门，着实为员工稀缺的不来客栈解决了不少营业上的麻烦……可即便如此，精明的杜老板还是会寻找一切开源节流的机会。

木灵抓着清洁工具，有些不乐意："诶？大人，我就难得现这么一回形，您怎么连木灵的劳动力也要剥削啊……"

"你这说的是什么话？"

"我错了！您别生气，我、我这就去打扫！"

"现在的女孩们早就不用'大人'之类的称呼了，封建糟粕不可取，记得改口，不然可是很难融入现代社会的。"杜卿难得强势地纠正她，"万一哪天让你出去跑腿，一开口弄错称呼，多丢人呐！"

原来是在这等着呢。

樟木木灵松了口气，怯怯望着神情严肃的男人："那我应该管你们叫什么？"

杜卿一番冥思苦索，给出标准答案："叫小哥哥。"

"小……哥哥？"她小声吐槽，"可你们明明都好几千岁了。"

"这个称呼和年龄无关，和颜值有关。"杜卿将莫换往人前一推，不要老脸地顺带着把自己也夸了一通，"只要长得好看，年纪再大也是小哥哥。"

戏弄完樟木木灵，杜老板心情不错，他步伐轻快地走在回廊上，有一搭没一搭地和莫换说起昨日外出的见闻，然而提及被弃在山道边的幼猫尸体，他的声音渐渐低下去，不安地瞥了同伴一眼。

莫换难得敏锐，主动唤了他的名字："杜卿。"

"嗯？"

"你不必担心那种事会发生在我身上，我一向惜命，哪怕一只脚踏进鬼门关，也会不惜代价咬牙爬回来。"他语气虽冷，所言之事却有温度，"你我同生共死，只要你不生出一些奇怪的念头，我就绝不会出事。"

"我明白你的意思，是我多心了。"

"明白就好。"

"放心吧，现在的我，和你一样惜命。"杜卿笑得如同三月春风，"毕竟，这光怪陆离的世间百态，唯有活着，才能体会啊。"

# 《 紫檀镜匣·浓妆艳抹的他 》

激情褪去，男人坐在床上点了根烟。

手机因没电而自动关机，电视翻来覆去只有四个频道，女友在浴室洗澡……早知道山里这么无聊，当初就应该将旅行目的地定在海边，至少在没事做的时候，还能去沙滩上看看比基尼美女。

罗晨这般想着，随手拿起床头那只紫檀镜匣开始把玩——女友方敏嫌弃客房里没有像样的梳妆台，化妆不方便，特意去找客栈老板讨来了这玩意儿。

起初那姓杜的还不乐意，非说这只木头盒子精贵得很，生怕给他们弄坏了。

男人顿时觉得面子挂不住，一拍桌子，放出豪言："不就是个破木头盒子吗？弄坏了我赔！"

然后，他眼睁睁看着对方掏出一张鉴定证书，又报出五位数的市价……

吹出去的牛皮收不回来，他只好硬着头皮将那只紫檀镜匣小心翼翼捧回房间，宝贝似的供着，眼下仔细一琢磨，愈发觉得被糊弄了：几片黑乎乎的木头板外加一面普普通通的镜子，弄几个抽屉，刻几朵花，怎么就能值那么多钱？

都说无商不奸，自己该不会主动钻进店家讹钱的圈套里去了吧？想到这里，罗晨赶紧支起藏在夹层中的镜子，仔细检查镜匣是否早有损坏。

无意间的一瞥，他却忍不住大笑出声：镜子里显现的人影被加过特效，唇红齿白，鼻梁高挺，下巴尖细，描眉画目，"贴"了假睫毛，还"烫"了大波浪，活脱脱一个化着浓妆的网红美女……他想起方敏手机里那些拍照软件，只要打开美颜滤镜，就算相貌再普通的人，也能瞬间变成帅哥美女，还可以自选妆容，什么清纯的、可爱的、复古的、妖艳的，想变什么样就什么样，照片拍得堪比海报里的大明星。

所以，这镜匣里装的大概不是镜子，而是一面具有美颜功能的电子屏——怪不得一只破木头盒子开价好几万，敢情是自带"黑科技"呢！

闲着无聊，罗晨欣赏着"屏幕"里浓妆艳抹的自己，还模仿女友自拍时的样子摆出各种扭捏姿势。只是五分钟不到，那股新鲜劲儿就过了，合上镜匣的那一秒，他的耳边忽然响起极其熟悉的男声："很好看吧？"

罗晨本能地发出轻呼，随即抬眼环顾四周：方敏还在洗澡，这偌大的天字房内，哪里还有别人的影子？再一琢磨，那明明就是他自己的声音！

幻听？

不，不对，声音分明是从那只紫檀镜匣里发出来的……

就在他翻动木匣，妄图找到美颜功能的触屏按键或者控制开关时，更加匪夷所思的事情发生了：无论自己做出何种表情和动作，眨眼、扭头或者举手，屏幕里显现出的影像居然都纹丝不动，如同画面卡顿般停在那里。

男人一阵后怕，对着木匣狠狠拍打了几下。画面在外力作用下重新变得流畅，但那分不清是镜子还是电子屏里的影像却突然拥有了自主意识，彻底脱离了"本体"的控制。只见那化着妖媚妆容的男人施施然用右手撑住半边脸，冲罗晨莞尔一笑，捏着嗓子发出难听的尖细女声："既然这么喜欢拿女人的东西，不如，你自己去当女人好了。"

这又是什么新功能？

罗晨的舌头仿佛打了结，半天没有发出一个完整的音节。


因为午夜过后还要营业的缘故，杜老板的作息时间一直很乱，偶尔还会露出一副睡眠不足的样子。毕竟，他不能像莫换那样，困了倦了随时变成猫儿找个地方小憩片刻——小猫咪偷懒是天经地义，当主人的偷懒，那是天打雷劈。

往常这个时间点，杜卿已经歇下了，今儿算是特例。

……又到了月底盘账的时候。

杜卿端坐在曲尺柜台后，面前是摊开的账本和一叠购物小票，右手提笔记账，左手飞快拨弄着算盘——账面上往来金额不大，比起电子计算器，还是这种古老的计算工具更让他踏实。

"扣除水电费和房租，上个月又没赚到多少钱……莫换，和你商量个事，你少吃点儿行不行？"

"说起来，前几天有客人退房时顺带买走了一张罗汉床，这么一算，这个月应该不会亏本了！啊，我可没有狮子大开口，只是稍微抬高了一点价格——反正是好东西，只要买家觉得不亏就好了！"

"百里烬说下周有几个旅行团要来苍穹山，问我这边有没有空房。人一多，我就不太想接待，可是，正常生意也得做啊，指不定能遇到有缘人呢？"

算珠碰撞的清脆声响合着脚边黑猫轻不可闻的呼噜，着实一片好光景，却被远远响起的玻璃碎裂声所惊扰。

杜卿停下动作："什么声音？"

黑猫抖了抖耳朵，支起上身："天字房的客人砸碎了镜子。"

"镜子？镜子碎了就碎了，岁岁平安，记得提醒我让他退房时赔……"他垂着眼打算继续盘账，忽而咂咂嘴，抬起脸又问，"哪里的镜子？"

"那只紫檀镜匣。"

"什么！那个可值不少钱！"仿佛看见大把钞票随风而逝，惜财如命的杜老板猛地绷直后背，再也顾不上算到一半的账目，抄起算盘就往外冲；不曾想，黑猫先一步幻化成人形，长臂一伸，扯住他的衣袖。

莫换神色一凌，眼眸中是久违的斗志："动手的事，我来。"

杜卿疑惑："谁要动手了？"

莫换看看他手里可以充当"凶器"的算盘，欲言又止，后者哭笑不得，安抚般拍了拍他的手背："别误会，我是打算去动嘴——把摔坏的紫檀镜匣给推销出去，那东西可不便宜，要是能卖个好价钱，咱们买车的首付款就有了。"

莫换"喔"了一声，松开攥紧的手。

方才那一番拉扯，他力道使得太大，不小心将杜卿居士服领口盘扣崩开，露出了后颈和半个肩膀，那里已经有一大片皮肤枯竭、干裂，显现出树皮般的粗糙纹路——这是双生朽木养料不足的征兆。这么多年来，这种病变般的征兆只会出现在杜卿一人身上，他有时会半开玩笑道，如果放任不管、没有及时补充养料的话，自己会慢慢变成一截木头也说不定。

见得那处"病变"，莫换眼角一缩，陡然抬高声音："身体长出这么大一片木纹，难道你自己一点感觉都没有吗？"

"唔，长在背上又不会影响日常生活，我就没在意。"杜卿扭头，稍稍活动了一下僵硬的右肩，"前几天，我去长生林里清点过一遍，刻有'允'字的枯树不多了，这段时间咱们得省着些用。"

只有待签过允诺书的树主死去，守林人才能砍伐、焚烧他们的长生树，用作双生朽木的养料。但人的一生本就是或短暂、或漫长的过程，少则几天，多则几十年，倘若树主是非人的异类，寿命则会更加漫长……如果不经树主生前同意便损毁枯木，无异于违背天道；如果人未亡便先行伐树，无异于间接杀人。

这是一场与时间的博弈，而两位参与者除了耐着性子等待，别无他法。

尽管杜卿所言在理，莫换的回答却不容置喙："不管还剩多少，今晚就去给双生朽木添养料，不容耽搁。"

杜卿整理好衣领，抬手将略长的发尾全数拢到脖颈后面，刚想答应下来，外头居然又传来一阵玻璃碎裂的声响，比先前那声更响、更刺耳。男人的眼底都快要冒出火来："这回又碎了什么？"

"浴室的镜子。"

"怎么个碎法？"他不甘心，"是碎了一角，还是全碎了？"

要是只碎了一角，补补还是可以用的。

莫换挑了下眉，捻灭了他的念想："粉身碎骨那种碎法。"

杜老板露出一个想哭的表情。


天字房里住着一对热恋中的小情侣。

两人来的时候如胶似漆、浓情蜜意，这才过去一个晚上，不会就沦落到一言不合就动手的地步吧？怀揣三分八卦、七分愤慨，杜老板当即领着自家伙计"杀"向位于西北角上的天字号客房，只是，一条回廊还未走完，第三声、第四声、第五声……玻璃制品"阵亡"的声音接连响起。

"镜面瓷杯。"

"画框玻璃。"

"电视机屏幕。"

听着莫换的实况播报，杜卿脸色越来越差，步子也越走越快。距离客房还差几十米的时候，房门从里被人打开，名叫方敏的女客人怒气冲冲地从里面冲出来，手里还拖着一只粉色行李箱。

她扭头冲房间里的人比划中指，嘴里也没闲着："……什么幻听了，幻视了，我看就是你脑子有病！你砸啊，最好全都砸了，我看你能不能砸出个鬼来！难得来一趟旅行，你推三阻四不肯带我去海岛就算了，非要来这种鸟不拉屎的大山里丢人现眼！要发疯你就一个人留在这里发疯，别算上我！罗晨，我告诉你，你要是不想谈了就直说，装疯卖傻算屁的本事！"

杜卿本想上前劝架，可见到女客人这副吃了枪子儿的架势，他默默缩回角落，顺手把云里雾里的莫换拉到身后。

很快，那位叫做罗晨的男客人就追了来。

他上身胡乱披了件外衣，下身只穿了一条平角内裤，赤脚跑出客房，迎面撞见杜卿他们也顾不上回避，借着月光直奔向院中，紧紧抓住女友的手臂，哀求道："敏敏！我的好敏敏……你别这样，你听我解释……"

"神经病！"

"镜子里真的有个女人，不对，是男人，他在和我搭话……"

"你是不是脑子坏掉了？有病就赶紧去医院啊！在这里演什么戏精上身？"方敏不耐烦地甩开他的手，声音又提高几个分贝，"这破地方我是一天都不想待了！还有你，不要缠着我！"

两人从院子里一直纠缠到客栈外，不多时，山道上就响起了车辆启动的马达声。若不是男客人的行李还留在客房里，杜卿甚至怀疑，这莫不是最新的逃单把戏——还是男女搭配的苦肉计。

闹剧最后的结局是，方小姐无情抛下男朋友，独自开车离开。

罗晨原本想搭辆车追上去，无奈不来客栈的位置实在太偏僻，平时很少有车途经，更别说这大晚上的；再向那看热闹不嫌事大的客栈老板一打听，景区的接送大巴每天只有早晚两班，座位有限，还要提前预约，最快也得等到明天早上才能出山……等他哼哧哼哧回到市区，女友怕是都约好小姐妹开始筹备单身轰趴了。

见客人情绪不佳，杜卿走过去，发表人道主义安慰："罗先生，天色不早了，先回房休息吧，我给你预约明天下山的早班车——不加收额外服务费。"

谁知罗晨听了他的话，头摇得像拨浪鼓："杜老板，不是我说，你这儿太邪乎了吧？那房间……那间天字房，闹鬼啊！我女友脑子转不过弯，她不相信我说的话就算了，你不能不信！我花了钱，你就得对客人负责到底啊！反正我是不会住的，今晚我跟着你们，哪儿都不去！"

念这厮情场失意，杜卿并不打算拒绝这种无理的要求，甚至开始盘算，能否和他做一笔能够拿到"允"的交易："跟着我们？唔，我们平时就住在那边的小二楼里，罗先生如果不嫌弃的话……"

"我也去！"他赶紧接话，"那家伙会突然出现的，别留我一个人！"

"谁？"

"镜子里……不是，玻璃里……总之，从刚才起，就有'鬼'跟着我，还对我说了很多奇奇怪怪的话，简直阴魂不散！"

"他想做什么？"

"他、他……"罗晨有些赧于开口，"他想把我变成女人。"

有一种凝重在三个男人之间弥漫开来。

迟疑数秒，杜卿将手搁在唇边，轻咳一声："今晚我们有的是时间聊天，只是，罗先生不会打算一直穿成这样吧？"

罗晨这才意识到自己此刻的狼狈。

他涨红着脸，将上衣往下拉扯了一截。


在杜卿的授意下，莫换去天字房取来了客人的行李箱，顺便收拾掉一地碎玻璃渣。

罗晨出现在闻木轩廊庑时，已经穿戴整齐，那家伙样貌周正，打扮新潮，一看就是很招桃花的类型。刚跨过门槛，兜里的手机就震动起来，兴许是很重要的来电，他连招呼都未来得及和坐在柜台后的杜老板打一声，转身出去接起电话。

入夜之后，古宅出奇静谧，杜卿放慢拨弄算盘的动作，不动声

76

色听着客人说的话。

电话是罗晨母亲打来的，当儿子的张嘴就是指责："喂，妈，你看到我刚才给你发的信息了吧？啥，没钱？妈，你怎么还搞不清楚状况啊，方敏她爸在局里上班，家庭条件甩我们家几条街，不花点钱怎么追得到手？她现在和我闹矛盾……我当然道歉了，但她在开车不接我电话，回去以后我想办法去找她，但是，得送点东西才行的……一万？你先给我这么多吧，唉，她平时背的包都得一两万，便宜的礼物根本不会正眼看……"

"算了，跟你说不明白，我打电话给罗珍！"

"姐，是我！对，我在苍穹山呢，还不就是那个事呗……姐，你给我点钱吧，当我借你的行不行？咳，那些不是早都花完了吗？我好不容易谈到条件这么好的女朋友，要是这时候黄了，我不甘心啊！姐，再帮帮我吧……"

电话那头的人不知说了些什么，男人的脸色逐渐好转，结束了通话。像是为了掩饰先前的窘迫，他叼着烟走进屋，主动上前与杜卿攀谈，顺势递来一支烟。杜卿摆摆手，示意自己没有抽烟的习惯，在"商量赔款"和"八卦吃瓜"两个话题中果断选择了后者："罗先生，你和方小姐……"

人大抵都是健忘的，在闻木轩一转悠，身上沾了活人气息，罗晨迅速将半小时前所受的惊吓抛却在脑后。

"闹别扭而已，我都习惯了。"他猛地吸了口烟，开了话匣子，"我女朋友家里条件不错，从小就是大小姐脾气，受不了一点委屈，估计是在气我这次没带她去海岛旅行，存心找茬呢！"

"女孩子嘛，都得哄着。"

"哄？"他嗤了一声，"杜老板，我看你年纪不大，应该还没成家吧？"

"嗯，还没有。"

"是不是也没谈过恋爱？"

"怎么？"杜卿指尖一顿，"我说得不对吗？"

"稍微见过点世面的女孩子，光靠嘴上哄的那一套可追不到手——得花钱才行。"罗晨捻着指尖，比划出钞票的意思，用一种过来人的口吻教育对方，"买包，送奢饰品，出国旅行，去那种拍照好看的高级餐厅……哪一样也不能落下！我爸妈都是农民出身，家里条件很一般，我当初追我女朋友的时候，刷爆了几张信用卡！追到手还憋了一个月，才把正事儿办了……现在就一门心思等她怀孕，然后立刻上门提亲！"

见原本坐在一旁玩手机的莫换忽然抬眼看着自己，罗晨兴致更高，他像一个布道者，兴奋地诉说着自己的恋爱心得："咳，像我女友那种家庭，家长都是死要面子的，等生米煮成熟饭，彩礼钱不就可以免了嘛！而且，为了宝宝的健康，肯定搬去她家闲置的房子里先住着，一来二去，婚房也省了！"

听罢那些恶臭至极的话语，杜卿不由冷笑："看样子，罗先生可没少在方小姐身上花心思。"

"那当然！"全然没有听出话语间的嘲讽，罗晨依旧滔滔不绝，"不是我势利眼，但现在这世道，只要男人有本事娶到有钱人家的女儿，就能少奋斗十几年！我眼下多花点钱也没关系，这叫做合理投资……嗨，说起来，苍穹山这两年可是热门景点，你们这客栈挺有格调，应该有不少单身女孩来过夜吧？等着，哥来教你……"

天地良心，他可不屑与这种渣滓称兄道弟。

杜卿招呼莫换："喂，我不想做他的生意了，能麻烦你把这货直接打死，然后丢到外面去吗？"

莫换站了起来。

这是在下逐客令吗？罗晨瞪大眼睛，不确定地伸手指着自己，刚想数落那位气焰嚣张的年轻男人几句，却见那姓莫的伙计挂着一张冰山脸走向曲尺柜台，抬手、握拳，借身高优势在自家老板头顶落下……

嗯？这家店到底是谁做主？

莫换收了手，沉声警告："你认真一点。"

杜卿吃了一拳，捂着脑袋反驳："我很认真的——你听听，他说的那是人话吗？"

莫换面上波澜不惊："之前不是还在说，双生朽木的养料快不够了吗？怎么，这一单送上门来的生意，不打算接？"

被掐住命门，杜卿瞬间败下阵来。他收起算盘，合上账本，换作平日里一团和气的模样，冲着不明所以的罗晨勉强一笑："罢了，眼下这时辰也快到不来客栈真正的'营业时间'了，还是渡你一程吧。在此之前，罗先生，能否请你如实地告诉我们——你从女人那里拿走过什么？"

"关你屁事？"

"怎么不关我的事？"杜卿反问，"你不肯说，我要怎么帮你？"

罗晨瞳孔一缩，慌张起身，嘴里念念有词："慢着，你问的那句话，怎么和木匣镜子里那个男不男、女不女的人影说出来的话一模一样……我就说这家店邪乎得很，是你们在背后搞的鬼吧！"

不等两人作答，他便小心翼翼往大门方向挪步。却因太过紧张，脚下一个趔趄，摔了个嘴啃泥，刚一抬头，一柄开过刃的短剑就落于眼前。而执剑之人，正是那个拽到敢揍老板的客栈伙计。

比起这个，更让罗晨恐惧的是，明晃晃的剑身上倒映出他的影子，依然是先前看见过的化着可笑妆容的女人形象。"她"矫揉造作地问他，是不是已经准备好以这副面貌来度过自己的下半生……

声音不大，却足以刺穿罗晨的耳膜。

而他又不能像打碎镜子和玻璃一样，毁掉眼前的这把剑。

罗晨抱着脑袋大声叫嚷，妄图盖过"她"的声音，既可怜，又可笑。杜卿徐徐蹲下身子，迫使男人与自己对视："罗先生，如果你再执迷不悟，恐怕，用不了多久，你在所有人眼中便会是那副'丑态'了——要知道，人的眼睛可是比镜子和玻璃更加清澈明亮的东西，总有一天，他们都能看见。"

面对一而再、再而三的"精神污染"，男人终于濒临崩溃的边缘。


罗晨出生在一个偏僻的小山村里。

苍穹山也偏僻，但偏僻出了味道，大路一铺，立刻摇身变作修身养性、净化心灵的世外桃源，当地居民靠旅游业发家致富，不出几年，家家户户都盖起了新洋房。罗晨的家乡没有这么幸运，他的父母和村里绝大多数人一样，守着祖上传下来的一亩三分地，日出而耕，日落而息，若是无灾无患，一年到头勉强能填饱肚子。

日子虽然清苦，但他始终觉得，童年时光实在是逍遥自在：一日三餐并不丰盛，但只要家里有肉，必然出现在他的碗里；学校是可以随意去留的地方，两个老师管着三十多个孩子，根本顾不过来；同村的男孩个个会来事，他没心没肺地跟着他们，今天去摘村口老张头家的桃，明天去烧赵寡妇后院的草坡，玩够了就回家歇着，顺便琢磨明天去哪里折腾……那个年纪的乡下男孩几乎没有烦恼，唯一耿耿于怀的，也不过是没有隔壁铁柱跑得快、尿得远罢了。

说到底，只因他是带把儿的，一家人都疼着、宠着。

罗晨并非家中独苗，上面还有一个大他两岁的姐姐，叫做罗珍。事实上，他原本有四位姐姐，其中一个年幼时患了病，家里没舍得花钱带她去城里的正规医院治疗，只随便从卫生所开了点药，不久便夭折了；另外两个姐姐则在他很小的时候被远房亲戚抱养，至今没有再见过面；至于罗珍，考虑到当时的经济状况，原本老罗是打算把她过继给兄弟的，只因妻子翠玉说了句"万一下一胎生了儿子总得有个姐姐照顾"，这才勉强将她留下。

结果翠玉一语成真，老罗四十三岁那一年，终于得了个儿子，隔日他便杀猪宰羊，宴请隔壁乡邻。饭桌边，干瘦的男人边喝酒边抹眼泪，说罗家终于不再是"绝户头"，自己以后可以抬头挺胸走路了。

虽然没办法在物质条件上满足宝贝儿子的要求，但穷人家自然有穷人家的宠法，没多久，罗珍便沦为了弟弟的"保姆"，尽管彼时她自己还只是个孩子。

仗着全家人的偏爱，罗晨不用洗衣，不用喂猪，不用操持任何家务，有时学校老师催得紧，连作业都全部由罗珍代劳。然而，她对此毫无怨言——村里的女孩都是这样过日子的，在老一辈的影响下，她们打心底里认为自己不如男孩金贵，心甘情愿牺牲自己的幸福，为哥哥和弟弟铺平未来的道路。

罗珍亦然。

她知道，自己面前只有两条路可走：要么，念完初中就去南方打工，每个月按时寄钱回来，给家里盖新房；要么，早早结婚生子，用彩礼钱给弟弟娶媳妇，像妈妈翠玉一样，一辈子守在大山里。

然而十岁那年，命运却向这个女孩展示出了另一种可能：立春之际，村里来了一队支教老师，他们带来了书本和文具，还将破旧的教室翻修一新。或许是潜意识里还有着对第三条路的向往，在那群年轻教师的鼓励下，罗珍暂时打消打工的念头，开始用功读书，最终考上了城里的一所高中。

当她兴高采烈拿着录取通知书回家后，老罗抽烟叹气，闭口不谈送她进城的事；翠玉则直截了当劝女儿断了继续读书的念想，考上城里的学校是很不容易，但女孩说到底都是要嫁出去伺候别人的，肚子里的墨水再多，也没有多怀几个男娃娃稀罕……不仅如此，她还要罗珍把进城念高中的机会让给弟弟。

那时候，村里的审查并不严格，老罗提着烟酒和猪肉出了趟门，不知找到谁、托了什么关系，居然真的让罗晨顶替姐姐罗珍进城里上了高中。只可惜，罗家独子本就不是读书的料，又连跨两级，成绩自然一塌糊涂，草草混完高中三年，又勉强读了个专科，混了张文凭，毕业后在一家公司做电脑维修方面的后勤工作。

在城里"忙事业"的这些年，罗晨没攒下多少钱和人脉，吃喝玩乐倒是样样精通。他热衷于测评市面上的新款电子产品，逢人便吹嘘自己是IT精英。

凭借"捏造"的高薪职位和出众的外形，罗晨俘获了不少女孩的芳心，直到机缘巧合认识了有钱又漂亮的方家小姐，浪子才决定回头——如果能攀上这门亲事，下半辈子就不用发愁了。

所以，再也不会有比这更真的"真爱"了。

为了牢牢拴住方敏的心，罗晨可没少向家里拿钱来包装自己，只是父母务农的积蓄毕竟有限，掏空所有信用卡之后，他理所当然将手伸向了姐姐的口袋——罗珍初中一毕业就去了南方打工，在工作之余参加成人高考，靠着自己的努力走出了那个贫穷的小山村，独居在另一个城市里，还遇到了值得托付一生的好男人。

可惜，再远的距离都无法磨灭相连的血脉，除了定期向家里寄钱外，她还得时不时拿出生活费来补贴弟弟；特别是自从方小姐出现后，罗晨"手头紧""就差几千""靠泡面度日"的频率比之前更勤了。

做姐姐的，心疼。

终于，罗珍辛苦攒下的买房首付款，都变作了另一个姑娘肩膀上的包。


对于两位守林人来说，这一夜分外漫长。

罗晨交代完自己的过往，战战兢兢地从地上爬起来，抹了把脸上的冷汗："若非说我从女人那里拿过东西，也就是指这些了吧？但钱都是我姐自愿给的，我一没偷二没抢，只拿自家人的东西，怎么就触了霉头、招惹上这种……"

他抿着唇，瞥了眼"凶器"里倒映出的女相人影。

杜卿没有急于回答客人的疑惑。

尽管家庭成员间的亲疏关系不尽相同，但那种烂到骨头里的毒瘤却会相互感染，且压根没办法从一群人身上剔除干净——今日渡了罗晨一人，那罗珍呢？翠玉呢？还有村里那些沉浸在自我牺牲、自我感动中的女孩，谁来渡她们？

被抢夺的人却不自知，可怜，可悲，也最可怕。

这阵沉默，却让罗晨再度紧张。

他犹豫道："还有，我动了我妈养老的钱，说是拿去投资，明年就能还她，其实，钱都已经被我挥霍完了……呃，我还以结婚为由骗过前女友，让她办了几笔小额贷款，拿着借来的钱出国旅游、购物，分手之后，我就再也没帮她还过债，还有前前女友和前前前女友……"

在罗晨眼中，所有女人都是可以随意压榨的工具，当他习惯于向她们伸手索要钱与爱的时候，便再难从泥沼中爬上岸。

他的声音至此而止。

房间角落那座落地钟的时针与分针开始重叠，沉闷且压抑的十二声钟响后，眼前的景物便如同画片般被撕碎、涂抹、翻转、拼凑，重组成另一幅泛着古旧气息的画片：曲尺柜台变作宽长桌案，塑料脚垫变作草编蒲团，隔断变作屏风，挂灯变作烛台，就连客栈那一对关系不太对付的主仆，也都成了古人打扮。

看着瞬间回溯到数千年前的宅邸，罗晨喉咙里发出了几个暗哑的感叹词，软着腿脚向外爬，随即又被莫换抓着脚踝拖拽回来。

本想过来避一避天字房里的邪祟，未料，这里才是整间客栈最诡异的存在！男人用手护着脸，毫无章法地挣扎一通，无果，只得合掌乞求："你们别害我，我这就打电话给我妈和我姐，她们从小都很疼我的，我让她们给你们打钱，多少钱都行，求求你们了，不要伤害我……"

但凡是人，那所图不就是钱吗？

只要给钱，就一定能解决问题，不是吗？

罗先生万万没想到，自己这番滴水不漏的逻辑，在不来客栈却碰了钉子——那两人看他的眼神，全然没有一丝动摇。

"我说过，我们是来帮你的，至于能不能让那副'女相'从你眼中消失，还得看你自己的造化。"杜卿回到案几边，铺纸研墨，为接下来的生意做准备工作，"再说，罗先生，你瞧我像是缺钱的样子吗？"

"像……"

"嗯？"杜卿擎笔的手一顿。

"不、不像！一点都不像！"善于察言观色的男人立刻重新组织语言，"除了我这条命，不管你们要什么，我都给，都给……放心，从她们那里骗来的东西、借的钱，我都会想办法还回去的，给我点时间！求你们别把我变成女人，那还不如让我死了呢！不，我也不想死……"

他双手往下半身一捂，丑态毕露。

杜老板的耐心用完了，他冲莫换点头示意，后者则径直走到房间深处的多宝格前，挪动那截枯枝，让隐匿在另一个时空中的森林显现出原貌。


罗晨揣着手，独自走在落满白雪的崎岖山道上，时不时跺几下鞋底的冰渣子。

从深度昏迷到苏醒过来差不多用了一刻钟，而他一边走，一边想，终于慢慢回忆起长生林里发生的种种离奇古怪之事，也总算弄明白了自己此刻的处境——这里，是他曾经居住过的清贫山村。

他又回来了。

而且，是回到了十几年前。

走到下一个山头，就能瞧见那几间再熟悉不过的土坯房了，老

85

罗和翠玉两人大半辈子都住在那里。他和罗珍不是没想过将父母接到身边享福，但离开那几块地，老两口没有任何经济来源，对做子女的来说，实在是极其沉重的负担。至于这几年罗珍寄回来盖房子的钱，基本只能在翠玉的存折里存上两三天，还没捂热，就又汇到了自己这里。

罗珍也纳闷，明明钱寄了不少，老家新房却迟迟盖不起来……

后来她才知道，自己汇的款都进了弟弟罗晨的口袋，可即便如此，当姐姐的也没说什么，因为这事儿翠玉早就和她打过预防针，寄回家的钱就是泼出去的水，他们愿意怎么花就怎么花。

今日，老罗出门打牌去了，土坯房里不见他的身影。

罗晨推开篱笆门，站在院子里回忆着童年，身后忽而响起一个声音："你找谁？"

他回头，发现是姐姐罗珍。

彼时的她只有九岁或十岁，穿着旧棉袄，扎着马尾辫，脸蛋冻得红扑扑的。罗晨笑着三两步跑过去，一声"姐"刚到嘴边，又被他咽了下去：现在的自己和当初那个土得掉渣的农村小子简直是天壤之别，还有十多岁的年龄差，罗珍不可能认出他；就算挑明自己的身份，她能相信这种近乎于"穿越"的情况吗？

罗晨犹豫道："我……找你，嗯，找你，你是罗珍吧？"

"找我做啥呀？"

"没啥，我就是……"

就在姐弟两人陷入尴尬之际，翠玉领着年幼的儿子从屋里走出来，扯着嗓子用方言嚷嚷："死丫头，你又在和谁说话？"见到院子里站着的生面孔，妇人警觉，倒是小罗晨毫无顾忌，一路小跑到小罗珍面前，伸手索要东西。

"姐，今天的鸡蛋呢？"

"有呢。"她说着，从破棉衣的口袋里掏出一个白煮蛋递过去，"拿好。"

罗晨想起来，那是学校拿到一笔补助金后，特意为学生准备的营养餐，每天都会发牛奶或者鸡蛋，但罗珍总会省下自己那份，带回家给他。

男孩眉开眼笑地接过鸡蛋，当即剥掉蛋壳塞进嘴里，两口就吃了个精光，大概是吃太快被噎着，他边打饱嗝边往屋里走，连一句谢谢都没有，更别说正眼去瞧一个不知怎会出现的陌生人。

啧，我小时候这么拽的吗？

罗晨内心一通嘀咕，这才发现，那孩子身上穿着件明显不合身的女式花棉袄，正反面都绣着大朵大朵的绣球花，看上去和小姑娘似的。翠玉怕儿子冷着、冻着，里里外外给他穿了许多件衣服，显得十分臃肿，再加上脑袋上那顶带毛球的帽子，一跑起来，看上去简直就像只飞驰的……小王八……

呸，哪有这么说自己的！罗晨甩了甩头，余光又一次瞥见小罗珍身上的单薄衣物：在他的记忆中，那身棉衣她穿了好几个冬天，一直没有添过新；后来，扶贫物资里有了女童棉衣，村干部立马送来一件，但那身新衣裳罗珍只穿过两次，便按照翠玉的吩咐，脱下来留给了弟弟——七八岁的男孩还没有意识到绣花棉衣不适合自己，也丝毫没有看出姐姐眼神中的难堪和沮丧，喜滋滋地穿着暖和厚实的冬装，在雪地里翻滚。

原来从这时候起，自己就在拿用女人的东西了……

怪他吗？是的，他自然有不对的地方，但其他人——老罗、翠玉、村里的其他人，包括罗珍自己，都难辞其咎。

见翠玉还一脸防备的神情，罗晨双肩一耸，随口扯了个谎："我？我是村里新来的支教老师，正巧路过附近，特意过来看看。"

"那你看呗。"对于城里来的"知识分子"，村里的女人们多少有些敬畏的，翠玉打量他几眼，称道一句，"到底是城里来的人，这穿衣打扮就是和咱们村里不一样，瞧，小伙子多俊呐。"

罗晨干笑两声，指着屋里啃烙饼的男孩委婉道："妈……呃，阿、阿姨，那身棉衣让男孩穿，不合适吧？"

"有啥不合适？"

"那是女孩子穿的吧？"

"哎，小孩子懂个屁！"

"小孩子不懂，但大人得懂啊！女孩子的衣服，当然要给女孩子穿，天这么冷，把新棉衣留给姐姐……我是说，给罗珍穿，不好吗？"

"干啥？当老师的，连小孩穿啥衣服都要管啊？"翠玉满不在乎，抓起门边的扫帚，清理院子里的积雪，嘴巴像倒豆子般说个不停："我说你们城里人也真是奇怪，说好的扶贫，凭啥只给女娃买棉衣，不给男娃买，这不是偏心吗？回头我得上村委会说说，我家里两个娃娃，要给咱送东西就该送双份的，凭啥只给女娃？那还不如直接给钱呢，欺负我们老实人？"

罗晨张了张嘴，不知该如何接话。

他儿时见识过无数次爹妈这样混淆黑白、胡搅蛮缠的场面，但那时他是获利方，从未觉得有任何不妥，如今换位感受一番，心中膈应至极，却又无可奈何……年轻男人逃兵似的向院子外走去，不愿在此多留。

见女儿站在一旁搓手发呆，翠玉呵斥她进屋做饭，小罗珍听话照做。只是还没走进土坯房，她转身跑向院子外，气喘吁吁追上罗晨，往他手里塞了样尚有余温的东西，男人低头一看，那是一枚鸡蛋。

　　不理会身后母亲的责骂，小罗珍冲他纯朴一笑："我还有一个鸡蛋，送给你吃。"

　　女孩的睫毛湿漉漉的，不知是沾着霜雪还是泪花。

　　"为什么给我？"罗晨不解地看看手里的鸡蛋，又看看面前的女孩，"我不饿，你自己留着吃吧。"

　　"谢谢你。"

　　"你说棉衣的事啊？嗨，我就是随口一说……"

　　"嗯，但弟弟身体不好，天冷，要穿得暖和些——你别怪我妈，是我提议把新棉衣留给弟弟穿的。"

　　"原来是这样。"他难以置信，许久才开口，"喂，你讨厌你弟弟吗？"

　　"不讨厌啊，我非常喜欢他！弟弟虽然有点顽皮，但他又聪明、又精神，以后一定会很有出息的！"罗珍几乎是脱口而出，"有好几次我爸喝醉酒打我，都是弟弟他站出来保护我的……他还那么小，就知道帮我……"

　　她打心底里是这样想的，因此和陌生人提到弟弟时，眼睛都在发光。但罗晨看见，罗珍眼中分明还有一点转瞬即逝的怨愤："但是，为啥大家都觉得女孩不如男孩呢？如果爸妈像重视弟弟一样重视我，我、我也会很有出息的！"

　　翠玉的责骂声传来，小罗珍急忙冲他挥了挥手，向并不温暖的家跑去。

罗晨手里抓着一枚鸡蛋，久久站在原地。不来客栈那位杜老板似乎说过，会将他送回某个重要的记忆节点，但他觉着，这不过就是自己儿时稀松平常的一天罢了……对于姐姐罗珍来说，对于村里的女孩来说，对于这个世界上的许多女人来说，每一天都是这样"稀松平常"。

他剥掉蛋壳，将鸡蛋送进嘴里艰难地咀嚼着，却始终没能顺利地吃完它。

那颗白煮蛋就像苍白的言语、沉重的心事，不上不下地卡在男人的嗓子眼里，咽不下去，也吐不出来。

对杜老板而言，不管白日开的是什么店、做的是什么营生，午夜过后的生意总会让人更加劳神费心。

将今晚的客人送回曾经的记忆之中后，莫换执意要去给双生朽木添加养料。正如杜卿所言，长生林里可供砍伐的枯树屈指可数，两人一合计，选了其中一棵——树主在四十年前与守林人做过交易，于两个月前寿终正寝，安然过完了平凡的一生。

干枯的树枝和腐坏的因果被逐一投入燃烧的青焰中，还有那薄薄一纸允诺书。过了半炷香的时间，莫换将焚烧所得的草木灰聚拢进布袋子里，全数倾倒在双生朽木根部，这些活对他来说轻车熟路，几乎没花多少力气就做完了。随后，他又去检查杜卿后颈，那处发生病变的皮肤明显有了恢复迹象。

幸好是有惊无险，但不知下一次发作，又会在何时……

如果无法补足"养料"的那一天真的到来，他们该何去何从？

就在莫换迁思回虑时，杜卿却想着要尽早折返——他惦记着罗晨的抉择。

自从接了守林人这份差事，两人不止一回撞见过这般"病入膏肓"的客人，带着那些家伙往长生林里走一遭，总有一两个不肯认错的刺头。杜卿经常会在事后反思，莫换倒是看得开些，淡定一句"尽人事、听天命"。

　　想来的确如此，人与人之间的亲疏关系不尽相同，在大多数时间里，守林人只是扮演着听故事的角色，偶尔点拨。若是能令客人回归正途，那自然是好的；若是客人依旧执迷不悟，他们也无能为力。

　　"是啊，往后会走上哪一条道路，全由他自己决定。"遥望着罗晨的长生树，杜卿轻声一叹，"至于他的女友……"

　　"遇人不淑，可惜了。"

　　"倒也不是。"杜卿眉眼一垂，"其实，那位方小姐刚出景区就被拘留了——她在接受审讯时说自己这几日都在不来客栈落脚，所以，警方第一时间通知了商会，百里烬给我发消息说明了情况。我才知道，方敏并非是有钱人家的千金，也没有当局长的父亲，她用从各种贷款软件上借来的钱将自己'包装'成名媛，为的就是嫁个有钱人，未能如愿就狠狠讹上一笔钱，改名换姓继续行骗。"

　　"那她和姓罗的，岂不是……"

　　"同行遇同行，呵，都看走眼了。"杜卿内心的五味杂陈最终化作唇边一抹笑，"也许是罗晨在旅行中途露了马脚，方敏故意趁这次机会脱身止损也说不定——喔，对了，百里烬还说，警方在她的行李箱里发现了罗晨的钱包、单反相机和平板电脑，应该是偷了东西打算跑路吧？"

　　莫换的眉头缓缓拧成一个疙瘩。

　　很少见到镇店之宠流露出这种既苦恼又困惑的表情，杜卿急忙安抚说没关系，事情已经通过商会解决掉了，不会再和不来客栈扯上关系。

"我只是觉得奇怪。"莫换凝视着他，"你和百里烬很熟吗？"

"哈？"这个问题着实出乎意料，以至于杜卿怔了许久才回答，"我和他只是偶尔联络罢了，毕竟人家是商会管事的……"

"那家伙有心挖掘不来客栈的秘密，你还是和他保持距离比较好。"

"我心里有数。"杜卿抬手摸着下巴，附和道，"不过，百里烬是个聪明人，我想他是不会主动给自己找麻烦的。"

"但愿如此。"

"话说，你方才那是什么酸不溜秋的语气啊？"难得抓到某人情绪波动的时刻，杜卿故意揶揄，"感觉就像是我放着家里的小猫咪不摸，非要出去摸野猫一样！放心吧，这都搭档好几千年了，天底下哪儿有人能熟得过你——也不看看我们是什么关系。"

"哼，谁会在意那种无聊的事。"莫换移开目光，踌躇片刻，呓语般问一句，"你把话说清楚，我们……是什么关系？"

杜卿斩钉截铁地回答："你爸爸永远是你爸爸。"

看着那个每天在作死边缘反复横跳的家伙，莫换的脸色变了几变，最后咬牙切齿地说："滚！"

# 乌木无事牌·那天下了一场生锈的雪

苍穹山风景区的商户有个聊天群，杜老板也在其中。

不必奇怪，活了千年的老怪物也是需要经营社交圈的。

群里一直很热闹，东家长西家短，七个碟子八个碗，聊什么的都有，只是今日他们谈论的话题却有些特别。

杜卿往前翻看了几十页，总算弄明白了事情的原委：有人说，后院好端端散养的鸡昨晚死了好几只，整只活鸡被撕咬得七零八落，满地都是鸡血和鸡毛，他怀疑是有野兽从山里跑出来觅食，嘱咐其他商户注意安全。

一石激起千层浪，遭劫的不止那一家店。

还有店家言之凿凿，说那些家禽并非是被野兽咬死，而是被人生吞活剥了——他仔细检查过死鸡身上的齿痕，分明是人类牙齿所留。昨晚他喝了不少酒，回来时居然撞见一位身姿曼妙、红裙招摇的陌生美女在自家院子里走动，还冲他嫣然一笑，甜腻腻说了声"多谢款待"。

景区平日里也能见着不少美女游客，她们衣着光鲜，热情奔放，渴望在仙境一般的苍穹山邂逅一段良缘，可在深夜时分孤身一人外出溜达……着实不太正常。酒醒后，他越想越觉得此事古怪，再瞧见群里的聊天记录，顿时从"还魂女尸"想到了"恶鬼新娘"，为苍穹山的灵异传说又添上浓墨重彩的一笔。

商户们聊得热火朝天，最后一致决定要雇人巡夜，但谁来出这笔钱又成了难题，直到会长百里烬出面允诺所有雇工费用由商会承担，众人才渐渐消停。

晚饭时，杜卿和莫换说起此事。

听者有心，莫换神色严肃地询问起那红衣女子的样貌。

"这谁知道呢？"杜卿将一盘蔬菜推到同伴面前，"约莫是臆想出来的吧？人类总是这样，喜欢给自己无法解释的事冠以邪魔鬼祟、怪力乱神的名头，可能，只是酒精导致的幻觉罢了……"

莫换手里的筷子毫不犹豫绕过那盘卖相寡淡的白菜豆腐，径直伸向石桌另一边的糖醋鱼，言简意赅："红衣美女，深夜偷鸡，你不觉得是……"

杜卿想到什么，捧碗的手随之一颤："不！我不觉得！"

两人结束了哑谜般的对话，如临大敌般面面相觑。古宅内树影婆娑，山谷凹地处的神秘与幽静，一瞬间被急促的汽车鸣笛声打破，一并从门外传进来的，还有女子那清脆的笑声："对，就是这里！杜老板，小猫儿，你们想不想我呀？"

活过那么久，走过那么多地方，两位守林人所识的友人中，自然不乏异类，这位名叫殷绯的母狐狸便是其中之一。

此番与她同行的还有弟弟殷黎。

那公狐狸称得上是杜卿的半个同行，这些年都在附近城镇捣鼓酒水生意，衣着打扮成熟风雅，带着点儿小资情怀。他与杜卿私交不错，没聊几句，就交代了自家姐姐昨夜游走于苍穹山各大养鸡商户后院的"光荣事迹"。

殷绯不以为意，霸占了杜卿的花梨木躺椅，舒舒服服伸着懒腰："哎呀，不过是吃了店家几只鸡而已，有那么严重吗？再说，我吃东西又不是没给钱——钱放鸡窝里了，能不能找得到，那得看他们的本事。"

"整个景区的商户都在一级戒备，连黄焖鸡米饭和鸡公煲都要涨价了。"杜卿很是无奈，"绯姐，这些年你出入国内外的高级餐厅，山珍海味可没少吃，还惦记山里的几只鸡做什么？"

"谁叫你们这儿好山好水，我忍不住就暴露本性了嘛！"

"您能有点儿积极向上的'本性'吗？"

知道两位都是诡辩的主儿，殷黎叼着烟，赶紧上前打圆场："你俩别怪我姐了，动物的'本性'都是憋不住的，这就和狗改不了……"话说到一半，男人回过味儿来，细长的桃花眼一眨巴，没了声音。

"是这样啊。"杜卿瞥了他一眼，"所以，昨晚偷鸡你也有份？"

"咳咳，对了，有份大礼要给你们。"

自掘坟墓的公狐狸急忙转移话题，冲殷绯使了个眼色，后者笑嘻嘻地从随身的名牌包里摸出一串挂饰，抛进莫换怀里。

那是一枚通体乌黑、隐隐有淡金色水波纹的木质无事牌，被打磨得光滑润泽，牌头刻瑞草纹样，配挂绳和青石串珠装饰，粗看平平无奇，全然配不上"大礼"二字。莫换瞧不出名堂，便将东西递给杜卿，谁料行家将东西搁在鼻子底下嗅了嗅，又丢进盛满水的茶盏里一浸，就攥着那一小片木头再也不舍得撒手了。

无事牌多为玉质，除雕花牌头外，长方形牌身干干净净、毫无饰物，"无事"便是取自这"无饰"谐音，寓意平安无事，一度在民间广为流传。木质无事牌亦很常见，只是根据所用木料不同，价值也有天壤之别，要么稀松平常，要么千载难逢……很显然，这一枚是后者。

"绯姐，这玩意儿你是从哪儿弄来的？"杜老板激动到声音都在发颤。

"我有位出手阔绰的朋友，算是个……嗯，收藏家？最近，我帮着他解决掉了一点小麻烦，他说什么都要付我一笔辛苦费。"殷绯换了个更加随意的躺姿，"我不缺钱，对那些金石字画也不感兴趣，见他的藏品里有乌木，就想着或许能入你杜老板的眼——记得小猫儿说过，你以前也有一块'乌木无事牌'，对吧？"

所谓"乌木"是蜀中地区的叫法，眼下市面上称这种古老的碳化木为"阴沉木"，指那些因气候灾变埋入古河床淤泥中的树木在高压、缺氧的环境中，历经数千年碳化过程后形成的木头。

这种难以再生的东西本就稀罕，再加上打捞难度大，除去碳化表层后仅有少部分能够使用，价格自然水涨船高，古时便有"家有黄金万两，不如乌木一方"的说法；而殷绯讨要来的这块又是阴沉了近万年的金丝楠乌木，年代久远，品相上乘，虽只是文玩小件，说是极品也不为过。

见杜卿默认，殷绯顿时来了兴致："东西呢？快拿出来让我们开开眼！"

"唔，典当掉了。"

“为什么啊？”

“当然是为了钱。”

“太可惜了！”

“我倒并不觉得可惜——倘若没有那笔钱，这家伙可不会心甘情愿给我打工。”杜卿把玩着手里的无事牌，微笑着扭头望了一眼站在身边的莫换，后者却冷哼一声，双手抱肩将目光移开。

整件事得从两人初识时说起。

数千年前，微州杜氏因交不出建造行宫的木料，被满门治罪，苦心经营多年的木行也拱手让给他人。身为宗家长子的杜卿侥幸逃过一劫，但他心知翻身无望，万念俱灰，吞毒在河边等死之际，却意外撞见了为摆脱追杀、不得不跳崖求生的莫换。彼时，那家伙还是刀口舔血、拿钱卖命的杀手，半死不活的两人误打误撞落入时空缝隙，知晓了长生林的存在，并应上古神农氏旨意成为守林之人，尽天职，续阳寿。

既是新生，便要改头换面，两人合计过后，打算前往平江暂居。

杜卿本是商贾之子，口袋里没了银票，便和普通人无异，虽是戴罪之身，只要不兴风作浪，熬过“一世”并非难事；可莫换却不一样，他任务失败，叛逃在先，要么回去继续替人卖命，要么被同僚追杀到天涯海角。

简而言之便是，活要见人，死要见尸。

“托他的福，我们往平江去的一路都不安生。”回忆起那段颠沛流离的日子，杜卿难得苦着张脸，“我那时落魄，浑身上下摸不出几锭碎银，又不敢随意暴露身份，最后实在走投无路，我便将

97

自幼带在身上的乌木无事牌给典当了，换来几百两银子帮他赎身，这才摆脱掉那些杀手的纠缠。到达平江后，我在先前购置的一处别院里开了家铺子，白日做买卖挣钱讨生活，夜晚寻来有缘人攒养料——那地方你们都见识过，正是每晚午夜过后显现出的古时幻境，想来，或许是我与莫换在那处别院里待的时间太久、渡的人太多，令它和长生林融为一体了吧？"

位于平江的杜家别院，最终成为了连通两处时空的甬道。

千百年来，不曾被遗忘。

说到这里，杜卿又指向莫换，弯起嘴角："顺便一提，当初的本金加上利滚利，让这家伙给我打工一辈子都还不上。"

莫换斥道："你有完没完？"

杜卿双手一揣，故作委屈地向殷家姐弟告状："瞧，他还好意思凶我！我算是看走了眼，连棺材本都赔了进去，以为能雇个吃苦耐劳的伙计回来，结果呢，是请了位惹不得的祖宗……真是越想越生气！"

祖宗赏了他一记眼刀。

殷绯企图缓解尴尬："哎呀，杜老板这爱开玩笑的性子，真叫人喜欢。"

莫换十分严肃："我不是人。"

杜卿想笑又不敢笑，殷黎敢笑却笑得别有用心，殷绯则是看着三个表情各异的男人哭笑不得，转而聊起别的事，妄图用自己的八卦来熄灭战火："说起来，曾经还有人用一块乌木向我提过亲呢！他说那是价值连城的传家宝，结果，被我当众丢进火盆里一烧，发现是假货……"

"烧？"殷黎将询问的目光投向杜卿，"那乌木能烧出真假来？"

"辨识乌木有几句口诀：遇水黑亮，涂油色驻，烧灰为黄，简单来说，一般的木头烧出来是白灰，唯独陈年乌木烧出来的，却是黄灰。"和木头打交道多年的行家很乐意向门外汉展示专业知识，说罢，杜卿向女人做了个邀请的手势，"绯姐，话说一半可不是什么好习惯。"

将殷黎手里的烟接过来深吸一口后，殷绯吐了个烟圈："也罢，我就给你们说说这个故事……"

上世纪三十年代，舞厅这种洋玩意儿开始在城里时兴。

非营业性的舞厅需要自带舞伴，营业性的却不然，于是，慢慢便出现了职业舞女这一行当。年轻女性想要入行，说难不难，说容易也不容易，首先，得有漂亮的脸蛋和骄人的身材，其次，还要嘴甜会来事儿，至少得哄得客人愿意在走出舞池后掏钱买瓶香槟，当晚的入账才能好看些。

"那几年时局动荡，我就想着找一份不必风吹日晒的工作，平日里沾沾人气，听说去舞厅陪人跳舞不仅能涂脂抹粉、穿漂亮衣服，还能挣钱……我心想，天底下居然有这种好事？等入了行才知道，做这一行，委屈着呢！"殷绯抚着胸口，娇颤颤地感慨，"当红舞厅是非多，舞女们就像一件件包装精致的商品，等待那些达官显贵随意挑选；我不喜欢那样的环境，便化名红珊，寻了家规规矩矩的小舞厅栖身。"

不比百乐门、仙乐斯那些拥有弹簧地板和西洋乐队、可容纳千余人的奢华舞厅，那家叫做夜巴黎的小舞厅门面着实简陋，好在酒水消费也相对低廉，每晚还是会有不少客人光顾，只不过其中八成都是来见世面的学生与小商贾，口袋里并没有多少闲钱。

有些年轻漂亮的舞女见夜巴黎既捞不着油水，又接触不到所谓的"上流圈子"，待上数月，攒够一身行头钱，便去了别的舞厅。有人来劝殷绯一起走，但她却摇头婉拒：一来，是觉得这儿待得舒坦；二来，是因为一个男人。

殷绯和薛长迅是在舞池中相识的。

那姓薛的是留洋归来的学生，年轻有为，仪表堂堂，肚子里又有些墨水，说起话来中气十足，在一群客人中显得颇为惹眼。第一次来到夜巴黎，他便对风情万种、顾盼生辉的舞女红珊生出好感，整晚只邀她一人跳舞不说，明明不胜酒力，却连开几瓶香槟，只为让她多拿几角钱抽成；同行的友人都散了，唯有他醉眼蒙眬地守在舞厅门口，只为帮晚归的红珊小姐叫一辆回家的洋车。

夜巴黎的舞女多是穷苦出身，赚的是辛苦钱，收入舞厅抽三成，两成孝敬大班，剩下那半还得拿去裁旗袍、买首饰和香粉，最后装进口袋的根本没有多少。薛长迅不知红珊身世，只当她是大户人家逃出来的侍妾，生怕她因生活拮据跑去其他舞厅营生，便每天想着法子来夜巴黎为她捧场。

"舞厅里通用的是舞票，跳一支舞，给一张票，结束后舞女拿着舞票去换钱，不允许和客人之间有金钱往来，也不允许中途随意离场。"殷绯陷入回忆之中，嘴角不自觉地挂着一丝笑意，"后来，薛长迅得知酒水提成不过区区几角，大头都给舞厅赚了去，他索性直接把钱藏在手绢里，跳舞时偷偷塞给我，偶尔还夹带着一首情诗——这么一来二去，我就和他好上了。"

听到这里，杜卿插了句话："绯姐，不是我说，这种'散尽千金只为博美人一笑'的男人你应该见识过不少吧？怎么还……"

"这不是本性难移嘛。"殷绯佯装无奈地耸了耸肩，"你们也知道，自古以来，书生就是狐妖的指定款相好，面对这种与生俱来的吸引力，我能有什么办法？而且，那男人确实长得不错，和他谈场恋爱，我又不吃亏。"

她向来喜欢游戏人间，对于每一段恋情都交付出真心，待热情耗尽便抽身而退，虽有遗憾，却能让那份感情停留在最鲜活、最热烈的时刻。毕竟，人类与妖物之间有着无法跨越的年龄鸿沟，在恰当的时机选择离开，对彼此都好。

这是多情，不是渣——殷绯如是说。

作为弟弟的殷黎曾不止一次提醒她，不如寻个寿命差不多的同类好好过日子，别耽误那些年轻的人类男子。谁料那母狐狸却振振有词地反驳："这世间的男人，到了八十岁还喜欢二十岁的小姑娘呢，我为何就不能一直喜欢二十岁的小伙子？再说，和有情人做快乐事，时间消耗都是双向的，怎能说我耽误人家呢？"

这么说，好像也没毛病。

行吧，只要不祸害人间，她爱怎样就怎样吧！尽管抱有这样的觉悟，殷黎还是默默祈祷，希望有朝一日能出现一位勇士，大发慈悲、大显神通、大义凛然、大快人心地来收了自家姐姐。

很显然，薛长迅并不是那位命定的勇士，他和殷绯——也就是舞女红珊的恋情注定难以长久。倒不是因为人妖殊途，而是因为在那种风月场所，事事都能沾上胭脂和铜臭，很容易横生枝节。

红珊出现前，夜巴黎有位正当红的舞女，名叫绿翘。

绿翘年轻漂亮，样样都好，就是心比天高，十分在意旁人的眼光。

那会儿人们管舞厅里的客人叫"拖车"，管舞女叫"龙头"，这拖车配龙头，配着配着就成真的，不在少数：运气好的嫁入豪门，甭管是继室还是偏房，摇身一变就跻进社会名流；运气稍次的就只能去给有钱人当外室，等到年老色衰，寻个生意场上的捎客搭伙过日子……绿翘曾有过几任当官的"拖车"，满心以为自己最不济也能做个姨太太，谁知钱财礼物敛了一堆，却始终等不来一个嫁娶的承诺。她只能夜夜流连舞池，周而复始地沉醉在酒精、谎言和靡靡之音中，成了其他舞女津津乐道的笑料。

绿翘看不惯红珊。

那女人长得比她美，舞姿比她靓，还总喜欢摆出一副左右逢源的模样，轻而易举夺走所有人的目光；更重要的是，红珊入行没多久，便有家风正派的好男人追在后面，死心塌地想要娶她。

那份妒意就像盘绕在心头的蝮蛇，时刻让绿翘觉得窒息。

她告诉自己，必须得做点什么。

红珊珠光宝气，艳压群芳，她便改穿素色旗袍，抹清雅淡香；红珊伶牙俐齿，左右逢源，她便寻了舞厅最角落的位置，看书、读报，有客人寻来，才仰起脸莞尔一笑……经过这番"蜕变"，绿翘的名字又开始频频被客人们提及，在夜巴黎能与红珊平分秋色，但明眼人都瞧得出，两人明面上姐姐妹妹叫得亲热，背地里却较着劲。

最终，这把火烧到了薛长迅那里。

那薛家独子，眼里虽然只有红珊一人，脑子里却不止有一根筋，有几次在舞厅没能等来心上人，他便五迷三道地应了绿翘小姐的邀约。后者俨然是有备而来，陪他跳舞不聊时事，不聊风月，只聊红珊……没过多久，薛长迅便将热情知心的绿翘小姐当做恋爱道路上的盟友，摸不透红珊的心思时，总会第一时间想到去问她。

天下没有不透风的墙，很快，殷绯便发现两人的私下接触。

那天，她换了身新行头，早早便去了夜巴黎。走进舞厅时，暖场的第一支舞曲才刚刚响起，她一眼就瞥见舞池里抱在一起的绿翘和薛长迅，凭借异于常人的听力，两人所说的话，一字不漏收进她的耳中。

"薛哥，我也真是心疼你！你要样貌有样貌，要学识有学识，要家世有家世，要前途有前途。我若是红珊姐，一定辞掉舞厅的工作，安安分分在家相夫教子。"绿翘的声音又轻又软，红唇几乎要凑到男人的耳边，"她可真是一位很有事业心的奇女子呢，早晚会红透整个海市的！"

这话乍一听像是称赞，实则却戳到了薛长迅的痛处，他绷着脸笑了一下："她现在这样就很好，太红容易招惹是非。"

"薛哥说得太对了！可我还是很羡慕红珊姐，她漂亮大方，又会说话，总能把客人哄开心。"绿翘蹙着眉，做出苦恼模样，"听说上个月，舞厅经理给了她三块大洋的奖励呢，我们都没有过这么好的待遇！还有，城西那张老板和陈副官都是难得才来一回夜巴黎，每次就只请红珊姐一人跳舞……哎，我要是能有她一半受欢迎就好了！"

"别这么说，你也很受欢迎的。"

"薛哥，你不用说假话来安慰我。"她垂着眼，声音愈低，"不过，能在这里听到你的安慰，我心里舒服多了。"

"我说的是真的……"薛长迅的话还没说完，就被身后传来的女声打断。

"别灰心啊，绿翘，继续努力的话，总有机会能赶上我'一半'受欢迎的。"殷绯悄无声息地来到两人身边，绵里藏针地笑，"回头若是张老板和陈副官再来，我一定帮你引荐，只不过据我所知，他们可都没有再娶一房的打算，不知合不合你的心意。"

绿翘脸色一变，急忙松开搂住薛长迅的手，讪笑道："红珊姐你可别生气，薛哥刚才没见着你，这才过来请我跳了支舞。"

"原来是这样啊。"殷绯从手提袋里摸出一沓舞票，撕下两张递给她，"喏，你们这支舞算我请的，拿着吧。"不等绿翘回话，身穿红色高衩旗袍的女子又弯着眉眼从她手里抽回一张："啊，抱歉，是我弄错了！在夜巴黎，只有我才是一支舞抵两张票——而你只需一张。"

"是、是啊。"被那股"正宫"气势压制，绿翘虽有不甘，却也只能赔笑。半晌，她决定向薛长迅道歉，"薛哥，都怪我不好，非要缠着你说话，让红珊姐误会了……你快哄哄她吧。"

男人老实巴交，张口就打算认错。殷绯伸出手指往他唇间一抵，将他吓飞一半的魂儿捉回来重新塞回身体里，再扭头望向多余的人，目光瞬间转冷："怎么，绿翘妹妹是有兴趣在这儿旁听吗？"

这一连串明嘲暗讽让绿翘措手不及。

她脸上红了又白，白了又红，最后低着头、咬着唇，落荒而逃。


"论鉴茶，还是绯姐在行，失敬失敬。"见殷绯说得口渴，杜卿急忙恭恭敬敬端上一杯沏好的凉茶。

听出弦外之音，那母狐狸噗嗤笑出声来："女人多的地方就和洞庭湖似的，时不时就冒出一些不知自己斤两的'碧螺春'。若是你们男人平日里都能擦亮眼睛，多留些心眼，哪里需得老娘我亲自上阵？"

现代流行词汇量严重匮乏的莫换完全处在状况外，半晌，他才犹豫着插了句话："那位姑娘是瞧上你的人了吗？"

"怎么可能！绿翘一心想做阔太太，哪里瞧得上薛长迅这样的读书人？但妒火灼心时的女人是没有理智可言的，她明知那不是自己想要的，却见不得他落在别人手里——特别是竞争对手的手里，所以，才会不断接近薛长迅。"殷绯红唇一勾，"可她越是这样，我就越不想放弃。"

"她很偏执。"莫换想了想，没有将后面半句"你也是"说出口。

"你觉得她偏执、疯狂、丧失心智，可人家却乐在其中，依我看，绿翘分明只是想用这种方式来证明自己的魅力罢了。"她压下一口茶，不屑地轻哼一声，"即便是现在，这种不识趣的姑娘也不少见——搅和在小情侣中间，借着'兄弟''干妹妹'的名头兴风作浪，专给人添堵；伎俩被识破，还要假惺惺地跑到男人面前说一句'都是我不好，千万别让你女朋友误会'之类的话，上演一出干干净净小白莲的戏码。"

女人内心的小九九，三个大男人自然琢磨不透。

杜卿抓抓头发，又上前给殷绯添了些茶水。

殷黎倒是懂得揣摩"圣意"，主动讨好道："姐，我那时没与你住在一块儿，不知你竟交了这样闹心的男朋友，我若是知道，非得带上一条街的妖怪去海市揍他一顿不可！还有，他送你假乌木求婚又是怎么一回事？"

殷绯用涂抹得艳红的指甲敲着躺椅扶手，似乎是在酝酿要从哪儿说起。

少顷，她长长地、长长地吁了一口气。

那薛家是书香门第，在海市虽称不上大富大贵、有权有势，但多少存着些家底。

坊间有传言，说那薛家祠堂里供着一块祖传的乌木，是传了几代的古董。这世上不管多老多旧的东西，只要沾上"古董"二字，身价立马翻着倍往上涨，更别说本就金贵的阴沉木了。只是这玩意儿外行顶多看个热闹，到底有没有，到底真不真，到底值多少钱，谁都说不准。

"我那时正当红，过生辰时，舞厅经理在夜巴黎的露天舞池为我办了场庆祝会，薛长迅却缺席了。"回忆至此，殷绯略微有些惆怅，"海市要送一批年轻学生去留洋，学校邀请他来做领队——那天，正好是他出航的日子。虽然没能到场，但他却差人给我送来了那块传说中的传家宝乌木，说是定情信物，待他此番归来，便和我登记结婚。"

只可惜，定情信物是假的。

她又凭什么相信，那个男人的心意是真的呢？


殷绯记得清楚，那晚的月色很美。

夜巴黎的露天舞池里充斥着欢声笑语，可瞧不见那抹熟悉的身影，她的心里终归有些空落落的。

庆祝会进行没多久，绿翘便抱着只盒子气喘吁吁小跑到她面前，说是薛长迅差小厮送来的。那薛家少爷要向红珊求婚的事儿早前便传遍了夜巴黎，见"彩礼"已到位，好奇的舞女们将今晚的女主角团团围住，猜测纷纷："嚯，这么大的木头盒子，里面得是一

106

整套宝石项链吧？"

"那薛少爷怎么说也是留过洋的文化人，不会送红珊姐那么俗气的东西好吧？"

"怕不是什么洋玩意儿吧？前几天，密斯特乔送了玉娇一只珐琅香水瓶，搁在太阳光底下连影子都是五颜六色的，可眼红死我了……"

殷绯冲众人做了个噤声的动作，迫不及待地打开了那只精致的木头盒子，只见黑色天鹅绒布料里衬中央，摆着一块成年男子巴掌大小的黑色木头。有人立刻发出惊呼，说这是薛家的传家宝乌木，那位薛少爷待红珊小姐当真不薄！前来参加庆祝会的宾客中不乏海市的商人和军官，一听此话，他们酒也不喝了，舞也不跳了，统统聚集过来，想要一睹传世之宝的真容。

见到如此贵重的求婚礼物，殷绯既惊讶，又感动。

可当着这么多人的面，她说不出任何拒绝的话，只能盘算着暂时先替薛长迅保管，待两人分手时，再交还给他。

就在众人争相称道时，绿翘冷不防举起双手，娇嗔一句："哎，这乌木上面怎么全是炭粉呀？"她今日一身月白旗袍，带着一副蕾丝白手套，眼下，双手手心的白色布料已经被炭粉染黑，格外醒目。

殷绯急忙检查那块乌木，发现抖落表层的炭粉后，竟隐隐能看见白色的木心？！

她心下一沉，怀疑这并非是所谓的阴沉木。

薛家人就算再糊涂，也不会将这种粗制滥造的假货供进祠堂，思前想后，只有一种可能：那薛长迅想要风风光光抱得美人归，特意挑了日子当众送来大礼；可又心生顾虑，怕红珊拿走传家宝后翻脸不认账，干脆送来一块冒牌货……

其他人也开始怀疑乌木的真伪。

有懂行的古董商人提议用火烧的法子来验。绿翘却死命护着盒子里的东西，极力反对："还是别验了吧？不管这乌木是真是假，都是薛哥的一番心意，红珊姐定然不会计较的！"

殷绯当众失了颜面，内心本就五味杂陈，又听她火上浇油的一席话，瞬间铁了心，非要争这一口气！

"谁说我不计较的？验，必须得验！"

"可如果它是真的乌木，烧了岂不可惜？红珊姐，此事要三思啊！"

"既然薛长迅已将此物赠与我，那它便是我的东西，我想怎么处置就怎么处置。不管是真是假，都是我一个人的事，犯不着旁人来操心。"她挑了一下眉毛，"不过，倘若它是假的，大家可就别再传什么求婚的事了，我可不答应！"

意气用事的狐妖不再理会其他人的劝阻，执意让舞厅场工端来一只火盆，在众目睽睽之下将那块"乌木"丢了进去……半个小时后，火焰渐渐熄灭，传世之宝消失了，只有一撮白灰静静睡在那里。

假的。

露天舞池里的宾客骚动起来，那些或惋惜、或气愤、或讥讽的声音全数灌进殷绯耳朵里，翻滚着，搅动着，发酵成某种说不清的积郁——寿星成了受骗者，原本足以轰动全城的求婚，也成了一个彻头彻尾的笑话。

那时车马慢，书信远，一旦坐上渡船，基本等于失联。无法当面质问薛长迅，殷绯只能将今夜的屈辱吞进肚里，勉强扯出与平日里一般的笑容，佯装无所谓去切蛋糕，打算再撑过一刻钟，就寻个借口早些离场。

谁料那时，天空中竟洋洋洒洒落起了雪。

说是雪，也不是。

是黄色的冰凉晶体，湿漉漉的，还夹杂着一股不太好闻的气味，如同铁锈。宾客们又惊又奇，纷纷仰头观看这一"锈雪"奇观，忽然有人扬声道："你们快看，这些东西像不像是黄色的灰烬？那块乌木肯定是真的，连老天爷都在帮薛少爷作证呢！人都说，六月飞雪是有冤情，何况是这锈雪！我们今晚可算是闯了大祸，误会薛少爷不说，还把好端端的宝贝就这么烧没了……"

沉默在空气中萦绕。

见众人犹疑，绿翘顾不得火盆里烫手的余温，抓起一捧灰烬，用指尖碾开，急切地向他们展示："你们都亲眼瞧见了，这分明是白灰啊，那块乌木怎么可能是真的？和这场奇怪的雪又有什么关系！"

地面上凝着不少水气，她语气急促，步伐慌乱，不知踩着什么东西，身子一歪，竟从布满鲜花的高台上摔了下来……宾客们手忙脚乱去扶她，现场一片混乱，终于有人想起去寻红珊小姐，可周围哪里还有她的影子？！

那总是穿一袭红衣的艳丽女子，踏着一地锈雪，悄然无声离开了夜巴黎。

她带着对心上人的失望与不解，消失在霓虹灯闪烁的街道中。


殷黎重新点了支烟："姐，那场雪是你施的法术吗？"

"拜托，我可没那么无聊。"殷绯摇头，继续搜刮着残存的记忆，"我记得海市附近有几座矿场，兴许是开矿炸山时飘出来的黄色矿粉恰好沾了水湿气，这才会从天上落下来的吧？我倒是挺感谢那一场锈雪，替我挽回了不少颜面，不过，最该对它心怀感激的，还是薛长迅……"

"当晚，我便乘上了南下的火车，在另一个城市用新的身份继续生活。约莫过了五六年，我无意间遇到了曾经认识的舞女，才知道自己被耍了：绿翘从高台上坠落后，摔坏了腿脚，再也不能跳舞了；她离开夜巴黎后，不甘心去做皮肉生意，便拿出私藏的乌木去古董商行询价。谁知那商行老板竟和薛家有往来，立刻上报巡捕房将她抓了起来——我生辰庆祝会那晚，是她用裹着炭粉的普通木头将乌木调了包。"

"绿翘早就知道薛长迅那晚会送传家宝来夜巴黎，她买通跑腿小厮，准备好一切，甚至连那副白色蕾丝手套都是计划中的一部分。我那时心高气傲，不知怎的就着了道，当众将假乌木一把火烧成了灰，连罪证都没留下。"

想来，那绿翘也是在几度交锋中将红珊的脾气琢磨透了，才敢走这样一步险棋：若是成功，不仅能让红珊与薛长迅沦为夜巴黎、甚至整个海市的笑柄，还能让自己暗中发一笔横财，即便不嫁权贵，后半生也能过得体面光鲜……

她万万没想到，那一场"锈雪"，彻底打乱了她处心积虑的计划。

殷绯苦笑，心想，这也算是一轮因果罢。

杜卿提上茶壶，斟茶之际，顺便帮她补上一句内心念白："若是你当时没急着离开就好了，等那姓薛的回来，自然会向你解释清楚一切。"

然而，一向心思玲珑的杜老板这回却没猜准。

　　殷绯垂下目光，轻声道："不可能的，长迅他……没能回来。那舞女告诉我，我离开海市不久，便从大洋彼岸传来了消息，薛长迅听说我将那块乌木一把火烧了，临时改变行程非要提前回国，结果，他所乘的客轮在海上遭遇暴风，一船人只救回三分之一，幸存名单里没有他。"

　　杜卿手中的动作一滞，茶水洒在殷绯的红裙上，晕开一抹更深的红。不等他道歉，母狐狸便摆摆手，恢复了往昔没心没肺的笑容："杜老板，小猫儿，看在那枚乌木无事牌的份儿上，能不能帮我一个小忙？"

　　"绯姐开口，我们哪儿有拒绝的理由啊？"杜卿会意地笑了笑，抬手指着尚未暗下来的天穹，"只是，眼下还没到不来客栈真正的营业时间呢！你若是想见故人，恐怕得再等等……"

　　殷绯淡淡道，自己已经等了很久，不在乎多一时。


　　月亮悄然无声爬上夜空，将记忆中的海市码头照得亮堂。

　　远处能瞧见不少巨轮的剪影，桅杆直指天际，雄壮的汽笛声久久回荡在海面上，也回荡在漂泊之人的胸腔间。身材匀称、衣着考究的男子提着行李箱站在客轮前，遥望夜巴黎舞厅的方向，夜风将他的头发吹乱，他却无暇顾及，而是和着隐隐传来的音乐，轻哼起一段舞曲的旋律。

　　不多时，跳板上有人扭头唤他："薛少爷，时间差不多了，快上船吧！"

　　薛长迅答话："这就来……"

　　风更大了。

眼前无端多出的人影却令他惊愕，身穿红色旗袍的女子正笑盈盈地望着他："喂，不和我说句'生日快乐'就离开吗？"

"红珊？你怎么来了！"男子面露欣喜，三两步迎上去，"今日夜巴黎不是办庆祝会为你庆贺生辰吗？"

"觉得无趣，便跑出来了。"

"那、那我的礼物，你可有收到？"

彼时，他已向红珊暗示过几次想要结婚的意愿，但后者却总是推托说自己是不婚主义者。对于女友的摩登思想，薛长迅并不能认同，琢磨着是不是自己哪里做得不够好。他百思不得其解，只好又去向绿翘讨教。

绿翘倒是一语道破，说那张老板和陈副官每次来请红珊姐跳舞，都会送上贵重的首饰和洋玩意儿，你除了几首酸不溜秋的情诗，还给过她什么？红珊姐怎么说也是夜巴黎的活招牌，真会缺你那一两块钱吗？若是你拿得出比其他人更值钱的礼物，她自然会觉得你值得托付终身……

薛长迅被说得面红耳赤，回家一想，越发觉得绿翘的话有道理，当即便向当家的母亲讨祠堂里的那块乌木，要赠与心上人。

老太太一听是要拿去送给舞女的，气得当场摔断了拐杖。薛长迅也是硬骨头，以死相逼非要娶红珊不可。当妈的没辙，只能假意答应儿子，却暗中出了笔钱，让学校寻由头将薛长迅安排进留洋的名单里，想着晾他几个月，兴许就想通透了——至于那块乌木，只要打点好古董商行和巡捕房，早晚能逼那无权无势的舞女再还回来。

因此，他才得以赶在今日将传家宝送到红珊小姐手上，却没料到被绿翘暗中截胡，以假换真。

她低着头，浅浅说了个"嗯"。

薛长迅并不知晓那一晚夜巴黎究竟发生了什么，眼下，仍然沉浸在讨得心上人欢心的喜悦中。两人借着昏暗的路灯温存了片刻，依然要面临分离。在同行人的催促下，薛长迅一步一回首地走上客轮跳板，冲船下的女子拼命挥手："红珊，你等我回来！等我回来，我们就……"

悠长的汽笛声盖住了男人的声音。

那抹嫣红孑然立在原地，兀自低吟："好啊，那便等你回来。"

# 竹戒尺 · 透明的孩子

即便敲门前整理过情绪，名叫孙曼君的女人脸上还是写满了焦躁与不安，她将手中一沓高级教师职称评定申请表放在办公桌上，委屈道："葛主任，我明明按时提交了申请材料，为什么名单里没有我？"

顶着地中海发型的中年男人对着电脑一阵捣鼓："可是，我这边查不到孙老师你的提交记录啊，大概是系统出故障了吧？"

"那还来得及补交吗？"

"像你这种情况，恐怕得推迟到明年再申请了。"

孙曼君一听这话就急了："葛主任，我在启明附小教书快七年了，对自己的教学水平很有信心，当然是希望能早日得到大家的肯定——这次职称评定的事，能不能麻烦您再想想办法？"

"我心里有数，论资历，论教学成果，孙老师你确实都很优秀，但这次是系统漏掉了申请材料，我也没办法解决。"葛主任为难地摇摇头，"孙老师，你不要有心理负担，我向你保证，明年，明年你一定能评上！"

从教务处走出来，孙曼君的脸黑得像锅底。

路过二年级一班教室时，她停下脚步，像平常一样站在后门观察学生的上课状态，不想却被巡查教学楼的保安给拦了下来："诶，你是学生家长吗？没有急事的话去学校门口接孩子，别打扰老师上课……"

见是保卫处的老员工，孙曼君有些尴尬："我是这个班的班主任啊，张师傅，你的眼神是越来越差了。"

保安一愣，却依然声称从未见过她。听他的语气不像是在开玩笑，孙曼君隐隐觉得怪异，她憋着口气推开教室后门，企图让学生来证明自己的身份。然而，朝夕相处的孩子们却个个茫然地看着她，仿佛是在看第一次见面的陌生人，甚至连讲台上的任课老师都走过来询问她找谁。

"我是你们的班主任孙老师啊！孙曼君，教语文的孙老师！"女人双唇微颤，无意识地抬高声音，"你们是约好了装作不认识我吗？同学们，如果是整蛊游戏的话，现在可以结束了！"

学生们开始交头接耳，几个胆大的男生站起身冲她喊话，说二年级一班的班主任明明是马老师，而且，他们班从来没有姓孙的任课老师。孙曼君的表情慢慢凝固住，终于意识到哪里出了问题。她一个箭步冲上讲台，翻开班级通讯录，果然，班主任一栏填着同事的名字……

带了两年的班级，突然间就没有了自己存在过的痕迹？！

孙曼君拉住坐在第一排的女孩，心急火燎地问："张仪，你是学习委员，上午你还来过办公室，帮我统计这次语文考试的分数呢，你也不认识我吗？再不和老师说实话，我就要打电话请你家长过来了！"

女孩明显慌了神，她红着眼角，本能地扭动身体，想甩开她的手。

不像是装出来的。

陌生女人近乎疯狂的举动引来了任课老师的不满，他丢下手中教科书，将其推搡出教室。两人僵持间，葛主任碰巧路过，眼角发红的孙曼君赶紧将人拦下，希望他能打破这宛如噩梦一般的场景。谁料，中年男人却皱起眉，语气十分生疏："抱歉，我年纪大了，记性不太好，你是……"

所有的语言瞬间无力。

孙曼君双唇微颤，僵在原地："葛主任，我刚刚不是还在教务处问您这次职称评定的事情吗？"

"我们学校从来没有叫做孙曼君的老师，我也不认识你，你到底是来做什么的？"他边耐着性子询问，边扭头叮嘱张师傅先将人带去保安室。

她百口莫辩，背后冷汗涔涔，见保安上前，脑子一热，转身就跑，直到离开启明附小后才停下脚步。

无奈之下，孙曼君只能去联系在外出差的丈夫，语无伦次地说起这一系列怪事。然而电话那头的男人完全没有理解她的慌乱，而是丢出一个更令人惊愕的"事实"：他坚持说她结婚后一直在家当家庭主妇，从未外出工作，更不用说在启明小学当语文老师。面对孙曼君无休止、反反复复的确认，男人终于烦了，丢下一句"你去看心理医生吧"就挂断了电话。

听着手机里传出来的忙音，整个世界如同按下了暂停键，她忽然冒出一个十足诡异的念头：自己和启明附小的一切联系似乎都在某个瞬间被抹掉了，现在的"孙曼君"对他们而言，只是一个陌生的名字而已；如果就这样放任不管，会不会还有除同事和学生以外的其他人将她遗忘呢？

比如，她的朋友，她的亲人，她的丈夫……

最后，"孙曼君"会从这个世界上无声无息地消失吗？

心脏剧烈地跳动着，她焦急地走到隐蔽处，用手机拨通了另一个号码："喂，是小殷吗？嗯，是我……有点事，之前你和我说过的那家客栈还在营业吗？能不能把那家店的具体位置发给我，我、我遇上了……很大的麻烦……"


苍穹山。不来客栈。

有着一双桃花眼的男人站在古宅门前，悠然点了支烟，眯着眼睛打量那块写有四个墨字的木头牌匾。殷绯一袭红裙款款走来，顺着他的目光一起看："这招牌是杜老板自己写的吧？字是不错，不过，这客栈的名字实在是太奇怪了——不来，不来，怪不得没见着有多少客人进来。"

"姐，你这就会错意了。"殷黎有模有样地分析道，"按那家伙起名的习惯，断句这里面肯定有门道，前几年是有家具——店，所以这肯定是不来客——栈，不来客，这意思很明显了啊！"

"什么意思？"

"不来客，不来客，像不像英文'black'的谐音？那可不就是'黑'的意思吗！"他悠悠然吐出烟圈，"所以，这写明了是一家黑店。"

殷黎说这话时全然没注意身后的动静：杜卿刚从小菜园里摘了不少新鲜蔬菜，满满当当盛在竹筐中，打算今晚亲自下厨招待两位旧识，结果一走近就听到了吐槽，他直接将手里的一把葱甩到那公狐狸的脸上。

说他君子爱财，可以；说他取之无道，不行。

殷绯在旁边看了会儿热闹，忽然想起什么，一把拽过殷黎就往外跑："哎呀，差点把正事给忘了！我那位朋友一大早就进了山，眼下这时间点，理应到了不来客栈才对！快，随我出去接应一下……"

殷家姐弟来这一趟，除了游玩之外，还给两位守林人介绍了一笔生意。只是那位客人不知出于什么原因，进山之后便失去了联络，最后还是殷绯施了寻踪的术法，才在密林深处找到了她。

等他们带着人回到客栈，已是凌晨一点多了。

古宅里阴气森森，草木的冷香直往鼻孔里钻，位于正中位置的闻木轩内，业已是一番不同于白日的场景。

那名叫做孙曼君的女人是殷绯不久前认识的舞友，她无意间听说苍穹山有一家能帮人解决各种"疑难杂症"的客栈，特意自驾赶来。景区因修路封了几处入口，她等不及，怀着侥幸心理，走上一条导航没有显示的山间小路，却遭遇了"鬼打墙"：附近没有住户，手机没有信号，她绕了足足三个小时也没能回到正道上。还好殷绯及时赶到，将她从困境中解救出来。

说困境一点儿不为过，毕竟，深夜出没的山林野兽可不是吃素的。


孙曼君拘谨地坐在案几前，浑身瑟瑟发抖，不知是因为冷，还是因为怕。

先前听殷绯说过一些"注意事项"，面对房间里诸多充斥着古时气息的物件，她没有说一句多余的话，只是哑着嗓子向众人诉说起自己那番不寻常的遭遇："忽然之间，学校里所有的领导、同事、学生都说不认识我，而我的纸质档案和电子身份信息也全都消失不见了！没有任何东西能证明我是启明附小的老师，也没有人相信我说的话……我现在真的怀疑，这八年来的工作经历是不是我臆想出来的……"

"但你的潜意识里却深信一切都是真实发生过的，只是那些人出于某种原因忘了'孙曼君'这个人而已，否则，你首先应该想到去看心理医生，而不是来这里寻我。"杜卿将新沏好的热茶递过去，"不过，你算是来对了地方——因果报应这种东西，用药可医不好。"

"报、报应？"

"你遗忘了别人，自然也会被别人遗忘。"

"我记性好得很……"

"如果，是故意视而不见呢？"

孙曼君哑然，完全无法反驳。

她琢磨片刻，从手提袋中摸出一沓超市购物卡，恭恭敬敬递到杜老板眼皮底下，说起讨好的话："我听小殷说过，两位大师替人消灾不拿钱财，只要一棵树，还是几十年以后才收的报酬……这哪儿能行呀？死后的事我顾不上，活着的事，还得劳烦您二位多费心！这是我的一点小心意，请务必收下！"

殷黎随口嘀咕一句，嚯，这么多卡。

孙曼君干干笑了两声，冲他解释道："这不是刚过完教师节吗？都是学生家长硬塞过来的。我明明反复和孩子们强调，不要送礼、不要送礼，结果还是……"

公狐狸不失风度地表示理解，内心却在发笑：七八岁的孩子最为单纯，老师反复强调的话，回家后大多会和家长原封不动复述一遍，正好，遂了这位孙老师的愿——人类的小聪明，呵呵。

殷绯挽着孙曼君的手，替她辩解："哎呀，这种事情也很正常的嘛！托熟人办事还得送礼呢，何况是把一个孩子丢给老师！现在的小鬼头哪个不是家里的宝贝？当爹妈的，当然希望老师多关注自家的孩子……"

"小殷说的是，一个班那么多孩子，当老师的也不可能个个都照顾周全，家长心里也都有数。"孙老师连连应和，索性敞开了说，"俗话说得好，再穷不能穷教育，这点钱他们还是很乐意花的。"

"但是孙姐，你可不能把在学校里的那套规矩搬到这家店里来，会坏了人家杜老板立的规矩。"像是完成了某项任务，殷绯话锋一转，暗含深意的眸光落到杜卿身上，"杜老板，你也说她两句……杜老板？杜卿！"

被点名的杜老板正直勾勾地盯着案几上那一沓超市购物卡，似乎是在琢磨待会儿如何不失风度地将购物卡收进袖笼。

莫换最见不得搭档在谈正事时走神，扬起拳头准备动手。杜卿感到背后一凉，他万分不舍地拒绝了那笔"好处费"，开始提笔在宣纸上拟写收取报酬的凭证，顺便又问客人，可还记得第一次丢失姓名是在什么时候。

孙曼君很配合地开始回忆。

启明附小校园面积不大，设施也不完善，食堂地方小、座位少，老师们的午餐一般会提前打包好送到办公室来。可从某一天开始，每日的订餐名单上总是缺少她的名字，无论是纸上签名还是手机信息，"孙曼君"三个字就像自己长了腿会跑一样，莫名其妙就消失不见了。还有，因为申请表"没有署名""系统故障"之类的原因，几次公开课、校外进修以及职称评定的机会也与她擦肩而过……

诸多飞来横祸虽然令孙老师无奈，气愤，抓狂，但她始终没往灵异方面想，只认为是自己不经意间触了霉头、犯了太岁。她去庙里烧过香、拜过佛，求过平安符，还偷偷买来几双"踩小人"鞋垫，依然没能阻止事情越来越糟糕。

"还有一件事也挺邪乎的——差不多自那之后，我就越来越没有存在感，在办公室简直和空气一样。"见屋里其他人的目光都集中在自己身上，孙曼君才继续说道，"我们班有个叫何兵的男孩，他家的经济状况很差，相依为命的爷爷得了重病，我立刻号召全校师生为他捐了款——这件事桑城电视台和报纸都报道过，但是在后期制作的时候，记者不小心把我的采访镜头都误删掉了。我好不容易才找来何家爷孙两人重新拍摄，结果，播放时镜头倒是有了，我的名字却写错了……"

都说人在激动时会不自觉抬高声音，孙老师不仅嗓声分贝上去了，还配上了挑起眉头、咬着嘴唇、攥紧拳头等一系列动作。

看样子，是真的很委屈了。

可惜，杜卿没从她身上瞧出"爱生如子"的园丁精神，倒是隐约嗅到一丝得意与邀功的味道……

他将写了一半的东西搁在案几上，拢起流云般的宽袖，起身向房间深处走去："报酬的事稍后再谈，孙老师，你请随我来吧。"话语未落，莫换已经先他一步来到时空裂缝所在处，活动着手指，做好了打开长生林入口的准备。

孙曼君没有跟上去，而是狐疑地望向殷绯："小殷，你介绍的这两位高人怎么和我想象中不太一样，还这么年轻，就躲山里做这种瘆人的生意？你看他们那身行头，看上去跟演戏似的……不卜卦，不摸骨，光是干坐着喝茶聊天，能推算出什么玄机来？该不会随便画几张符、抓一把香灰，就把我给打发了吧？"

"孙姐，你还真把他们当成街边摆摊的算命先生啦？"

"我可没说这话啊。"孙曼君矢口否认，"只是，这不收钱又不收卡，捞不着半点好处，为什么要帮我呀？"

"孙姐，你可别误会，守林人行走世间做这些事，说到底都是为了他们自己。"殷绯掩着嘴轻笑几声，"放心吧，杜老板和小猫儿几千年的口碑搁在这儿，不会随随便便糊弄客人的。"

"那就好。"孙曼君如梦方醒，"等等，你刚才说……多、多少年来着？"

身着红衣的女子没有回答，只是冲不远处一青一黑两抹身影抬了抬下巴。

孙曼君按照指引望过去，随即惊得再也合不拢嘴：看似寻常的多宝格已经被触发了暗处的机关，挪至一边，空无一物的墙面上凭空出现了一条一人多高的裂缝，投射出诡魅的幽绿色光泽。那位莫先生将绵软轻薄的时空屏障扯开，露出藏于深山古宅中的另一方天地……

在桑城，启明附小也算是小有名气。

并非是它的硬件设施或者教学水平值得一提，而是因为，这所学校绝大多数学生的父母都是进城务工人员，也就是所谓的"农民工子弟学校"。这本该是个中性词，但从某些人嘴里说出来，莫名就会带上些许贬义，因此，但凡有条件的家庭，都不太愿意把孩子送来这里。

老何这样的家庭，没得选择。

他是村子里的手艺人，靠编竹筐、笸箩赚些辛苦钱，一辈子没结过婚，却意外在后山的桥洞里捡到一个男娃娃。老何给他起名叫何兵，靠"百家饭"拉扯大，爷孙两人走到哪里都形影不离，日子过得虽清贫，但也算有滋有味。

这几年村里修好了路，不少年轻人都跑去附近城镇打工了。老何靠手艺赚的钱一天不如一天，再加上何兵也到了上学的年纪，他一咬牙、一跺脚，学起那些小年轻，背着行囊就进了城。

老人家身子骨还算硬朗，买了辆二手三轮，起早贪黑、走街串巷回收废品，总算让一日三餐有了着落。那片区域的管理人员挺负责，特意在远离居民区的拆迁废墟附近划出一块地方，让老何搭了个简易棚屋暂住着，还想办法解决了何兵的上学问题，插班进了启明附小二年级一班。

正是孙曼君担任班主任的班级。

起初，孙老师并没有将这位身材瘦小、胆小内向的转学生放在心上，毕竟，那个年龄段的孩子只有在三种情况下才会引起老师的注意：成绩优异、调皮捣蛋以及被家长额外嘱咐过——当然，这种所谓的额外嘱咐可不仅仅是口头上一说，还需要配上点看得见的"真情实意"。

这三种情况，何兵哪一样都沾不上，他成绩普通，浑身上下写着"平凡"二字，逢年过节也不会对老师"有所表示"。在孙曼君眼中，他就是班级里的透明人，即便哪一天转学离开，也不会有任何人在意。

而和他一样透明的孩子，还有很多、很多个。

八岁的男孩并不清楚大人之间的人情世故，唯一令何兵感到苦恼的是，孙老师为什么不在公开课上喊自己回答问题？哪怕他已经将课文反复预习过很多遍，哪怕他的坐姿那样端正、手举得那么高……

连这样小小的心愿都被讲台上的孙曼君无视了，更不必说红旗手、班干部以及每周之星的评选。

没有他。

又没有他。

还是没有他。

无论什么样的名单里，都不会出现自己的名字，意识到这一点后，何兵变得比以前更加寡言了。他像一只愚笨又迟钝的蜗牛，每天过着两点一线的枯燥生活，直到老何身体不适去了趟医院，被查出肺部长有恶性肿瘤……

七旬老者的状况比想象中更差，哪怕一阵风吹过，也可能令迟暮的烛火瞬间熄灭。

医生用浅显的语言告诉何兵，老人已经错过了手术治疗的最佳时期，如果要进行后续治疗，需要一大笔费用。即便如此，何兵也希望用尽一切办法来延续爷爷的寿命，然而看到费用清单后，他却哭了起来——数学老师只教过一百以内的加减法，费用清单上那一长串数字，他甚至都念不准确。

蜗牛的壳被碾碎了。

何兵的生活开始变得一团糟，在这座陌生的城市里，他孤苦无依，只能去求助于心目中无所不能的班主任孙曼君。

当他以为自己会又一次被无视时，孙老师一反常态的关心和热情却令男孩又感动，又费解：她为他整理资料，交送到学校和报社、电视台，很快，八方而来的捐款就送到了何兵的手上，老何的治疗也进展顺利。

懵懂的男孩就这样被推到刺眼的聚光灯下，得到了孙老师乃至所有人的关注。


孙曼君是被一阵臭味给熏醒的。

用力揉了揉眼睛，她发现自己正躺在一堆踩扁的塑料瓶和瓦楞纸板上，举目四顾，周围全是没来得及清理掉的垃圾，正散发着恶心的气味；而"垃圾场"一隅，还有一间低矮的、昏暗的、用三合板和防雨布搭建起来的临时住处，外面的空地上，还摆放着脸盆、锅碗、简易灶台以及一辆破旧的三轮车。

怔了半天，孙曼君才想起来，这里是何兵和他爷爷住的棚屋。

……她实在没办法将其称之为"家"。

可是，自己不是应该在苍穹山吗？什么时候回来的？

是梦，还是……

孙曼君心有余悸地捏了一下手臂，突如其来的痛楚却使她安心——还好，还活着，回忆起在那座怪异的森林里被一棵树所"吞噬"的经历，她还是有些后怕，那种淹没在记忆长河中的窒息感，让她一度以为自己会死掉。

"别担心，这里不过是'因果'所留存的记忆片段罢了。"

"因果？"

"就是长生树上结出的那些果子……"

不经意间泄露出内心的疑惑，低沉的男声立刻为她作出了解答，孙曼君低头，这才瞧见脚边竟有一只四肢修长的黑猫，惊得不由退后好几步："这声音……你、你该不会是那位莫先生吧？"

她记得那个男人的声音，还有那双透着淡金色的竖瞳。

黑猫的语气和幻化做人形时一样冰冷："比起琢磨一只猫的来历，不如多花点心思寻找自己种下的'恶因'吧。嘘，要来了……"说罢，它咬住女人的裤脚，将她拖到堆砌的瓦楞纸箱后面藏身。

孙曼君大气也不敢出，透过纸箱缝隙悄悄往外看：身材矮小的男孩正带着她和她的同事——隔壁班李老师一起走近棚屋，她们没有进去，而是找了块空地，开始摆弄带来的摄像器材和三脚架。

黑猫问："这是在做什么？"

她犹豫道："之前不是说，电视台的记者误删了我的采访镜头吗？我想着正好学校有器材，可以抽空过来补拍一段，回头从网上给人家发过去，正好能赶上剪辑……哎，我就是想上回电视，毕竟，出面号召全校师生和热心市民给学生捐款这事儿，直至退休可能都遇不到几次，传播正能量嘛，我也觉得……挺光荣的……"

事实上，孙老师心里打着小算盘：就算全班学生都考上重点初中，也不如在电视上露几分钟脸来得光彩啊！更何况，这些影像资料都是教师生涯评优、升职的资本，绝对不能错失这样的机会！于是，她趁午休时间，领着何兵直奔棚屋——思来想去，还是在这地方拍摄更有视觉上的冲击力。

她话音刚落，便听得耳边传来一声轻蔑的笑："是光荣，还是虚荣？"

这一回，倒是那位杜老板的声音了。

一个能变成猫，另一个指不定能变成什么吓人的东西呢？孙曼君涨红了脸，不敢随意搭话，只怯怯将目光瞥开，佯装没听见那句嘲讽。

拍摄还在继续，何兵双手背着身后，别别扭扭地说孙曼君事先教给他的感谢词，但因为紧张，一段不长的词他说了好几遍也没说顺溜，急得孙曼君直跺脚："不行，漏了好几句，再拍一次！"

"何兵，你又说错话了……重来，重来一遍……"

"嗯，这次词对了，但表情不到位，太像背书了！怎么了，我让你说这些话你是不高兴吗？还是说，何兵你一点都不想感谢孙老师和那些给你爷爷捐款的好心人？这个视频是要在电视上播放的，你要发自肺腑地说出'谢谢'来，别人才能相信啊！我们再拍一次，好不好？"

男孩垂着脑袋"嗯"了一下，继而又宛若自语般说道："孙老师，我、我还要去医院看爷爷，医生叔叔和护士姐姐昨天都和我说，让我今天一定要去医院陪爷爷……"

自从老何住院以来，何兵每天都会利用午休时间独自坐公交车去探望，没有一天间断，医生和护士都认识了这个乖巧听话的男孩。

听完何兵的话，李老师小声嘀咕一句"该不会是快不行了吧"，孙曼君赶紧推了她一把，示意她别瞎说——老何要是就这么没了，这次献爱心捐款的后续报道效果就大打折扣了啊！

孙曼君瞪了何兵一眼，坚持要继续拍摄："从这里去医院坐车花不了多久，这条拍完你再去。"

男孩只好重新站到镜头前，红着眼圈又说了一遍感谢词，最后上前抱住"对待学生犹如自己孩子一般"的孙老师——这是孙曼君设计的动作，何兵完成得还算不错，直到负责拍摄的李老师喊了

"停"，他才松开了手。

"怎么样，怎么样？"孙曼君有些焦急，"让我看一眼。"

"这次拍得不错啊！孙老师，不是我说，你真的挺上相……"

"哈哈，这几年都在文化宫跳舞，多少有点作用。"

"是吗？回头你也领我去一次呗，我也很想学跳舞呢！"

"行，这周末你有空吗……"

两人边看视频回放边闲聊，全然忘记了何兵还在一旁等待——对于很多年幼的孩子来说，老师随口一句话也宛如圣旨，需要无条件服从，孙老师不让他走，他便不敢动，也不敢发出声响，直到重新被注意。

保存好了视频，孙曼君终于看了他一眼："诶，你还在这干吗？不是急着要去看爷爷吗？快去吧，我和李老师这就走！"

何兵应了一声，没走几步又转身跑进棚屋，拿出一根打磨得细长、还用拉花绑出一个蝴蝶结的木条，郑重无比地交到孙曼君手中："孙老师，这个送给你……祝、祝你教师节快乐！"

"这是什么呀？"

"是戒尺，爷爷说，以前在私塾里教书的先生都有戒尺。"何兵的回答很天真，"我和爷爷说孙老师没有，他就给你做了一根。"

老何从来没上过学，他儿时给有钱人家做工，挑着行囊送少爷去私塾时踮脚张望过几眼，旁的没记住，光记着教书先生手里有柄威严又神气的戒尺……前段时间，他听何兵说想给孙老师送教师节礼物，但花店里的花实在太贵了，好看的手工贺卡材料也不便宜；老何琢磨着家里没什么能拿得出手的东西，就从收来的废品里找来半根竹料，磨出了一根戒尺，让何兵当做礼物。

老人淳朴节俭，总觉得这东西实在，教书的老师一定用得着。

只是教师节那天，何兵看见孙老师怀里捧着好几束鲜花，被班里的同学簇拥着走进教室，他实在不好意思将书包里的木头戒尺递过去……老何见孙子把自己做的"礼物"又原封不动带了回来，什么话也没说，蹲在外面的垃圾堆上抽闷烟。

眼下，倒是送出去的好时机。

何兵低下头，声音颤颤的："做这个，我、我也有帮忙的……"

不等说完，李老师就举着摄像器材凑过来，拍了拍孙曼君："哎，孙老师，这段要拍出来吗？还挺感人的呢！"

"拍，当然要拍！"孙曼君眼睛一亮，将竹戒尺塞还给男孩，"何兵，你把东西放回屋子里，再去拿一次，我们补拍一段视频……能收到你的礼物，老师真的很开心，所以这次咱们一定要好好拍，以后留作纪念！"

"可是……"

"怎么，老师说的话你也不听了？"

被孙曼君忽然提高的声音吓到，何兵拨浪鼓似的摇着头。

她心满意足地转过身，压低声音提醒同事："这段如果电视台那边不让播，我们就自己后期做个宣传片，葛主任上次开会时说了，这学期要加强校园正能量传播，当做启明附小的招生宣传材料，这不是正好……"

李老师会意地点点头，临时想了几句煽情的话，一遍一遍教给何兵；两人又在臭气熏天的棚屋附近耽误了十来分钟，才把这一场意外惊喜浓缩成影像资料。何兵算着时间，冲老师们挥了挥手，拔腿跑向公交车站……

孙曼君看了看手里的竹戒尺，冷不丁发笑道："他不说这是戒尺，我还以为是鞋拔子呢。"

同事跟着笑起来："好歹是何兵的心意，收着当教鞭用吧？"

孙曼君赶紧摇头："别，我可不敢！上课带着这东西，万一被家长投诉体罚学生，那可真是太冤枉了！"

"说的也是，现在的家长可会来事儿了！隔壁幼儿园不是才闹出来一个事儿吗？说有家长让孩子带着录音笔来上课，晚上回去把老师训斥孩子的话发到家长群里去了……哪个老师受得了这份委屈啊？"李老师觉得胸口发闷，"诶，孙老师，你教师节有收到红包吗？"

"你没录音笔吧？"

"哈哈，你可真会开玩笑……那我先说，我们班家长还挺大方的，特别是那个王妍的妈妈，做代购的，还给我送了一套进口护肤品呢！"

两人有说有笑地离开了棚屋。

人的喜怒悲欢并不相通，她们无法想象出那个孩子此刻内心的波澜。

临走前，孙曼君随手将那柄竹戒尺扔到一堆垃圾中，抬手在鼻子前扇了扇风："这里难闻死了，也不知道他们爷孙两个怎么能住得下去？忙活一中午，真是辛苦你了，走，我请客……"

堆满废品的废墟上，只剩下一人一猫。

孙曼君愁眉不展地说出："那天中午，何兵爷爷的病情突然恶化，他在去医院的路上……没能赶上最后一面……"她一顿，用更轻的声音道，"如果我没有让何兵反复拍那些视频就好了，至少，还能让那爷孙两人好好道个别。"

老何去世的事，是医院打电话来通知校方的，之后，何兵便休学了，一直没有来过学校。孙曼君象征性地打过几个电话、去过一趟棚屋，但对于何兵今后的生活、学习，都没有再过多去关注——她的所作所为，已经对得起"班主任"这个身份，多余的事，都与她无关了。

那个孩子，注定还会变得透明。

或许在办公室的闲聊时间里，还会出现几次……

"该看见的时候，视而不见；不该过分关注的时候，却穷追不舍，说到底，还不是为区区一个'利'字。"通过和客人间的共情，杜卿卡着气氛插了句话，"依我拙见，传道授业解惑之人，最不该的，便是把那个'利'字放在第一位。"

谁不知道呢？

离开讲台后，让学生们尊敬又畏惧的孙老师也只是个普通女人，她也有很多按捺不住的欲望……只是，还没来得及将那些象征"恶"的苗头一一掐灭，她便已经尝到了反噬后的苦楚。

黑猫忽然出声："如果有车送那小子过去，还来得及吧？"

"什么？"

"虽然无法改变现实，但是……"小兽抖动着耳朵，"你难道不想在这里看到另外一种结局吗？"

孙曼君没有说话，她咬着唇，从那堆瓦楞纸箱后冲了出去，飞快在马路边招手拦下一辆出租车。见到排气管轰鸣的现代交通工具，黑猫的脚步明显变得迟疑，但在女人拉开车门的那一瞬，它还是跃上了后座。

在孙曼君的催促下，司机踩足油门向学校反方向行驶而去，途经附近公交站台时，他们发现了何兵的身影。看样子，是开往医院的公交车已经错过了，下一趟不知道要等到何时。孙曼君推开车门，焦急地唤着他："何兵，快上来。"

"咦？孙老师，你不是和李老师回学校……"

"我送你去医院！快点！"

气氛无端变得紧张起来，不知为何，何兵只觉得自己的心脏突突跳个不停，坐在身边的孙老师什么话都不说，只是握紧他微凉的手。周遭的景色一帧一帧向后飞驰，很快，就到达爷爷所住的医院，他下了车，不自觉地加快了脚步。

孙曼君边跑边在内心祈祷：快一点，再快一点，哪怕让何兵和他爷爷多相处一秒，也是好的……

祸不单行，几部电梯全部停在高层，红色箭头迟迟不显示下行。

孙曼君喘着粗气，拽起何兵便跑向楼梯。刻意避让医护人员的黑猫也在那一刻幻化成人形，他提着男孩衣领将其夹在腋下，大步跨上楼梯——自客栈经营起午夜生意以来，莫换从未在客人虚妄的记忆中如此争分夺秒、大费周章，今日却因一位素不相识的老人而破了功。

"哥哥？"何兵吃惊不已，"你是小猫咪吗？"

"闭嘴，去几楼？"

"十二楼……"

可恶！从什么时候开始，连一向自诩冷静克制的他，也逐渐被故事里的人类牵动情绪了呢？莫换甚至能想象出，杜卿那家伙在长生林里看到这一幕后微微上扬的嘴角——在他面前失态，绝对会被当笑料念叨好几个月，真是烦死了！

带着一点恼羞成怒的愠色，莫换用最快的速度到达十二楼，站在老何的病房门前，他难得露出些许温柔神色，打开门，将男孩推进房间……

孙曼君气喘吁吁赶到时，老何仍在弥留之际，何兵正拉着他的手在说学校里发生的事；莫换则双手抱肩站在病房外，又恢复了事不关己的冷漠面孔，似乎全然不在意病房里发生的、即将发生的一切。

病床边冰冷的仪器界面上不停跳动着各种颜色的数字，谁也不知道，它们会选择在何时宣示死神的降临，终结病床上老人的生命。

无论如何，总算是赶上了……

希望这个时空里的何兵，不会像现实世界里那么难过。

身为语文老师，孙曼君念过那么多书，竟找不出一个合适的词汇来描述此刻心情。她释然地跌坐在病房门口，用手背抹着额头上的汗，反反复复在想：要是现实世界中自己也有机会做出同样的决定，那就好了……可惜世上不存在后悔药，她只能通过别的方式，去补上这一处的缺损。


尽管殷绯极力挽留，今晚的客人自长生林中归来后，坚持要连夜离开苍穹山。

无奈之下，她只好让殷黎一路开车送那位孙老师下山。

尽管顺利拿到了"允"，杜卿仍然因今夜所听闻之事郁结于心，在他内心深处，一直对学校怀有特别的向往：当年苦于商贾之子的身份不能考取功名，连识字都是长辈请了教书先生来家中单独教授他；好不容易熬到不再重农轻商的年月，他也没有任何机会走进课堂，肚子里那点墨水，全靠自己平日里看书读报积累。

他固执地认为，有些地方，就该澄澈如同山泉见底，容不得半点污秽。

不过，今夜也有令人欣喜的发现。

"表现不错。"他拍了拍莫换的肩膀，"唔，明天给你加个罐头。"

"你不觉得自己话太多吗……"

"金枪鱼口味的，怎么样？"

"哼，随便你。"

所幸的是，那姓孙的女人并非是大恶之人。几日后，殷绯便有了桑城来的新消息，说那孙老师将何兵从棚屋里接了出来，安排住进启明附小的学生宿舍，还打算以个人名义承担他上大学前的所有开销，希望用这种方式来弥补自己的"过失"。

那个孩子还记得她。

两人一起出现在学校时，所有人居然都想起了她是二年级一班的班主任孙曼君，整件事如同梦境般不可思议，却又刺痛心脾。


天下没有不散的宴席，殷家姐弟在苍穹山又待了几日，便收拾行李打算回城。

拥有漫长寿命的异族们，混迹于人类社会的日子也并不轻松，要接触人类，也要免于异族身份暴露。前段时间，他们将惑城的酒吧转了手，打算换个城市重新开始。杜卿嘱咐殷黎留意租金便宜的地段，过几年，他和莫换兴许也要搬去别处。殷黎拍拍他的肩膀，笑着说一言为定。

如此走走停停，永不停歇，便是守林人的宿命。

倒是殷绯有些舍不得两人，担心不来客栈位置偏僻、生意寡淡，担心双生朽木的养料不足，也担心杜卿手头拮据就缩减莫换的伙食。相对而言，她是偏心小猫儿的，总觉得他难以融入现代生活、会被杜卿欺负，直到看见莫换胸前挂着那块乌木无事牌，才稍稍安下心来——还算那个姓杜的有良心，给不会赚钱的同伴留了样值钱货傍身。

"这么贵重的木头，自然要放在一个安全的地方，让莫换戴着，基本等于锁进了保险柜。"杜卿瞧出了她的心思，半开玩笑地解释着，"绯姐，你放心吧，我只是看不上某些商人唯利是图的生意经，不屑与他们为伍罢了，怎么赚钱养家，我可从没忘记！客栈的生意虽然不温不火，但赚个温饱钱还是不成问题的，不至于养不起……"

他瞥了一眼莫换，改口道："不至于供不起一只猫主子。"

莫换冷冷一哼，应是习惯了同伴那张破嘴，懒得费心争执。

殷黎也在一旁帮腔："姐，杜老板这副哭穷的德行都是装出来的，私底下藏着小金库呢，你不必替他操心钱的事。"

母狐狸面上隐隐带着宠溺的笑，有点儿母爱泛滥的意味。

说来是挺好笑的：有些闲事一旦插手，便莫名其妙担起了责任；有些人一旦结识，便会赖在心上，赶都赶不走。在弟弟的招呼下，她上了车，又留恋地摇下车窗，叮嘱两位守林人："要好好相处喔。"

送走两尊大神，杜老板紧绷的神经终于松弛下来。

他步伐轻快地走在古宅的石子小径上，纠结着午饭吃什么，可将客栈里现成的食物都说了一遍，身后的家伙却始终没搭话。

热脸贴了冷板凳，杜卿暗自不爽，又不死心偏要再去招惹人家："说起来，你脖子上挂着的无事牌，还真像一块狗……唔，猫

135

牌，回头请个工匠在背面刻上我的电话号码，再加上一句'如有丢失，请立即联系主人'，如何？"

莫换冲他扬起拳头："皮痒就直说。"

杜卿抬手做了个遮脸的动作，见缝插针："喂，刚才还说要好好相处的呢？"

莫换咬着牙："……我没答应。"

杜卿立刻表明立场："我好像也没答应。"

枝头上的鸟雀叽叽喳喳，一如既往的喧嚣，今日的不来客栈，也注定不会太平。

# 博古架 · 活在文字里的怪物

　　自打客栈对外营业以来，每日巡视古宅便成了两位守林人的一项必备功课。

　　杜卿对此并不反感，权当是饭后消食、顺带遛猫。庭院偌大，他步子又缓，逛完所有犄角旮旯得花上近一个小时，哪里缺失了砖瓦，哪里该修条小径，哪里再种几株花木遮阴……这些细碎琐事全数被他记于心间，又或是嘱咐莫换，待到得空时，该修补修补，该采买采买。

　　今日的巡视并不怎么顺利。

　　游廊还未走至尽头，两人便闻到一股怪味，是从地字号客房里传出来的。杜卿耐着性子敲了几次门，却没能得到客人的回应，他不安地看了一眼幻化作人形的莫换，后者则不容分说抬起长腿，一脚踹在房门上。

　　杜老板心疼得能碎成一地渣，斥责的话几乎是喊出来的："你就不能温柔点儿吗？若是门坏了，我还得花钱请人来修！"可惜，赔钱货伙计根本不关心自家老板的情绪，他立在原地，静静盯着客房里燃着的大盆木炭——刺鼻的气味扑面而来，呛得人脑袋发晕，嗓子发痒。

杜卿当即了然，这分明是在……烧炭自杀？！

住在地字房里的客人名叫万超，是位小有名气的恐怖小说作家。这次他独自一人来到苍穹山，正是要为新书寻找灵感。他听附近住户说不来客栈远离景区、安静宜居，便驱车前来。杜卿记得很清楚，那位万先生入住时拖着一只沉甸甸的大号拉杆箱，似乎带有很多行李，却只预订了三天的房间，也没有安排任何出行计划；莫换帮忙搬东西时觉察到拉杆箱的异样，追问箱子里究竟装了些什么，结果被客人数落"多管闲事"，最后还是杜卿出面摆平了纷争……

现在想来，那里面装着的，应该就是他打算用于自杀的木炭。

无论如何，救人要紧。

杜卿不管不顾要进房间，谁料一只脚还没迈过门槛，就被莫换一把拽了回来。他冷冰冰地丢下一句话："我去就行，你待在这里别动。"

"我可以帮你……"

"滚远点，不要碍事！"

早已习惯了这种凶神恶煞的"关怀"，杜卿两手一摊，不再坚持。莫换屏息冲进地字号客房，快速扶起床榻上神志不清的中年男子，还不忘掐了几下他的人中穴。幸好，木结构为主的中式建筑通风很好，再加上木炭燃烧时间较短，万超并没有陷入深度昏迷。听闻周遭动静，他勉强睁眼，干呕数声后才宛若自语一般哭丧道："它、它还在……到底要怎样做，它才肯放过我……"

"你说什么？"莫换脚步一顿，"谁不肯放过你？"

"那……怪物……"

"在哪里？"

万超有气无力地抬手指了指客房一隅，脑袋一垂，再度昏睡过去。

莫换警觉，顺着他示意的方向望了一眼……

然而，那里除了一只摆满廉价工艺品的楠木博古架，什么都没有。

事关客人的安危，杜卿不敢有半点疏忽，他为万超做了应急处理，将人留在闻木轩的卧榻上休息，盘算着是否需要联系商会叫救护车。

还没等他得出结论，客人便自行苏醒过来，本能地伸手讨要水喝："水……水，给我喝水……"

团在杜卿腿上假寐的黑猫不耐烦地睁开金瞳，抖着胡须轻巧跃下，毫不避讳地在万超眼前幻化作身着黑色古代劲装的男子，径直走向火炉，要去取那只温着水的铜壶——后半夜已至，千年前的杜家别院随着幻境铺展、显现，褪去闻木轩内原本的现代气息，处处古意盎然。

屋里只点数盏油灯，凄清无比，造型各异的木质家具森森陈列，透着一股无法驱散的沉重感。见此情景，男人好不容易回来的神魂又飞了出去，一骨碌翻坐起身："我这是已经死了吗？你是人是鬼？"

莫换驻足，低头望了眼地上的影子，以此示意自己是个活物。

万超缓了缓："那……你是个妖怪？"

如同被触碰到了逆鳞，莫换立刻沉下脸，不发一言走向屏风

139

另一侧，取水的事自然也没了后续；原本坐在案几边习字的杜卿看不下去了，起身给客人递去一杯热茶："万先生精神不错嘛，看样子，不必送你去医院了。"

"杜老板你怎么也是这副打扮？你不会也是妖怪吧？"从鬼门关走了一遭回来，万超的脑子仍有些不灵光，怕是极怕，嘴上却没把门，"你家伙计是个猫，那你又是个什么玩意儿？"

杜卿乐了："那你可得好好琢磨，这世上有什么玩意儿能活上千年？"

被突如其来的"坦白"所惊愕，万超呼吸急促，手停在半空，不敢去接那杯茶。他反复打量着面前样貌不过二十出头的客栈老板，见其一身青衫、满脸和气，迷迷瞪瞪动了动嘴唇："难道是，千年的王八成了精？"

"莫换！把他叉出去！"

只是，被唤到名字的人非但没有听令，还在屏风后发出了罕闻的笑声。

一炷香过后，万超才勉强弄明白自己碰上了什么人，他捧着茶杯连连向杜卿道歉，随即开始旁敲侧击打听不来客栈的秘密，情绪比任何时候都要高涨，半点瞧不出那本是一个妄图轻生的家伙。

"守林人？没听说过……不过，我一住进这家店就有种浑身不自在的感觉，又说不出哪里奇怪。"彻底清醒后的作家摸着下巴，接受了闻所未闻的设定，"既然你们不是普通人，说不定，会知道那只怪物的事？"

除却"活得久"这一点，他们与普通人又有什么两样？还不是要为生计奔波，还不是要被房租、水电煤气费左右？当然，这些话杜卿只暗自在内心嘀咕，面上仍是泰山崩于前而色不变，他顺着客

140

人的话接下去："怪物？"

万超拧眉，仿佛是在整理思路："是，怪物——我最近被那只怪物盯上了，它就蛰伏在我的周围，时不时显露出身形，用一双血红的眼睛死死盯着我！我想过很多办法，甚至花钱请高僧来家里做过法事……没用，根本没用，它一直在那里，怎么都赶不走！我向家人、朋友诉苦，可所有人都觉得是我写小说太入戏、着了魔，根本不相信我，我快被它逼疯了！"

他抓狂般扯住自己的头发，整个人散发出一种无可奈何的疲惫："我实在没办法，又怕那怪物来害我妻儿，便独自跑来苍穹山，想找地方做个了断，但是……"疲惫升级成为恐惧，万超瞄了眼两位听众，见他们并未流露出质疑神色，这才接着道："但是我还是没能逃出它的手掌心，它就在客房里监视我，还开口和我说话——那是我第一次听到那怪物的声音，很沉，很冷，像庙里敲钟的回音。"

"喔？它与你说了什么？"

"那怪物说……说让我去死，还说，我这种人不配活在世上！"仅仅是回忆，便让他感到头皮发麻，眼皮直跳，"其实、其实我舍不得老婆和女儿，根本没有勇气完成最后一步，我封好了门窗、摆好了木炭，却迟迟不敢点火……我想打电话回家，再听听她们的声音，可一抬头，就发现那怪物盘踞在博古架上阴森森地看着我，它一说话，我就鬼使神差地做了傻事……"

不断被否定的言语攻击，极其强烈的心理暗示，男人脆弱的神经轻而易举被挑断，中邪一般想要投向死神的怀抱。

"烧炭这种死法，成功率并不高，最坏的情况是半死不活：痴傻、失禁、瘫痪在床当一辈子废人。"难得有机会展现自己荒废了许久的专业知识，莫换发出冷哼，"你是无所谓，到时候连累的，可是你的妻女。"

万超后怕地攥紧手中茶杯。

网上乱七八糟的帖子看多了，他本以为，这会是种舒坦的死法，直到亲自"死"过一次才知道，濒死的滋味有多难熬！

杜卿试图再度撬开男人的嘴："那你可知，它为何偏偏纠缠你？"

心知他们是想帮自己，万超深吸一口气，不大情愿地说出实情："虽然这话听上去像是在扯淡，但那只怪物好像是我亲手创造出来的——我曾在小说中写过一头性格暴虐的凶兽，现在，它从文字里跑出来了，还把我当成了猎物！"


这世间精怪，皆有出处。

自寻常人类的文字中孕育而出的，杜卿却从未听说。万超解释道，自己所写凶兽名叫混沌，是那部恐怖小说里男主角需要对抗的怪物之一，它有着黑雾般的身体、流着血泪的眼瞳、獠牙尖锐，喜食活人血肉，常常栖息在巨大的古木上——其他的设定先不提，光是那只混沌的外貌，就和这些天来纠缠他的怪物一模一样。

"但是，也有不一样的地方。"万超顿了顿，"我写的凶兽并不懂人语，先前那怪物出现时，也从未发出过声响，可自打我住进那间客房，它居然开口说话了？这和我小说里写得不一样，完全不一样！"

无端听见声音，这倒不是什么稀奇事——怪物虽不会说话，但木头却会。

特别是他店里的木头。

142

杜卿舒展开眉头，俯身在莫换耳边说了几句话。后者步履匆匆离开闻木轩，不多时便扛来地字房里那只楠木博古架，他将东西放好，顺手丢给杜卿几本精装图书，说是在架子上找到的。

万超赶紧承认那就是他写的小说，自己每次外出总会带上几本签名版，遇到书友就免费送。杜卿耐着性子读了几页，非但没有被吸引，还找出好几处错别字和用词错误……他心情复杂地合上书，打了个呵欠。

在"读者"眼中瞧出了质疑，万超万分尴尬："其实，我不是什么知名作者，这些书都是我自费出版的，难免粗糙……哎，说出来不怕你们笑话，我辞职前攒了点积蓄，眼下都变成了一堆废纸，老婆为此和我不知道吵过多少次！最艰难的时候，为了多赚点钱补贴家用，我不仅在网上连载小说，还给几家网站和公众号供稿，还给人代笔当过枪手，每天都要到凌晨才能歇息，头发都掉光了！"

对于客人的卖惨，杜卿并未在意，他的目光停留在那只博古架上，久久未移开：上了年岁的木头大多有灵性，这楠木架子虽不是什么稀世珍品，却是他当年花费不少工夫从旧货市场里收回来的，侧面板材有些许被火灼过的痕迹，因品相不完美，一直没能找到合适的买家。

压着力道，杜卿抬手在博古架上拍了几下，嘀咕着"出来""现身"之类的话，像是要唤醒什么人一般，却始终不得回应。他自觉失了颜面，恼羞地招呼莫换："你用剑将它劈了。"

莫换以为自己听错了，按着横绑在腰后的短剑，迟迟不肯动手。

杜卿催促："你倒是劈啊！"

他沉沉回应："这东西挺贵的。"

哈？眼下是省钱的时候吗？共事这些年，怎么连这点默契都没有！杜老板发愁地直按太阳穴，望着空无一物的博古架，一番话也不知是说给谁听："我虽惜财，却也明理，身边绝不留无故作恶的玩意儿——今日你若不肯露面给我个说法，我便劈了这堆木头，毁了你的命门，权当是除害了。"

被守林人这般"恐吓"，不出五个数的时间，一位身着儒袍的青年人便凭空出现，透过遮眼的刘海，可以很清楚地看见他脸上有一块浅浅的烧伤……正是寄宿在博古架中的楠木木灵。

说话前鼻孔先出一股气，那木灵倒是个犟骨头："对，是我怂恿他点燃了木炭——那是因为他该死，这种人活在世上，只会给别人带来无妄之灾。"

不等杜卿开口，万超便抢着为自己开脱："放屁！我就是个写文章的，成天趴在电脑前面，大门不出，二门不迈，我能害着谁啊？我写的东西是有毒，还是发到网上会污染环境，怎么就成无妄之灾了？这位兄台，你不要仗着自己不是人，就污蔑我……我、我可不怕你！"说归说，他脚步一挪，飞快站去莫换身后——同样是妖怪，这一身黑的猫妖好像是自己这边的人。

自以为安全后，他又向杜卿施压："杜老板，就因为这木头架子妖怪暗中使坏，我差点在你店里出事，你得还我个公道啊！"

不用提醒，杜卿也正有此意。

他清了清嗓子，用颇为正派的腔调告诫初次见面的楠木木灵："该不该死，这不是你能决定的事！还好客人平安无碍，否则，我定然不会再留你！给你一次将功补过的机会，老实交代，那只怪物是怎么一回事？"

"与我无关。"

"当真？"

"欺瞒守林人，对我有什么好处？"楠木木灵抱肩冷哼，轻蔑地望着万超，"那团黑雾是跟着这家伙一起来的，我能从中感受到来自许多人的、非常强烈的怨念——至于原因，望两位明察秋毫，我只能说，一切都是他应得的报应。"

"你的意思是，万先生的文字当真能创造出怪物？"

"文字不能，但沉淀在文字里的'恶意'却可以。"那木灵的语气不算友好，"窥视过他的记忆后，倘若你们还觉得这种人该活着，那便将博古架毁了吧！这颠倒黑白、扭曲是非的浊世，我也不稀罕留下……"

他说完，便赌气般消散了身形，任凭杜卿如何威逼利诱，也再不愿现身了。

身边一个两个，怎么都是这种拽上天的臭脾气？杜老板扼腕叹气，看了眼尚未恢复正常的万超，又琢磨起赚取"养料"的生意："万先生，这多嘴的楠木木灵我自会管教，可那怪物是你自个儿招来的，怨不得别人；如果你愿意与我做笔买卖，或许，我有办法替你赶走它。"

万超眼珠一转："是要进那片树林，呃，长生林吗？"

见客人摩拳擦掌、跃跃欲试，杜卿拆穿他那点儿小心思："大作家，不是什么都适合拿来当写作素材的，至少，我不希望你将今晚的经历写进小说里……不然的话，我可保不准以后会不会有别的东西缠上你。"

男人抽着嘴角，赶紧表明态度："放心，我不写，我肯定不写！我一定死守不来客栈的秘密！我就是想去你们提到的长生林里看一看，要是那地方够恐怖、够可怕，也许能给我带来点写作灵感……"

"但愿到了那里，万先生还能这么想。"

听他这么一说，万超反而开始担心了："呃，杜老板，能不能先给我透个底？那片森林里，到底有什么东西？"

杜卿一口气写完收取报酬的凭证后，才从桌案后抬起脸。男人的眼角微微上挑，眼瞳亮得如同夜空中的星星，他故作无害地笑："你问那里？那里啊，葬着许多不为人知的罪恶，当然，也有你的……"


万超一家，就住在位于老城区的那座筒子楼里。

因为地段偏僻，九十年代末的建筑到现在也没能顺利拆迁，甚至都没有得到翻新外墙的机会：铁质围栏上裹着厚厚一层铁锈，狭窄的楼梯间随处可见霉斑和油污，滴着水的毛巾和内衣大大咧咧被挂在家门口的铁丝上晾晒，几十间住房像是并排堆叠的骨灰盒，里面塞满了被这座城市遗忘的人。

万超的作家梦，就滋生于这样的环境里。

第四次被公司辞退后，他告诉妻子，自己想待在家里靠写小说谋生。妻子惊得打翻了孩子的奶瓶，眉间的愁云再没散开。她知道丈夫的爱好是写小说，天真又自负的男人将所有心思投入其中，却一直没混出什么名堂，前段时间还受人蛊惑拿出所有积蓄去自费出版小说，最后除了几百本卖不出的书，什么也没得到……尽管心中极力反对，但出于各种顾虑，她并没有戳破丈夫那不切实际的梦想。

就这样，万超成为了一名"坐家"。

梦想丰满，现实骨感，小说的更新频率增加了，收入却依然微薄，失去每月工资的中年男子很快就感受到了经济上的压力。迫于无奈，他只好抽出时间来研究各种约稿函，专门给网站和公众号供稿，只是一开始没摸对路数，投出去的稿子石沉大海，偶尔发表一两篇，也激不起多少水花。

心知这样下去不行，万"大作家"收起那副文化人的傲骨，去向"收稿编辑"请教，意外得到了不少启发：

"我们要的稿子无所谓文笔、情节，关键是要吸引眼球——读者一看到你的标题，就有点进来的冲动！读完整篇文章，就有情绪的共鸣！"

"那么多作者都在写同一件事，我为什么非得收你的稿子？事件没有爆点，你就要制造爆点，所谓的'引战'懂不懂？对事实进行一些艺术加工、发表一些偏激观点，也无伤大雅嘛！有人骂你，才能火啊！"

"这么说吧，你文章的点击率和评论数是和稿费挂钩的……谁在乎是非对错啊？我们要的是热度！是流量！"

取经非常成功。

被"洗脑"过后，万超如同打通了任督二脉，下笔有神，不仅再没有被退稿，甚至还有几篇时事新闻的稿件达到了"十万加"的标准："城管推搡摆摊孕妇致其流产""医生渎职开错药令老人病情加重""女明星指使保镖殴打粉丝"……都在一夕之间成为网络爆文，万超身为作者，在伸张正义的同时，拿到了不菲的稿酬。

渐渐地，愿意刊登万超稿件的平台越来越多，他也越写越有个人风格：文字犀利，一针见血，不畏强权，为弱势群体发声。他在网上有了一群忠实粉丝。靠这些额外收入，万超离开筒子楼，搬进了新城区的公寓。他不再为柴米油盐酱醋茶而发愁，逢年过节，还会带着妻子吃大餐，玩一回浪漫。

他心安理得地用另一个笔名继续创作恐怖小说，期待有朝一日，能够成为家喻户晓的知名作家。

直到，那只"混沌"挣脱文字的桎梏，闯入了他的生活。

整座长生林被亘古不变的夜幕所笼罩，只有一棵棵或茂盛、或干枯、或笔直、或扭曲的长生树，静静散发出幽绿色的光。

万超站在自己的长生树前，一寸一寸地垂下目光，他从未想过，树枝上那些流光溢彩的果实里沉淀着记忆，将他的过往事无巨细地呈现在两位守林人眼前——甚至连稿件中所写的内容，也不能幸免。

杜卿好整以暇地念着没有温度的"十万加"，兴起时，还会向身边的莫换解释几句，生怕他不能理解那些生涩新奇的现代词汇。万"大作家"则杵在一旁，像个等候老师点评作文的学生。

不幸的是，这位"杜老师"是出了名的见人说人话、见鬼说鬼话。翻看完最后一篇稿件，他就露出了藏在和煦笑容里的针，扎得万超浑身难受："真是没想到，这些红极一时的文章居然全部出于万先生笔下——别奇怪，即便身在深山，我们也会时刻关注外面发生的新鲜事儿，闲来无事刷刷网页、看看视频、打打游戏，这都很正常，与正常人类的生活没什么两样。"

这可不是胡诌，不光是他，就连莫换这种极度讨厌电子产品的"老古董"，手机里的捕鱼小游戏都升到了满级，最近貌似还迷上了消消乐……大概是害怕被嘲笑，那家伙总是借口晒太阳，偷偷跑去屋顶玩手机。大高个帅哥一脸冷酷地研究小孩子都嫌无聊的游戏，有种说不出的违和感。

但把这话亮出来说，言下之意便是：该知道的我都知道，你可别想着有所隐瞒。

今晚的客人领略到了重点，他抬起手，动作僵硬地擦拭着额上的汗珠。

杜卿略微一挑眉，终于说到重点："可是，这些事件调查出来的真相似乎和万先生在文章中所说的完全不同……唔，我记得，那位孕妇是因为阻挠城管正常执法，自己不小心摔倒，才失去了孩子吧？开错药的医生也是被病人家属故意陷害的。还有那女明星，难道不是因为忍不了粉丝的疯狂骚扰，才去求助保镖的吗？怎么到你的笔下，都变成了另一个故事呢？"

当面被质问，万超面如土色。

半晌，他才结结巴巴地开始辩解："我写的时候哪儿知道会有后续反转啊？我也是在网上看到新闻，十分气愤，就想着要为受到不公正对待的弱势群体写点东西，这种民生新闻有了热度，才能引起各方重视！我、我是出于好意！"

"出于好意去诬陷无辜的人？"

"杜老板，瞧你这话说的！这写文章嘛，动笔前总要好好思考一下切入角度，我就是多想，那还能怎么办？何况，这几件事后来不是都有澄清过吗？我被网友骂得可惨了，好长时间都不敢发新的稿件，还好，我写小说用的是另一个笔名……"

被骂了？

喔，那还真是好惨呢……

杜卿磨了磨后槽牙，冷声道："可你第一时间发表的文章先入为主，叫几位当事人面对舆论压力百口莫辩，城管丢了工作，医生赔了巨款，至于那位原本就有重度抑郁症的女明星，被媒体趁机扒出各种莫须有的黑料，名誉受损，最后顶不住压力自杀了，对吧？直接从二十八楼跳下去了，在网上沸沸扬扬传了好一阵子。"他无声无息地散发着冰冷的压迫感，声音又下沉些许，"这些虚假的信息，都是笔者无心之过，还是明明知道真相，却依然为了流量故意扭曲了事实？"

万"大作家"说不出话。

质问者没有就此停止的意思："那么，就由我来说，因为你很清楚，舆论的天平永远会向弱势的一方倾斜，人们的情绪很容易被倚强凌弱的故事所煽动，所以你才会刻意挑选容易引起共鸣的角度去写文章，看似是为正义发声，却混淆了真假、善恶与是非——万先生，你的文字，真的可以创造出怪物。"

这只怪物以人为食，敲骨、啖肉、饮血、吸髓……最终幻化成了具体的形象，张牙舞爪，出现在伪善又狡猾的万"大作家"眼前。

祸福无门，唯人所召。

杜卿话音刚落，便有风自长生林深处而来，猎猎作响，宛如凶兽咆哮。那一树"因果"瞬间变化作鲜活的猩红色眼珠，齐齐盯住树下那个渺小的人类，就像无数只混沌凶兽栖息在长生树上注视着狩猎目标一般……

这一幕，比他在小说中描写的任何一个片段都更加恐怖！更加骇人！

男人凄厉地尖叫一声，蹲着身，恨不得将脑袋埋进土里："滚、滚开啊，都滚开！别再缠着我了！我不写了，我……我以后再也不瞎写了！我封笔！我封笔还不行吗？求你们放我出去吧，我再也不想待在这个鬼地方了……"

这种程度的反省，根本无法叫人信服。

莫换没有给他喘息的机会，他掐着他的脖子，迫使其再度直立起身子："现实已经无法改变，那就去另一个时空里做点什么，让那只怪物看见你迷途知返的决心，否则，它不会甘心离开。"

"什、什么啊？你们又要……咳咳，对我做什么！"

"渡你一程。"

说话间，长生树树身发出"咔嚓""咔嚓"的声响，缓缓裂开一道口子。莫换单手用力，将人死死压在"活过来"的树干上。万超只觉得背后有无数只无形的钩镰，将他拼命向一个未知的空间扯拽。他脊背冰冷，哭嚎出声："杜老板，这桩买卖我不做了行不行？你……你们要什么报酬，就直接拿走！我已经、已经知道自己错在哪里了，多余的事就、就……免了吧？"

"那可不行。"杜卿答得斩钉截铁，"做买卖嘛，得讲诚信，哪有客人支付了报酬却不提供服务的道理？等你'享受'完这趟旅途，再回来弥补自己犯下的过错吧！至少，得亲自将被篡改的真相公之于众，才说得过去……"

开弓没有回头箭，一旦客人在支付"允"字的契约上按下手印，这子夜过后的不来客栈便是一言堂，他杜老板做的，便是霸王生意。

这一夜，还剩下很长时间……

料定那将是一场漫长的赎罪之旅，两位守林人决定先行离开长生林。

行至半途，杜卿忽然想起一件事：自己在旧货市场打探那只楠木博古架时，听说过板材上那块焦痕的由来，当时他以为那是店家为了抬价随口杜撰的故事，如今一琢磨，倒觉得有几分可信。

店家说，那棵楠木原本栽种在衙门里，目睹了好几任官吏来去，具体到哪朝哪代无从考证，但确实是颇有年头的老树。最后一任县令姓冷，为官清廉，勤政爱民，还是位有菩萨心肠的大善人，自他上任后，散尽私产，减免赋税，兴修水利，当地老百姓的口袋是一年比一年殷实。

第四年开春，南面出了几股寻衅滋事的山匪，朝廷剿匪令一出，各地纷纷响应。诏书送达冷县令眼前，他寻思着自己辖地内的匪徒大多是因前些年灾情吃不上饭才落草为寇的苦命人，不知怎地就发了善心，从府库里拨了余粮，又拿出自己的俸禄，亲自进山将山匪一一招安。

再说那群乌合之众对新一任县令爷的人品、政绩早有耳闻，有心归降，几乎未有推托便应允下来。恢复良民身份后，山匪们依然暂居山中，却再未行掳掠之事，农忙时分，还有人受雇下山帮忙干活。

那地方太小、太微不足道，县令招安山匪的事便如此压了下来。

至此，山上山下两拨人相安无事了好一段时间，提及处处为民着想的父母官，百姓们个个赞不绝口。

只是冷县令的这一番动作，动了当地豪绅的利益。他们以为等新官上任的三把火烧完，就能用银子、美女慢慢将这位官老爷同化成一丘之貉，可眼见这火烧了好几年，仍有越烧越旺的趋势；而头戴乌纱帽的那位油盐不进、软硬不吃，和他们根本不是一路人。

豪绅们不敢和官家明着来硬的，便暗地里请了位教书先生，编排出不少顺口溜、打油诗散布于市井之中，还有几篇张贴在大庭广众下的檄文，大意是说这位冷县令与山匪头子有交情，表面招安，实际却是在转移官府里的库银，中饱私囊……流言蜚语慢慢传到当事人耳中，他却认为身正不怕影子斜，并未放在心上。

第五年夏秋，举国上下爆发蝗灾，朝廷焦头烂额，迟迟不见赈灾钱粮，冷县令只得将囤积的余粮全部用于救济灾民，甚至不惜变卖家产，从豪绅手中买来高价米面，只为让百姓多撑一两日。

尝到甜头的豪绅们可不会良心发现，他们齐齐约定，坐地起价，每日出售的粮食越来越少，价格越来越高。百姓的肚子空了，脑子也跟着空了，于是，有人想起那些广为流传的顺口溜和打油诗，腹诽着如果德高望重的官老爷真的和山匪是同伙，那朝廷发下来的赈灾钱粮，岂不都进了山里的土匪窝吗？

三人成虎，这原本连树叶都拂不动的微风，最终酿出了一场暴风。

当冷县令意识到这点的时候，已经无力回天。

在衙门当值官吏的引导下，被饥饿和愤怒冲昏了头的暴民冲进县令府，摘掉冷县令的乌纱帽，逼他交出私藏的钱财和粮食；遭拒后，他们将他绑在寝房内，抢走了所有值钱的东西，全然遗忘了过往所受的庇护与照拂。冷县令从未想过自己一心向善，竟因为几行文字落得如此田地，简直比那救狼的东郭先生还要委屈三分！

待暴民离开后，他挣脱绳索，郁结之下一把火点燃了县令府，以死明志。火海迅速蔓延，不仅吞噬了心灰意冷的冷县令，连同院子里的几棵楠木也遭了殃，待火扑灭后，独独只余下一棵——许多年后，这棵独木终是成了材，大料被运往别处，边角则被制成小件家具，其中，便有那只带着焦痕的博古架。

那一场因灾情引发的暴动很快被邻县官兵镇压，死伤无数，连冷县令生前力保的山匪们也未能幸免。新上任的县令在十日后抵达，与他一并到来的，还有延误的赈灾钱粮。直到那时，众人才知晓，当初所见檄文内容皆是胡乱捏造，而他们却信以为真，对无辜之人加以迫害，遂了恶人的愿。

故事说到这里，杜卿与莫换已经回到了不来客栈，再看见那只楠木博古架，两人的心境都与之前略有不同。

杜卿重重一叹，像是一桩功课似的做好了总结："有时候，一支笔或许会比一把剑更加锋利，文字是善是恶，全看执笔之人的心意。"

"那你看这博古架要如何处置？"莫换低头扫了他一眼，"还要毁掉吗？"

"算了吧，确实挺贵的。"

"杜卿，你可真是……"

"太善良了？"

"太抠门了。"

像是要为那句"挺贵的"开脱，杜老板又语速极快地补充道："那楠木木灵之所以会蛊惑那位万先生，可能是想起当年那位冷县令的遭遇，一时冲动才……当然，这得建立在真有那事的基础上，回头我会找个机会问清楚。东西呢，就先别放回客房了，留在闻木轩便是，多接受一下我的熏陶，说不定还能改改脾性。"

这话刚脱口，杜老板就露出了心虚的表情：那姓莫的跟着他接受熏陶这么多年，一身臭脾气还不是半点没改？甚至还有得寸进尺的迹象……

楠木博古架静静立在屋中，没有发出任何质疑。

天空泛起鱼肚白，万"大作家"终于从长生林里走了出来，见

154

到仍在屋中等候自己的两位守林人，他脚一软，匍匐在地行了个大礼，继而爬起身，头也不回地跑了出去，连留在地字房的行李都没顾得上收拾……

远光灯敞亮，汽车破开山间晨雾疾驰而去。

杜卿并没有挽留。

他与莫换并肩站在不来客栈门口，远远看见一团黑紫色的雾气聚拢在车身后方，不知是排出的尾气，还是那只仍不愿离开的、名为混沌的怪物。


几日后的一个正午，杜卿正坐在曲尺柜台后，抱着手机看网上连载的小说，见莫换一身风尘仆仆地提着米面从外面进来，他戚戚地说："哎，这鬼地方信号不好，网络游戏是没办法玩了，得培养点新爱好消磨时间才行。"

"所以，你在看万超写的恐怖小说？"

"嗯。"

"他不是封笔了吗？"

"大概是不会再写那些颠倒黑白、扭曲是非的'十万加'了吧？但小说还得更新，毕竟人家得赚钱养家，为了妻子和女儿，天塌下来也得咬牙坚持。"杜卿看了一眼摆放在角落的博古架，"那位万先生有在网上公开道歉，但并没有得到谅解——他的'帮凶'实在太多，雪崩过后，绝大多数的雪花选择性地遗忘了自己的所作所为。"

莫换冷哼一声："正因如此，才会不断有人上门与你做生意。"

杜卿摇头："……这又不是什么好事。"

他从不对午夜上门的客人说"欢迎光临"，因为他打心底里不欢迎他们。

在气氛走向凄凉前，杜卿伸出手指划动着手机屏幕，生硬地扯开话题："也许是我们见过这世间太多的光怪陆离，我总觉得这些小说写得也没那么恐怖，说到底，这世间最恐怖的还是人心啊……"

莫换收回目光，从口袋里摸出一枚在大门口捡到的牛皮纸信封："我倒是有件极恐怖的事，要与你交代。"

杜卿八风不动，眉眼里透着点不屑的笑："能有多恐怖？"

莫换将挂号信递交到他面前："房租催缴单到了。"

数秒无言，随后，整间古宅都回荡起杜老板的惨叫声。

## 〞 文承盘·以梦境为颜料 〞

收快递是件值得高兴的事，特别是在交通不便的深山古宅里收到成堆的快递。

这天一早，杜卿便满脸愉悦地坐在曲尺柜台后，一个一个拆着包裹，半宿未眠的疲惫早已丢到九霄云外。将趁打折买到的进口猫粮和生活用品全数摆放好，他这才想起，今日收到的快递里还有一盒月饼——是景区商会的中秋福利，送货小哥难得过来一趟，就一并捎上了。

百里烬先前发来消息，说今年的月饼礼盒里特意放了几款年轻人喜爱的口味，让杜卿尝尝鲜，结果，光是看见包装袋上的标签文字，这位千岁高龄的"冒牌货"就觉得胃部阵阵抽痛。

不是吧，当代年轻人的味蕾已经进化到如此丧心病狂的地步了吗？

三思过后，他以"月饼太贵不能浪费"为借口，连哄带骗将莫换拖上贼船："总共就八块，咱们分一分，很快就能解决掉：双黄莲蓉，我的，极品五仁，你的；云腿肉松，我的，销魂香菜，你的；奶黄流心，我的，咸鱼榴莲……"

感受到深深恶意的莫换转身欲走。

杜卿立刻语含威胁地冲他喊话："喂，这种阖家团圆的节日你还往外跑——该不会是要去找哪只小母猫吧？"

"我去屋顶上晒太阳。"

"屋顶上有小母猫？"

"我只是……"

"我说中了？"

被那股不依不饶的目光盯得难受，莫换无奈地让了一步："咸鱼榴莲口味的给我，其他的你自己留着吃。"杜卿满脸写着"我敬你是只猫"，双手呈上指定款，十分郑重地叮嘱他吃完记得刷牙。

目送自家伙计离开后，杜老板将剩下几块"黑暗月饼"揣进兜里，打着呵欠，起身走向黄字号客房。

前些日子，店里住进一位学美术的大学生，姓楚，单名一个游字。男生来的时候背着折叠画架，提着洗笔筒，戴黑框眼镜，顶着鸡窝头，白白净净，话不多，乍一看，还挺像艺术家那么回事儿。办理入住手续时杜卿打听了几句，楚游这趟进山，主要是为了写生采风。同行的同学都住在百里烬经营的度假山庄里，他嫌那里人多嘈杂，便找借口脱离了大部队，寻到相对安静的不来客栈，咬牙订了半个月的房间，每天不是外出取景，就是将自己关在房里埋头作画，连中秋佳节都没有回家和亲人团聚。

见这位看起来家境清贫的后生勤奋又上进，杜卿心软，将房费压低几百块不说，隔三差五还会多做些饭菜给他送去——为了省伙食费，那孩子买了泡面和面包，来景区这么久，几乎没有去过一次像样的餐厅。

杜老板摸了摸兜里的月饼，自觉此举简直是雪中送炭。

门虚掩着，他轻叩数声，无人应答。

几个糟糕的念头在脑海中交织闪过，杜卿一个激灵，推门而入。所幸，除却数十张铺散在地面上的画，房间里并无其他异样，楚游闭眼伏在桌上，似乎是睡着了；桌上凌乱地摆放着颜料和画笔，而他的胳膊肘，还压着另一幅未完成的作品。

杜卿不由多看了一眼。

和其他描绘风景的画作不同，那张画的配色极其阴郁、压抑，依稀可以分辨出画的是古时官员出行时的场景：夜幕下，暗巷中，象征着身份与地位的枣红官轿落地，四名轿夫已经不知去向；轿帘破碎，轿中人脖颈上空空荡荡，徒留一具无头尸身直挺挺地坐着，那颗头颅并没有失踪，而是被他的双手毫无意识地抱在怀里……

若是旁人见到这张充斥着恐怖元素的画，多半会感慨画者的想象力，但杜卿却浑身僵硬立在原地，不可思议地打量着画中细节，差点儿忘了呼吸。

画中一幕，他曾亲眼见过。

像是有一股细小的电流从身体里蹿过去，尘封多时的记忆被瞬间唤醒，让杜卿本就没多少血色的脸更加苍白。几乎是出于本能，他重重推了一下楚游，希望能将其唤醒。谁料这一推，年轻人的脑袋无意识地挪动半寸，刺眼的红色液体便从他手肘和桌面间的缝隙里蔓延开，染红了半张画，也染红了半张脸。

惊呼声卡在杜卿的嗓子眼里——他定睛一看，发觉那并非是血。

觉察到不适，逐渐清醒的楚游抬手摸了摸脸，随即被手上的污秽吓到结巴，他用一种近乎撕心裂肺的哭腔向面前的客栈主人求助："是血血血，血啊！好多血！我我我，我只是睡着了而已，怎么会流血啊？"

杜卿的表情有些复杂，勉强挤出两个字："颜料。"

鼠胆少年仍在胡思乱想，当杜卿耐着性子重复到第三遍时才听明白，他不好意思地抓着头发，不经意间扩大了被红色液体浸染的面积，讷讷地说："喔，原来是颜料啊，红色的颜料……"

那副模样着实喜感，将黄字房中凝重的气氛冲淡不少。

杜卿的脸色并没有因此好转。

他故作镇定地在楚游身边坐下，拿出月饼，放入桌案上的文承盘内，一边帮忙收拾打翻的颜料，一边游刃有余地说着场面话。面对关心和称赞，不善交际的客人如坐针毡，从脖子到耳朵尖全都红了，直到杜卿问及那幅未完成的画作时，他才蔫蔫地答话："你是说这张画？这画的是……呃，我也不知道……"

"图是你画的，怎会不知？"

"说出来怕、怕杜老板不信……"

"我信。"杜卿打断他，"但说无妨。"

没料到听众会这般赏脸，楚游犹疑片刻，小声道："这是我梦到的场景。"

说罢，他低头瞥了眼那张纸，大块晕染的红色让整个画面更加诡异，宛如是从男子被割裂的伤口处喷涌而出的血液。

年轻人哆嗦了一下，苦着脸，老老实实将自己的噩梦和盘托出："其实，这几天来我总是在做同样的梦：梦里的我好像是个古代大官，反正挺威风的，路人见了我都要避让行礼！我坐在轿子里赶了很久的路，应该是要去见什么人，结果，在经过一条暗巷时却遭遇埋伏，被人活生生割掉了脑袋……"

说到这里，他后怕地摸了一下自己的脖子，眼圈都红了："只要我一睡着，就会反复梦到自己被人杀了，而且，每次都是同一种死法！某天醒来，我发现画纸上出现了那个场景的草图，再后来，每做一次噩梦，画面的完成度就会多一些……也不知道是不是我在半梦半醒时画的，可是，我住宿舍时也没发现自己有梦游的习惯啊！"

"既然如此蹊跷，为何还要留在不来客栈？"

"我、我怕你不肯退我房钱。"他偷瞄了一眼杜卿，"还有点私心，想着把梦里的场景通过水彩画还原出来，回头赶集时找大师解个梦——我老家那边挺相信这些东西，说不定，是老天在托梦点拨我呢？今天我有点累，画着画着一不小心就睡着了，还把画毁成这样，好可惜啊。"

男生说话时一脸真诚，看上去不像是在说谎。

这几天，这几天……杜卿念经般低吟着所谓的"关键词"，扭头在房中张望，锁定了桌上那只文承盘。

他一眯眼，故意挑起话头："解梦？那还真是巧了，解别的梦我没什么把握，但小楚你这个梦，我倒是能说出个子丑寅卯来——今晚十二点，我在闻木轩等你，喏，就是那边的小二楼。"

"啊？"楚游用手背擦拭着眼皮上的颜料，根本听不出话里的虚实，只凭感觉接了句话，"杜老板，你还有帮人解梦这么一项副业吗？"

这句话若是从别人嘴里说出来，怕是能听出几分阴阳怪气，但从他嘴里说出来，只有满满的惊羡与钦佩。杜卿嘴角一扬，顺手托起那只文承盘仔细端详："别误会，开店才是我的副业。"

未来艺术家脸上写满了错愕。

半晌，他又想起件事："那、那怎么收费的？"

眼见着鱼儿主动咬了钩，杜老板难得大方一回："不要钱。"

"真的？"楚游怀疑自己听错了，在苍穹山这种充满商业气息的景区，除了爬山，他就没找到不要钱的活动。

"当然是真的。"杜卿加重语气，眸中透出一丝生意人特有的精明，"不过，你得付点别的东西作为报酬。"

是夜，不来客栈那座名唤闻木轩的小二楼里依旧透出光亮，宅院中花木茂盛，交叠的边缘若隐若现浮着一层金辉。房间内，年轻的客栈老板一身古时长衫，长发束冠，斜倚在卧榻上，有一下没一下地为怀里的黑猫顺着毛，一眼望去，人比猫还要懒散三分。

"你是说，遇到了故人的转世？"小兽舒坦地摇着尾巴，"这未免太过凑巧。"

"可事实便是如此，再等等罢，今晚会有客人。"杜卿在猫头上轻挠几下，"那花梨木文承盘算是样老物件，又沾着我的气息，这才唤起了小楚前世的记忆；我想领他去一趟长生林，弄明白那场梦的前因后果。"

黄字房里的文承盘平时就摆在曲尺柜台上，专门用于收纳零碎杂物，虽不是多么名贵的木器，但对杜卿而言，用了几十年的东西，自然有它的价值。三天前，他给楚游送肉包时顺手用上了它，之后一直忘了取回来，算一算时间，客人差不多就是自那时开始重复噩梦的。

黑猫抖着耳朵，佯装随口一问："什么样的'故人'能让你如此上心？"

杜卿闷闷地回答："很重要的朋友。"

金色的眼眸倏忽圆睁，小兽脑袋一晃，避开那只手，纵身一跃幻化成人形。出于与生俱来的警觉和多疑，他素来对杜卿"总能结交到奇怪朋友"这项天赋异禀深感不适，生怕那家伙聪明反被聪明误，招惹上麻烦……

尽管千余年来，这种情况从未发生过。

身材高挑的男人双手抱肩立在卧榻旁，直视着同伴，用沉默来质疑那位无缘无故冒出来的"故人"。

"好吧，好吧，我交代——接这笔生意，我是有私心的。"杜卿认命似的举起双手作投降状，坦白道，"我那位朋友是举国闻名的才子，有着大好前程，却在高中状元返回微州的途中死于非命。我四方奔走却没能查出凶手，眼睁睁看着这场'买凶杀人'变成了一桩悬案。他的转世如今误打误撞住进不来客栈，还以梦为引，画出了前世未了的冤屈，想来也是一轮因果。那桩陈年旧案，是该有个说法了。"

数千年前，微州杜氏以经营木行发迹，几代人呕心沥血，终得富甲一方。杜卿身为宗家长子，自幼便被众人捧在掌心中，过惯了穷奢极侈、钟鸣鼎食的生活，虽没有沾染上纨绔子弟那些习气，但对于口袋里的银票从不吝啬，久而久之，身边聚集了一群生意场上往来的酒肉朋友。

当周遭同龄人都巴望着能从杜家少爷口袋里扒拉出钱财时，独独有一人瞧出了杜卿不同于其他生意人的心思，始终在规劝他习字、读书——即便按照律令，商贾之子不能参加科举，也不能入朝为官。

此人便是文家最小的儿子，文钊。

文家三代为官，位列三公，在朝中颇有势力。文老爷年迈辞官，回了微州老家，对才华横溢的小儿子寄予厚望，一心要他考取功名。文钊嫌弃私塾里的文人酸腐，偏偏与年轻气盛、八面玲珑的杜卿交好。他知道杜卿对各地民俗传说和怪力乱神的故事感兴趣，每每得到民间珍本，都会第一时间转赠与杜卿。

"那时候，我和文钊算是微州富二代圈子里的两朵奇葩，自然能玩到一起去，更重要的是，那家伙读过很多书，我喜欢和这种人聊天，能听说不少新鲜事儿。"杜卿心悦诚服地夸赞着故人，没瞧见莫换越来越不悦的脸色，"文钊他九岁便能吟诗赋对，十三岁入宫赴百花宴，赋诗数首令龙颜大悦，科举时所写的那篇文章，让所有主考拍案叫绝……若不是英年早逝，或许，他会成为名垂青史的大文豪也说不定。"

这话夸张了些。

历史的长河瞬息万变、冷酷无情，且并不懂得"公平"二字的意义，大浪淘沙的同时亦将无数闪光的名字沉淀在河底淤泥中，永不能见天日……能让几千年后的人知晓，运气或许多过才情。

杜卿那漫长而枯燥的一生，只有短暂的二十余年是在微州度过的。杜氏没落后，他辗转回到故乡，然而一切都已物是人非，曾经生活过的痕迹也再无迹可寻。又过去几年，那安定富足的小国消失了，就像从来没有存在过一般。直到今天，也没能查到任何史实资料记录，虚幻得如同一场镜花水月。

莫换很少看到杜卿流露出那种表情，一时间不知该如何安慰，只能抬手替他拨正了发冠上的簪子，又局促地收了回来。

杜卿调整好状态，继续说起那桩悬案："金榜题名后文钊并没有在皇城多停留，匆匆赶回微州，要为文老爷贺寿。"

"过了几日，我在府上设宴为文钊接风，却一直不见他身影。入夜后我府上的仆人才匆匆来报，说状元郎出了意外。当我赶到暗巷时，轿夫都跑了，我掀开轿帘，一颗血肉模糊的脑袋便滚落到脚边……我头一回见到那般血腥场面，着实被吓得不轻，之后生了一场大病，在床上足足躺了两个月。"

"痊愈后，我开始动用一切关系调查此案。可惜，杜家不久后便出了变故，我流离失所，自身难保，查案的事也耽搁了……还记得吗？你我刚认识那会儿，我问过你好几回有关杀手圈的事，可惜时隔数年，你又没见到案发现场，说不清这桩买卖到底是哪位同行接的单。"

早已习惯他这种古今掺杂的说话方式，莫换几不可闻地从嗓子里挤出一个"嗯"，以此表达自己的认可。

杜卿阖眼一叹，说今晚就能真相大白。

莫换忽然出声："知道了真相，又能如何？那个画画的大学生不是你的故友，他与你所描述的文家公子没有半分相似，当年的杀人凶手也已成一抔黄土，这桩悬案背后，说不定还有你不知道的隐情……"意识到自己多言，他戛然而止，犹疑着改口，"杜卿，我只是想提醒你，守林人不能以权谋私。"

"我知道，所以这么久以来，我从未窥视过文钊的记忆。"男人细长的眉眼中漾着狡黠，"至于这次，我只是在为那个叫楚游的孩子'解梦'罢了，算不得越界，绝不会遭受天谴。"

"你想渡那小子，我没意见，但非得从前世那段记忆入手吗？你就没想过，是现世的恶果才招来了梦魇，令他夜夜不得安生？你忘了前几年在古街开店时，我们曾犯过这样的错误……"

欲盖弥彰。

杜卿眯起眼睛，一语揭穿："说来说去，你就是不希望我接这笔生意？"

某一瞬间，莫换感觉自己像是被对方一刀剖开身体，看透了内心的想法，光是这样还不够，那家伙连台阶都没留给自己，直截了当下了诊断书。若是继续装糊涂，他的嘴上功夫没修炼到家，实在圆不了谎；可若是认了……若是承认了自己确实不想将姓楚的小子带进长生林，接下来，势必还要说更多的谎。

自己上辈子到底是造了什么孽，这辈子非得和这种人精搭档共事？

莫换咬着牙，打算破釜沉舟："杜卿，如果我说……"

笃笃笃。

礼貌的敲门声中断了两人的交谈。

莫换浑身一绷，生平头一回露出怯意。

门吱呀一声推开，楚游将身子探了进来："请问，杜老板在吗？"


什么昼夜不同的深山客栈，什么蝇头小楷凭证书，什么死后付账，什么按手印……在楚游看来，这些约莫都是糊弄客人的把戏。当杜、莫两人领着他穿过时空缝隙、走进长生林之后，没见过世面的大学生终于慌了。

这种七百二十度无死角的裸眼特效，启动一次得烧多少钱啊？不对，正常人会在这种远离景区、人迹罕至的古宅里建个影棚，还借口"解梦"拉他这种穷学生过来体验吗？如果这位杜老板不是在做慈善，那就只有一种可能，他刚刚说的生死轮回、前世因果……

全部都是真的！

楚游有点后悔自己没有好好听讲。

杜卿将他领到一棵枯树前，抬手轻抚干裂的树皮。那棵树便如同回春一般重新变得高大挺拔、枝繁叶茂，而树主文钊生前的记忆也一段一段、一层一层浮现在枝头悬挂的果实里，堪比童话故事中巫女同款的水晶球。

批发来的水晶球挂了一树啊……楚游被自己低幼的比喻给逗乐了，但又不敢笑得太撒野，杜卿回身之际，他仍未做好表情管理，看上去像是在龇牙咧嘴。为了缓解尴尬，他强行撑起两边嘴角，感慨一句："真厉害啊！两个人，守着这么大一片林子！"

"各司其职，倒也不难。"

"啊，你和莫哥还有分工吗？"

"当然有，他负责看守林子。"杜卿笑起来，"我负责在一旁喊加油。"

虽然也没认为这话有多幽默，楚游还是极为捧场地干笑了两声。

杜卿暗自默数了几个数，却没等来同伴的嘲讽。他敛住笑容，走到垂着眼不知在思量何事的莫换身边，用手背试着他额头的温度："你今天怎么回事？有些心不在焉，不会是生病了吧？"

莫换不说话，冰山似的岿然不动。

就在杜卿隐隐不安时，衣袖忽然被人扯了一把，楚游慌张的声音打着颤儿钻进他的耳朵里："我、我找到了！杜老板你快看水晶球……啊，不是，你快看树上这东西！对，就是这一颗，这就是反复出现在我梦中的场景！就是这男人！就是这条路！就是这轿子！就是，就是……"

167

杜卿闻声回首，垂在上方的长生树果实中正巧显现出文钊被杀前的一幕，因为是第一视角，呈现出的画面并不可怖，但杀人者的脸，却清清楚楚展现在三人眼前——那是树主最后看到的画面。

楚游不可思议地眨了一下眼睛，僵硬地望向莫换："等等，我糊涂了，凶手怎么这么像莫哥啊？是他的前世吗？"那张脸，分明和身边的黑衣男子一模一样！如果非要说出点区别的话，杀人者的眼神里充满戾气，漆黑如墨；但客栈伙计的双眼却带着点儿淡淡的金色，像是有一捧月光洒了进去。

莫换低语："那就是我。"

楚游傻乎乎地"哦"了一下，随即陷入思考。

杜卿宛如被人当头敲了一棒槌，猛然明白了整件事的来龙去脉，也明白了莫换今日为何会魂不守舍、为何会阻止他与楚游做交易……如果不是这场阴差阳错的"解梦"，他可能将这个秘密隐瞒下去。

故友文钊，正是死在彼时身为杀手的莫换手中，而他过了几千年才知晓真相，听起来简直像一个笑话。

不，不是像，这就是一个笑话。


长生林中满眼深深浅浅的绿色，搅得人心烦意乱，风里也夹杂着来自遥远时空中的凄凉和荒诞。杜卿有些喘不过气，手腕一转，带着从未有过的气势揪起莫换衣领，话语中隐隐烧着怒火："别告诉我这是你的任务……"

始作俑者并不反抗，面无表情地挨着训，末了，才沉沉说了句话："不是任务，是我背着组织接的私活，金主无名无姓，你查不到的。"

"你说过自己的双手沾满鲜血，脏得很，我不以为意，总觉得那些尸山血海离自己很远，我是真的没有想过，你欠下的那些血债里，会有我的故人……"杜卿哑着嗓子，拳头越攥越紧，指甲差点嵌入皮肉中，"杀了状元郎，你能拿到多少佣金？"

"九文钱。"莫换如实回答。

"为了一杯茶水的钱，就犯下杀孽吗？当年的你，到底把人命当作什么！"

"为什么不可以？我本来就是这种人，做的就是这种营生，你不是很清楚吗？别用那套正义善良的准则来衡量我的所作所为，我知道我不配。"赌气般贬低着自己，男人神色愈发冷冽，"再说，我杀那家伙根本不是为了钱，而是因为，他该死。"

"你说什么！"

"杜卿，那位文家少爷并非如你想象中那样，他其实……"

"滚。"

这一个字就像一把锋利的小刀，猝不及防地割伤了莫换，他睁大眼睛看着杜卿，脱口反问："你说什么？"

怒火攻心而口不择言，失了态的杜卿烦躁地背过身，语气并没有舒缓："这种时候就不要再诋毁死者了吧？至少，你没有资格说文钏的不是……客人的事我来解决，你先出去候着。"

"我就在这里。"

"我现在不想见到你。"杜卿扔出冷冰冰的一句话，"要我再说一遍那个字吗？"

平日里和和气气、以笑脸示人的家伙一旦动怒，威力往往不容小觑。深谙此道的莫换没有再坚持，他只是盯着杜卿瘦削的背影看了几秒钟，一撩衣摆，转身向长生林出口的方向走去。

等那股熟悉的气息彻底消失后，杜卿才转过脸，友善地冲楚游笑了一下，展现出良好的职业素养："抱歉，我家伙计有前科，脸臭，说话也不中听，没吓着你吧？回头退房时我给你打个折……"

涉世未深的大学生彻底被杜老板的变脸绝技给惊呆了。要知道，平时在学校遇到寻衅滋事的，他都恨不得绕路走，刚刚却不得已全程目睹了一场跨越千年的仇杀恩怨；好不容易说服自己得鼓起勇气上前劝架，结果嘴巴一张，发现根本不知孰是孰非——当今社会不能容忍的罪恶，回到数千年前，又该如何定夺呢？

被突如其来的懊恼和沮丧所击中，楚游抓了抓鸡窝头，眼前的客栈老板似乎又说了些什么，但他一句也没听清。

冥冥之中，有一股无形的引力将他向后吸去，他躲避不及，呜呜哇哇鬼叫数声，脚一崴，身子一斜，自己跌进了泛着光泽的树身裂缝中……

不知被谁踩了一脚，楚游清醒过来，刚准备扯开嗓子喊痛，肩膀又被重重撞了一下。

他像肉饼似的挤在人堆中，前后左右都是乌压压一片，分毫不能动弹。

更要命的是，周围的人都穿着古代服饰，街道两侧是古时才有的建筑，而他肚子里那点儿可怜的历史知识，根本分不清这是哪个朝代。古装剧片场、真人秀录制、角色扮演比赛、沉浸式表演……他在脑海里将所有的可能都设想了一遍，最后才勉强接受事实：他被那棵长生树带入了前世的记忆中。

听了路人议论，楚游才明白过来，今日状元郎衣锦还乡，有事的没事的都出门瞧热闹来了。反正他也不知道回去的法子，只能既来之、则安之，在堪比实景的幻境中来场时空旅行。

几声吆喝过后，骑着高头大马的护卫开道，一身华服的新科状元姗姗而至。楚游一眼便认出那人是文钊——自己的前世，那个在梦中被砍掉脑袋的男人。张望间，一抹熟悉的身影映入他的眼帘，正是混迹在人群中的莫换，更准确地来说，是尚未成为守林人的那个杀手。

彼时的他，既不认识杜家那位挥金如土的少爷，也没有借用猫妖的身体，只是个一心想要活下去的普通人类罢了，这趟来微州，是为了完成一项任务。解决目标后，他正准备离开这座城镇，不料却赶上状元郎回乡，城门戒严，不得不多耽误一天。

楚游踮起脚尖，扬手喊了几声"莫哥"，但对方根本没有给他回应，甚至连眼皮都没抬一下。

他反应过来，自己这副格格不入的打扮还没被抓走，肯定是周围人都看不见。

随着声势浩大的一队人马走近，百姓的欢呼声不绝于耳，间或也能听见些许不协调的议论和嘲讽："呦，状元郎？这次不知又是哪个倒霉鬼被顶掉了名字，合着就是欺负穷人呗！寒窗苦读数十载，不如投胎到王侯将相家……"

"嘘，这话可不能乱说。"

"谁乱说了？你看文老爷招揽的那些门客，眼下还有几个大活人？我亲眼见着的，文府家丁大半夜将裹着尸体的草席往河里扔，里面可都是打算逃跑的门客啊！本想着进了文府就能有一番作为，结果搜肠刮肚写出来的诗词和文章，都给那文家少爷脸上贴了金！这事在微州根本不是什么秘密，人人都知道！"

"这话不对，微州可有人不知——那杜氏木行的少当家不就是个糊涂蛋吗？听说文家这次贿买主考，里头还有杜老爷出的一份钱呢！要是以后这文家少爷入朝为官，少不了要给杜家好处吧？"

"官商不分家，都是一丘之貉，杜家又能出什么好东西？！"

原来这文老爷早年在朝中任官，不小心得罪了另外几股势力，辞官回乡后，越想越不服气，一心想好好栽培几个儿子。不曾想，他们过惯了锦衣玉食的生活，一个比一个不思进取，唯有小儿子文钊还算机灵。文老爷花费重金从各地广招门客，为的就是让他少年得志、名扬四海，顺顺利利走上仕途。

起初，徽州百姓都当那文少爷是个世间罕见的神童、天才，争相传颂他的文章，直到有门客自文府逃走，真相也渐渐浮出水面——文少爷的"著作"，都是由他人代写的；即便是那场令其声名鹊起的百花宴，也是文老爷事先安排门客写好数十首诗，让小儿子悄悄背下，这才讨得圣上欢心。

彼时他才十三岁，没有人会怀疑十三岁的少年背后，还有这么大一盘棋。

文府那些饱读诗书的门客中，有人缺钱财，有人缺靠山，心甘情愿"贩卖"才华。也有傲骨铮铮者不肯参与其中，要么被打断腿脚，没了人照顾，吃喝拉撒都成难事，被逼无奈，低头就范；要么被直接打死，沉进护城河，带着文家的秘密一起变成鱼食。

那些不能见光的事，却能随着风飘至很远。

文少爷的"聪明才智"早已成了徽州百姓茶余饭后的话题，而杜卿那时天真自负，满脑子都是赚钱的生意经，只当是自己交到了正道上的朋友，根本没有细想文、杜两家背后的利益关系，也不知文钊的仕途，是由皑皑白骨铺成……

听了好些消息，楚游脑袋里的零件咯吱咯吱地响，还没琢磨出什么结论，便被马匹受惊的嘶鸣声吸引去了注意力。有个身材干瘦的老者拨开人群，拦在状元郎马前，声嘶力竭地喊着"还我儿的命来"。

街道两侧的人群开始骚动。

文钊攥紧缰绳，示意周围护卫将闹事者赶走。那些精壮男子得了命令，全然不顾老人的冤情，厉声呵斥，用手中兵刃驱赶。见他仍不肯离去，为首的护卫一甩马鞭，欲驾马直接从他身上踩踏过去……说时迟，那时快，混在人群中的莫换一个箭步上前，前臂挡住马蹄，顺势将人拉到身后，不等那群护卫做出反应，便拽着他一起藏进街边窄巷内。

楚游不敢怠慢，拔腿跟了上去。

风烛残年之人哪里经得起这般折腾？那老翁浑身都是血沫和砂石，双眼浑浊，气息奄奄，怕是熬不过多久了。

约莫是见惯了生死，莫换并没有表现出惊慌或是悲痛的情绪。他将人安置好，又寻来张破旧的草毡盖在他身上，这才打算离开。

谁料，就在他转身之际，草毡下伸出一只枯瘦的手，死死抓住他的衣摆，老翁暗哑的声音传来："求、求少侠帮帮我，我儿……死得好冤……"

见游侠打扮的男人有心聆听，老翁一五一十地说出遭遇：原来，他本是位读书人，然而一生不得志，又不会其他手艺，落榜后一直留在家乡，帮人代写书信，混口饭吃。老翁家境清寒，膝下有一独子，名叫王升。王升自幼勤奋好学，诗才惊人，此次省试志在必得。不料放榜时一看，自己的名次却并不理想，更让他郁结的是，状元文钊的文章竟与自己笔试时所写一模一样！

王升的答卷，被人悄无声息替换给了文家少爷。

彼时，科考可谓有名无实，但凡大臣子弟都会行贿请托，以求蟾宫折桂，而寒门子弟屡试不第者大有人在。王升性情耿直，几度当众发出质疑，却苦于无权无势，求助无门，终日郁郁寡欢，后来索性不见了踪迹。当同期考生以为他已回乡谋生时，却有人在城郊乱坟岗发现了尸首分离的王升……

噩耗传来，老翁悲痛欲绝。

他读过王升先前寄回家的书信，了然考场舞弊一事，自然也知道凶手是谁，有心要以卵击石。听闻那状元郎是微州人士，他变卖家产作为盘缠，赶路至此，只为给已故的儿子讨个说法，不料却遭到非人的对待。

楚游隐藏在角落里，听得火气直往脑子里蹿，扭头再看莫换，那训练有素的杀手面上没有任何波澜，像尊石像立在原地。

老翁神色凄凉地一叹，从兜里摸出九枚铜板："多谢少侠舍命相救，老朽身上只剩下这些钱，还够请您喝杯茶。若您能发发善心，喝茶时能将这荒唐事说出去，替我儿王升正个名，来世，王某人做牛做马，也定会报答恩人……"

莫换接过铜板，放在掌心掂量几下："这活我接了。"

"什、什么活？"

"杀人的活。"他拔出腰后的双刃短剑，"三天之内，我会给你个说法。"

"啊？你是……做那一行的？"老翁意识到自己遇上了不得了的角色，浑身发颤，但为了儿子的事，他还是壮着胆继续搭话，"可这么点钱，哪里够……不行，不行，这事儿铁定会惹上朝廷里那些大官，我、我不能害你！"

"足够了。"莫换平静地说，"你给钱，我杀人，其他事不必

174

在意。"

　　说罢，着一身黑衣的男人便转身快步离去，尚未缓过神来的老翁僵在原地，还有一个满脸崇拜的"透明人"楚游。正当他打算稍微进行一下表情管理时，街道上又有了新的动静。他大着胆子走出去瞧了一眼，竟发现是彼时的杜卿策马前来迎接好友还乡——年轻的富家公子身着华服，骑雪白骏马，俨然一副春风得意的模样，全然不知世间贫穷、疾苦、不公为何物。

　　楚游这才想起来，两位守林人似乎是同一个时代的人，不过听杜老板的意思，在这个时间节点上，他们应该是不认识的。再看莫换，听闻街道上传来的动静，他也只是驻足远远望一眼，便朝着另一个方向走去……

　　背向而行的画面似乎是在预示着，他们从一开始，便不是一路人。

　　至此，所有散落的记忆片段，被串联成一场荒谬绝伦的大梦。


　　客人脱离前世回忆之境、回到长生林时，杜卿仍在等候。

　　古人装扮的男子面上笼罩着淡淡愁云，大概还在为亲眼所见的"真相"而纠结，直到楚游跌跌撞撞地自树缝中走出来，他才挂起营业性微笑。两人目光相触的一瞬，少年一下子没绷住，后知后觉地哽咽起来。

　　没想到当代大学男生不仅反射弧长，心理素质也能差成这样，杜卿又好气又好笑，和颜悦色地说着安慰的话："那位文公子是你的前世，不管他是什么样的人，做过什么样的事，是逸群之才也好，是卑劣小人也罢，都与现在的你没有半点关系……你且当在我这里听了个故事，解了场梦，不要有心理负担。"

毕竟，眼下心里最不是滋味的，是他才对。

听完安慰的话，楚游依然处于崩溃之中，他断断续续地说："杜老板，我、我得向你坦白一件事……"

"你该不会是顶替了谁，才上的大学吧？"杜卿一挑眉，"这可得追责。"

"不是！我是自己考上的！我是想说，我不光是为了安静才搬来这里，其实，我是想抄、抄袭别人的作品，参加系里的比赛，我怕被同学发现，才执意要和他们分开住的。艺术生要花很多钱，我是从小镇里考出来的，经济负担很重，可眼见着快毕业了，我还没混出什么名堂，工作的事也没有着落……这次比赛是我最后的机会，我想着，一定要拿出一鸣惊人的作品，得到老师推荐。但我真的没什么天赋，怎么画都觉得比不上别人，一时糊涂就动了歪心思……"

"我之前想不通，为什么住在这里每天都会做同样的噩梦，现在我知道了，老天真的是在暗示我——窃取别人的劳动成果，是、是要掉脑袋的！"他越哭越激动，眼镜镜片都糊了一层雾气，继而又赌咒般地举起右手发誓，"距离比赛结束还有时间，我可以重新构思作品！我、我向你保证，以后再也不做这种投机取巧的事了！求求你，别让莫哥砍我脑袋！"

背地里辱骂客人是不对的，但看着那心事重重、发下重誓的大学生，杜卿还是忍不住腹诽：这傻孩子，怎么还强行自我升华了梦境主题？

他强行将楚游的手按下："你不用向我保证，我也不会时时刻刻监督着你，我只不过是一个大半夜不睡觉、说话神神叨叨的生意人而已，管不了这大千世界的善恶美丑。你若觉得自己做了良心上过不去的事，及时改正便是，莫要等到报应上门才追悔莫及，种善因得善果，种恶因得恶果，数千年来都是这样的道理。"

"那莫哥他……"

"他？他早就金盆洗手了，现在遵纪守法，尊老爱幼，连过马路都不会闯红灯。"杜卿深吸一口气，像是要说服楚游，又像是要说服自己，"方才是我太过于冲动，只记挂着故友的死因，却忘了顾及莫换的心情——每个时代都有特殊的历史烙印，以恶制恶是他所能想到的、唯一的办法了吧？"

更何况，文家所为确实罪大恶极，令人气愤之余，又觉得痛心，那九枚铜板买的，只是杀手心尖上仅剩的一滴热血。

守林人不该拥有过往。

面对双生朽木立誓之初，他们就已经放弃了曾经拥有的和背负的一切。一路风雨，莫换已经自回忆的泥沼中走了出来，以新的身份活在这个并不完美的世界上；而自己在这种时候翻旧账，无疑是仍在沉沦……

杜卿一声长叹，心想着，怕是得去道歉了。


将客人送出不来客栈，已经过了早饭时间。

褪去了一身繁复古装，杜卿的心情却并不轻松。他里里外外将古宅寻了个遍，连屋顶都没放过，但哪儿都没见着莫换的身影，翻出手机拨通置顶的电话号码，曲尺柜台后竟响起了铃声……

没带手机？那他身上有钱吗？会去哪里待着？

将所有可能推测了一遍，杜卿还是没办法确定莫换的行踪，最后只能安慰自己，那家伙可能是跑去哪个山头自我反省了吧？晚饭前肯定能回来——吃饭这么重要的事，容易饿肚子的人可从来不会缺席。

他走向二楼卧室，剩下的白日时光，也足够自己好好反省了。

揣着各种纷繁的心事，杜卿一觉睡到了夜幕降临。听闻一楼有动静，他胡乱披上件外衣，匆匆走下楼梯，结果发现只是窗户没关好，飞进来几只鸟雀。若是寻常，幻化成猫形的客栈伙计一定会将扰他清梦的小东西全都赶出去，但是今日，不来客栈里却没有黑色小兽的踪迹。

杜卿蹙着眉，不甘心地来到往常摆放宠物食品的地方瞧了一眼：食盆里的猫粮，打开封口的猫罐头，一点都没有减少。

莫换没回来过。

他好像，再也不打算回来。

# 黄杨拐 · 失踪的百万遗产

罐头掀开盖，仿佛是触动了某个隐形的开关。

闻见肉香，原本还处于观望状态的野猫们一只只摇起尾巴，仰起脖子，巴巴地盯着杜卿……手里的猫罐头，有几只胆肥的还迈着猫步走到他的裤腿边，喵喵叫着，讨好似的蹭着。

杜卿挨个点头打招呼，放下罐头，又恭恭敬敬地从兜里摸出一大包小鱼干，挨个分给它们，嘴里轻声念叨着："各位帮帮忙，我的小猫咪离家出走三天了，如果你们见到，记得让他早点儿回家……他吗？他叫莫换，长得很好看，黑毛金瞳，大长腿，脖子上挂了块乌木牌……"

装模作样思考了一会儿，他又补了句："对了，还没绝育。"

之前他怒火攻心说了几句没过脑子的话，莫换那家伙居然当真从不来客栈"滚"了出去，一连失踪三日，一句话都没捎回来。且不说客栈里的体力活搁了几天没人做，每晚子夜过后的生意也没了着落——两位守林人之间有分工，少了其中任何一位，都只会

179

事倍功半。

自两人搭档共事以来，从未分开过这么长时间，杜卿不相信莫换会丢下长生林和双生朽木不管，却深信在自己诚心诚意道歉之前，那家伙绝对不会主动回来……问题是，道歉的前提是先得找到道歉对象啊！大街小巷贴"寻猫启事"这种事杜卿是做不出来的，只能硬着头皮出门碰运气。

莫换讨厌人多的地方，自然不会去景区，可如果往深山里走，住的地方还好说，可吃的东西……

但愿过几天不要出现"神秘男子苍穹山徒手猎熊"之类的新闻。

深山里的气候瞬息万变，昨日晴空万里，今日阴云密布。杜卿纠结了一整日，终究放心不下，晚饭过后，他揣上猫罐头和宠物零食，开始沿着古宅外的山道和附近野猫"打点关系"。

眼见着召来了五六只花色各异的野猫，杜卿又开了两个罐头，不知是手脚慢了，还是场面话没说到位，有只身材肥硕的橘猫扭着屁股上前，喵了几声，照着他的脸抢起一爪子，尽管杜卿躲得够快，仍免不了下巴上显现出几道红印。

几分钟后，他被一只橘猫驱逐到山道上，手里还端着半罐没喂完的猫罐头，急不择言道："哥，哥……我错了！别挠我了……莫换他没你帅行了吧，真的没你帅，小鱼干全孝敬你还不行吗？放过我吧！"

就在杜老板形象全无、极力求生之际，一辆私家车在距离他极近的地方停下，警醒般按了几下喇叭，却意外吓跑了橘猫。

远光灯刺得人睁不开眼，即便如此，杜卿还是从整辆车散发出的"贵气"中猜出了来者是谁——毕竟，这么豪华的车，在苍穹山景区也找不出第二辆。他站起身，拍了拍身上的灰土，招呼着推开车门走出来的男人："百里会长，幸会……"

百里烬点点头，高挺鼻梁上的金丝边眼镜稍稍滑落，依然是那副斯文模样："杜老板这是在做什么？"

"如你所见，喂流浪猫。"

"哦？你就不怕自家养的猫吃醋吗？我怎么记得，那些宠物好像很讨厌主人身上沾有其他同类的气味……"

"我家那只最近闹脾气跑了出去，怕是得等气消了，才会回家。"杜卿将手里的罐头放在山道边的杂草堆里，无奈勾起一边嘴角，强行更换话题，"都这么晚了，百里会长为何会出现在这里？"

"深夜拜访，自然是给杜老板介绍生意。"百里烬低头看了眼手腕上的钻石表，话中有话道，"这个时间点过来，不是正好吗？"

很显然，他所说的生意，是指和长生林有关的买卖。杜卿这才发现，车里还有一个人的身影，看轮廓是个中年男子，可能是觉得两位商户寒暄太久，他摇下半截车窗，略显焦急地探出脑袋往这边看。

可莫换不在，仅凭他一人……

不等杜卿想出婉拒的说辞，百里烬已经替他打开了副驾座的车门，笑道："不请我们去店里坐坐吗，守林人？"


那场雨终究还是没有落下来。

院子里的蛙叫声此起彼伏，笼罩整间客栈的低气压让人透不过气，眼下已过午夜十二点，房间里赫然一派古时情形，杜卿心烦意乱地扯开包裹严实的领口，暗自吐槽旧时衣物实在过于繁复。

对于古今时空交错产生的变化，那位叫做俞业伟的中年男子并没有露出大惊小怪的表情——想来，是来此之前就已打过"预防针"，倒是百里烬打量着杜卿，轻声道一句："这身打扮挺适合你。"

没心思多说客套话，杜老板缓了口气，直截了当问客人遇上了什么麻烦。至于他是如何找上那位神通广大的商会会长，又是如何被说服深夜造访不来客栈……这些，都无关紧要。他现在可以肯定的是，百里烬十有八九知道长生林的秘密，不能在他面前漏了怯；白瓷瓶里还剩有一枝长生花，得想个办法，让他遗忘今晚所看到的一切。

年过不惑的男人身材微微发福，头发也所剩不多，上臂带着黑底白花的臂章，应是家里刚办过白事。见杜卿问话，他急忙摸出随身带来的一件细长物件，扯开层层布条，满脸殷切地递过去："您给瞧瞧？"

那是根拐杖。

黄杨木，故意做了仿古造型，木料表面被打磨得光滑，原本的疤节也清晰可见，可惜底部黑色的防滑垫却破坏了整体美感，也暗示这根拐杖不会是年代久远的古董。

杜卿瞥了眼俞业伟，放慢了声线："这'黄杨拐'你哪儿弄来的？"

男人乌溜溜的双眼里顿时闪过精光："不会吧，这玩意儿……真值钱？"

"花鸟市场爆款。"他如实回答，"做工还行，若是店家嘴皮子溜，唔，差不多能卖到五百块。"

俞业伟的脸瞬间垮下来，压低声音愤愤道："啧，我就知道，那小子也拿不出什么好东西孝敬老爷子！杜老板，实在对不住，百里老板与我说你这里收藏了不少古董家具和木制品，刚才你一问，嘿，我有点激动……"

杜卿十分克制地笑了一笑。

看不过眼客人东拉西扯，百里烬放下手中喝了一半的茶："还是我来说吧，这拐杖是俞老爷子生前不离手的东西，上周五，他老人家过'头七'，俞先生大半夜听见有人拄着拐杖在家里走动，怀疑是俞老爷子回来了。"

所谓头七，便是人死后的第七天，相传，死者的魂魄会在这一日子时返回家中。按照俞业伟老家的习俗，不仅要给死者在头七那晚备一顿饭，还要烧一架纸糊的梯子，即"烧天梯"，让魂魄顺着梯子安心升天——这过程是不能给家人瞧见的，免得死者对世间还有留恋，影响投胎。

俞老爷子几个子女安排好一切，便早早都去睡了，俞家大姐、二姐睡主卧，三姐睡次卧，俞业伟睡客厅。

老人晚年独居在"老破旧"小区，房子面积不大，客厅里没有像样的沙发，男人便搭起了简易的弹簧床。也许是临时被窝睡得不舒服，也许是心里揣着事，前半夜他都无法安然入眠，随后，便听见了令人毛骨悚然的声音……

"嗒，嗒，嗒。"

那声音，像极了俞老爷子拄着拐杖在没铺地板的水泥地上来回走动。

俞业伟瑟缩在弹簧床上，背对餐桌，用被褥将自己紧紧裹住，捂出了一身冷汗。他不敢转身，不敢开灯，更不敢喊其他人，就那般绷紧身子等着、候着，不知在凌晨几点昏昏沉沉睡了过去……第二天爬起来一看，原本放在灵堂边的黄杨拐果真不见了，一家子人面如土色找了一圈，最后在门口的鞋柜底下发现了俞老爷子的遗物。

屋子里的花圈都还没撤，这怪事儿谁也不敢细究，只能彼此安慰着，老人家一定已经顺顺当当升了天，这才把拐杖丢在门外。

就因为这茬，俞业伟坚持要再守一夜。

只是，这几日出殡、守孝、宴客，实在太过操劳，他没能坚持住，脑袋一沾枕头，很快就进入了梦乡，后半夜迷迷糊糊转醒时，果然又听到那阵怪异的声响——有人拄着拐杖在房间里"散步"。

很多人都是如此，年轻时自以为能掌控一切、是整个世界的中心，随着年龄的增长和阅历的增加，才不得不低头承认自己其实对于很多事都无能为力，继而开始相信命运，相信风水，相信那些未知的、神秘的力量。

俞业伟亦是如此。

家人们越是对此避之不言，他就越是断定事有蹊跷。

分家时，俞业伟挑拣走了几样父亲的遗物，其中便有这黄杨拐。托了好几层关系，他终于从百里烬口中打听到"不来客栈"这个能助他了却心愿的地方，连夜买好车票，辗转至苍穹山。只是，过分年轻的客栈老板却让他觉得不大靠谱，若非中间人是百里烬，他可能在看到杜卿低眉垂眼地被野猫追击时，就认定那货是个江湖骗子。

俞业伟搓搓手："你们说，这人死了，真会在'头七'那天回家吗？我爸他是不是有放心不下的事，所以才迟迟不肯去投胎的啊？"

百里烬没有参与讨论的意思，局外人般把玩着手里的茶杯。

杜卿观察着客人的表情，直言不讳道："俞先生，你确定自己没听错吗？如你所言，那天晚上屋子里可不止你一人，空调漏水，钟表走动，隔壁小夫妻办事……都有可能发出声音，再加上强烈的心理暗示，又或是幻听，很容易让人产生错误的联想，没必要自己吓自己。"

俞业伟语噎，神色间满是犹疑。

趁着客人"不在线"的间隙，杜卿故作为难地望向百里烬："就算俞先生没听错，俞老爷子当真回来过，这事儿我也没法插手——百里会长可能不清楚，守林人有守林人的规矩，不来客栈只渡活人，至于死人……"

"不知客人所求为何事，先别急于下定论。"百里烬的声线温和、平稳，说话时的气质像极了研究所里的专家学者——不随便开口，开口就是权威观点，甚至比杜卿还要"专业"几分。意识到自己的喧宾夺主，他带着歉意勾了一下唇角："俞先生，你还是与杜老板说实话吧，不然，他可要下逐客令了。"

"哎，是……是！"男人如梦初醒地点点头，惹得小肚腩微微晃动，"我家老爷子年纪挺大了，一身毛病，这次进ICU，我们几个做儿女的其实心里都有数……他走那天，我没在医院，是我大外甥守着的，后来情况不对，我和我几个姐姐才赶过去，结果没等人都到齐，那小子就签了终止抢救的同意书，撤了呼吸机，还说什么是老爷子的意思……你们说，这像话吗？他一个刚毕业的大学生，又不姓俞，哪儿来的资格做主？我们姐弟几个虽然不是大富大贵的有钱人，但也不缺钱付医药费啊，再说了，老爷子自己还有两百多万积蓄呢……他这么急着把人送走，是什么意思？我要是老爷子，

185

也非得回来教训教训这种不肖子孙！"

大概是真的动了怒，男人吐沫飞溅，杜卿不由自主缩了缩脖子。

百里烬颇为绅士地递过来一块绢丝手帕——很难想象，这年头居然还有人出门随身带着手帕这样中老年人才用的物件？杜卿道谢的同时，深深看了这位商会会长几眼，在内心重新估算着他的年纪。

俞业伟尴尬地咳嗽两声，放下二郎腿，坐正身子："我这趟进山，除了想问问我家老爷子是否有什么未了的心愿，还想顺便请杜老板帮我找找，他那两百万遗产……到底被藏到哪里去了？"

"遗产？"杜卿眼皮一跳，"这事儿找律师、找警察，都比找我靠谱。"

"事情要真这么简单，我也不至于特意大老远跑这一趟了！"男人急红了眼，"杜老板，您就别推托了！等确定了那笔钱的去向，您要什么报酬我都给——百里老板可是和我说，您守着一块风水宝地，能重现几乎所有人的记忆，就是个活神仙啊！"

大可不必这么抬举我……

杜卿像是走神般安静了须臾，最终还是决定推掉这桩生意："抱歉，实在不凑巧，我家伙计出远门了，想要去那个地方，得等他回来才行。"

他们两人向来是一起行动，没有莫换的能力，时空裂缝便无法长时间显现——即便是在那些莫换无法恢复人形的日子里，一人一猫也始终对应着"时间"和"空间"两个元素搭档共事，维持着长生林里的井然秩序。

这是一种牵制，也是一种默契。

但是现在，天平另一边的筹码却不见了，剩他一人，什么也做不了。

　　薄薄的镜片映着并不耀眼的烛光，百里烬微微皱眉："怎么回事？"

　　隐瞒只会让事情更复杂，杜卿如实回答："莫换是我的搭档，他不在，我便开不了通往长生林的'门'。"

　　俞业伟一听，立马跳起来，负着手来回踱步，活像听信了商家虚假广告宣传的受害消费者，要是有部门能管这事儿，他能立马一个电话拨过去。

　　百里烬的眼神变了变："只要有人能开'门'就行，对吧？"

　　杜卿的回答慢了半拍："……是。"

　　西装革履的商会会长不再多言，他径直走向房间最深处，四下一打量，目光最终停在多宝格中央位置摆放的那一截枯枝上。他伸手一晃，带起一股无名的风，沉重的木质家具缓缓挪动了一米左右的距离，其后墙面以肉眼可见的速度裂开一条缝，落下无数灰尘般的墙皮。

　　随着通道入口逐渐变大，长生林中浮动的流光隐约可见，杜卿的心绪越来越乱，连呼吸都变得异常沉重：这家伙，到底什么来头？原本以为他是从曾经寻到不来客栈的客人嘴里听说过长生林，可如今看来，他知道的远远不止那些——不仅是知道，他甚至拥有和莫换一样的"能力"，如此一来，长生花对他也是无效的罢？

　　见时机成熟，百里烬收手："这样，就可以了吧？"

　　杜卿凝视着他："你到底是什么人？"

　　"你是什么人，我就是什么人。"迎上那道审视的目光，衣着考究的男人伸出食指贴在唇边，做了个噤声的动作，面上依然是高深莫测的笑，"我的事以后再说，眼下，拿到客人的'允'才是最为重要的事——杜老板做这渡人的生意也有好些年头了，这一点，不用我来教吧？"听着像提议，实则是教诲，甚至还夹杂着一点点挑衅和恨铁不成钢的意味。

杜卿攥紧了藏在袖笼里的手，挤出一个笑容，面对毫无破绽的对手，他根本无法将脑海里零散的线索串成一条线，那么，就只能等当事人自己揭晓真相了。

想到这里，他迈开步子，坚定地走向那扇被开启的"门"。


尽管得到了一同前往的邀请，百里烬还是婉拒了。

理由是，不想再去那个地方。

杜卿咂摸着那个"再"字，心底有一些东西要呼之欲出。缺少莫换的引导，他稍费了些周折才寻到了俞业伟父亲那棵已经枯死的长生树。今晚的客人表达欲极度旺盛，还会自己制造恐怖氛围。这一路走过去，对于俞家剪不断、理还乱的家务事，杜卿听了个七七八八，暗忖着怎地男人上了年纪，也喜欢在背后嚼舌根？

不过，若是家长里短还牵扯上钱，一切也不奇怪。

俞业伟的家乡隆城是座重工业城市，几座厂子养活了大半个城市的人。俞老爷子年轻时在钢厂上班，是一名车间工人，退休后返聘回厂成了门卫，直到前几年身体不行了，才从工作岗位上退了下来。

按照厂里不成文的规矩，老员工的孩子可以"子顶父职"，但俞业伟好逸恶劳，不愿接父亲的班当个又脏又累的工人，便借了笔钱，和朋友合伙做起小买卖。可惜他实在没有经商头脑，运势又不好，屡败屡战，屡战屡败，最终赔光了本钱，还欠了一屁股债，到了四十岁依然是一事无成，只能跑去朋友开的保健品公司里做销售……几年打拼，终是稍有起色，买了新房，换了新车。

背上突然间多了房贷和车贷两座大山，俞业伟每个月都得挨两记生活的"重拳"。渐渐地，他的应酬多了，回家的时间少了，去探望父亲的次数也从一周两次变成了两个月一次，结果俞老爷子不高兴，隔三差五催他带上妻儿去吃饭。

说到这里，俞业伟撇撇嘴："我们那儿有个说法，叫'老小老小'，就是说这老年人啊，年纪越大，脾气就越像小孩，得当宝贝一样哄着才行……我爸就是这样，退休之后就闲不住，天天叫我们去看他，但大家工作都很忙，哪儿有时间啊？幸好，我大姐的儿子毕业后在老家找了份工作，隔三差五会去陪老爷子，总算让他消停了！"

俞业伟的外甥叫邱辉，在当地一家金融机构里工作。

俞老爷子觉得这个外孙有出息，张口闭口都是夸。俞业伟听着闹心，私底下总和妻子嚼舌根，说那孩子再优秀也是姓邱，不姓俞，要是没有自家那个还在上小学的、姓俞的儿子来延续香火，俞家早就绝了后。

见杜卿并无打断的意思，他继续带着股怨气念念叨叨："老爷子对这个念过大学的外孙特别偏心，平时有点什么好东西都要往大姐家里送——这也不奇怪，邱辉那小子浑身都是心眼，今天削个梨，明天炖个汤，鞍前马后把老爷子哄得乐乐呵呵！这次老爷子生病住院，我说请护工，费用四家均摊，邱辉不同意，怕护工照顾得不好，请了年假，非要自己照顾，结果他这一进病房，没几天就撤了呼吸机……你说奇怪不奇怪？"

男人乌溜溜的眼睛转了转，急于得到外人的肯定。

杜卿脚步一顿："我说句题外话，俞先生可别觉得不入耳。照你的说法，俞老爷子一辈子都在干体力活，两百多万的存款……光靠厂里发的工资可攒不下来吧？怕不是还有其他的赚钱门路？"

　　俞业伟解释道，自己父亲年轻时那会儿市面上的废钢价格很高，再加上钢厂管理有疏漏，经常会有工人偷了边角料出去倒卖，能赚多少外快，全看人有多大胆子。他挤了挤眼，换了另一副嘴脸："我爸在钢厂干了几十年，每天一进一出勤快些，攒个几百万倒也不是不可能……再说，我可是听他亲口说过的，还不许我告诉其他人！我以为他是打算给我这个唯一的儿子呢，没想到，居然全给了外孙！"

　　杜卿斜睨了他一眼，抬手指着面前正重新焕发出生机的枯树："这棵，便是俞老爷子的长生树——这里的每一棵树意味着什么，而我又能为客人做些什么，想来，你应该很清楚了吧？今日在不来客栈所见所闻，还望俞先生能够保守秘密，否则，我可不敢保证接下来会发生什么……"

　　他生来就是一张和气面孔，人又生得瘦削白净，即便言语威胁，也丝毫没有威慑力——甚至比不过莫换的一声冷哼、一记眼刀，所以才会不止一次地想，他们两人确实是缺一不可……

　　杜卿的眼神黯淡下去。

　　俞业伟连连应声："百里老板和我说过，我懂，我都懂！"不等守林人作出反应，他便迫不及待将手伸进长生树干生出的缝隙中，向两边撕扯，妄图将自己那具不怎么灵活的身体强行塞进去，"杜老板，放心吧！等我知道我家老爷子那笔钱到底去了哪儿，必有重谢！"

隆城规划并不好，成片的厂房和住宅区混在一起，严重影响了空气质量，很少见得到蓝天白云，临近厂区的地方，连行道树树叶上都沾着灰尘。清醒过来的男人一呼吸，立刻就皱起眉头，意识到自己已经离开苍穹山，回到了自幼生长的城市。

这不知用什么术法制造出来的回忆幻境，着实让人很有代入感……

俞业伟如是想。

他四下张望，迅速确定自己眼下正在父亲家中。

挂在墙上的手撕历显示出时间，是几个月前的一个周日，纸张上的红色日期被老爷子用笔画上了大大的圈，还在旁边空白处细心地写上了"买菜"两个字——他想起来，那个周末，他们四个子女原本约好一起带上孩子回来吃饭，结果三个姐姐都临时有事，只有自己抽空来了一趟，还带上了好几盒保健品以尽孝心。

房门虚掩着。

就在俞业伟打算推门进去时，忽然听到老人的声音从房间里传了出来："小辉，你帮外公看看，这上面写的什么字？你舅舅说这个用了什么专利技术、国外引进的配方，还上过报纸、电视，获过国际大奖……吃几个疗程，真能治我的病啊？"

不多时，邱辉的声音响起："这就是一盒保健品，不是药。"

"什么意思？假的？"

"这……也不能说是假的，舅舅他在这家公司上班，应该很了解销售的产品，不会随便把不靠谱的保健品送来给你吃。只是，外公你身体不舒服，还是得听医生的，医生让你吃什么药，咱就吃什么药，不能靠保健品代替的。"

嘿，这说的是什么话？那保健品得好几百块钱一盒呢！要不是这个月小组业绩差了几千块钱，他也不会自掏腰包买产品回来孝敬老爷子……俞业伟在门外愤愤不平，又因邱辉的出现，表情有些扭曲。

"就是说，这东西吃不死的吧？那回头我让业伟再买几盒……"

"外公，都说了这个不能当药吃！"

邱辉大概是急了，噼里啪啦说了一大堆话，大意就是说这盒保健品的成分并没有医疗效果，所获荣誉也很有可能是编出来的，偶尔吃点当心理安慰即可，不能把养老的钱花在这种东西上面。

听着房间里的动静，俞业伟心里不是滋味。他在那家中老年保健品公司待了几年，好不容易混到了中层，深知这行业的水有多深、主要依靠什么来赚钱，至于产品说明书里印着的主治功能，多半都是文案瞎吹的。记得刚入行那会儿，他为了"拉人头"，哄俞老爷子有空就去听专家讲课、参加免费义诊，可就算被那般洗脑，也从没见老爷子主动提出要买产品。就这事儿，俞业伟还和同事吹嘘，自己老爸不好糊弄，是只"铁公鸡"。难不成这几年医院跑的次数多了，"铁公鸡"也开始怕死了？

他侧着身子，透过门缝，朝房间里望了一眼。

邱辉依旧在卖力地科普保健品和药品的区别，时不时对市面上针对老年人的骗局发出强烈谴责，至于舅舅俞业伟的"事业"，他批判得含蓄，但语气中仍能听出不满。俞老爷边点头边笑，等他说累了才插话道："我知道，我都知道的，小辉你别看不起外公，我还没到老糊涂的地步呢！"

邱辉放下水杯，惊讶道，"啊？那你怎么还要找舅舅买药？"

老人用手里的拐杖敲了几下水泥地："你看他为了卖药，撅着

人家老头老太太，一口一声'爸''妈'叫得多亲热！家里这个亲
爹，他叫过几声？他隔三差五还要上人家屋里去送米送油、嘘寒问
暖。哼，让他来我这里吃个饭，就和要他命似的！"

笃！笃！笃！

拐杖敲地的声音更加急促了。

邱辉赶紧安慰了几句，俞老爷子脸上的褶皱这才舒展开，缓了
缓，他又道："业伟也不容易，听说卖一盒这个药，他能有不少提
成呢。我就想着再帮他一把，让他多卖点，在公司里混出头，等我
死了以后，他也好撑起这个家！保健品没什么问题，那就喝呗，反
正我平时也要买牛奶、蜂蜜、西洋参，把这些钱省下来，就当支持
你舅舅事业了！这比直接给他钱好，你妈知道的，我以前没少给他
钱，都给他败掉了……他自己挣的钱，还能多捂几天……"

"外公，你别说这种话，现在医学技术这么发达，什么病治
不好？"

"就算没病，人也有要死的一天，我看得开。我要是进了医
院，你们别想着救我，趁早放弃抢救，多活一天，我就多受一天
罪。你们留点钱，把各家的日子过好就行。"俞老爷子咧开嘴，干
干笑了两声，露出一副假牙，"你妈，还有你两个姨娘，都是会过
日子的人，我不担心；我只担心你舅舅，他老大不小了，一天到晚
不知道在忙些什么，家里的事一点都不管。你算算，都多久没见过
你表弟了？我没本事，你舅舅工作那会儿半点忙没帮上，我知道他
生我的气、怨我，趁我活着，还有点钱，就帮帮他吧！也就是我还
在，要是哪天我不在了，你们把房子、把二十多万分完，俞家也就
彻底散了……"

他说完，又敲了敲黄杨木拐杖，闷闷的声响，如同在心上

擂鼓。

中年男人僵在门外，飞快地转着心思：不对，不对啊，老爷子分明和自己说卡里有两百多万，怎么和邱辉说……就只有二十万？到底哪种说法才是真的？这么重要的事，他为什么要撒谎？

"俞先生，当初你父亲是如何和你说的？"

忽而在耳边响起的男声惊了俞业伟一跳，他半天才反应过来，是杜老板的声音，也不知是传说中的"千里传音"还是某种黑科技，竟然让两个时空的人得以对话，对方甚至还猜出了他内心所想？！

"他、他就那么随口一说！"俞业伟回忆一番，"那天我爸打电话给我，说我送的保健品效果不错，让我给他订两个疗程，两个疗程就是一万二啊！我当然不同意，我自己卖的是什么东西，我心里有数，坑别人家的爹妈就算了，自己家的可不能坑。与其把钱扔给别人，还不如留着给我呢！咳，我……我还是有良心的！"

他还说，自己虽然极力反对父亲花钱买保健品，却不知道哪句话说得不顺意，老人当时就在电话里生气了，扯着嗓子喊自己卡里有两百多万，这点小钱付得起。俞业伟想到尚未完成的季度指标，脑子一热就答应了下来，想着反正老爷子有钱，不花在他这里，也得花到几个姐姐和外甥身上……

就这样，俞业伟毫无心理负担地给俞老爷子订了六个疗程，凭借这位"大客户"，自己顺顺利利升职，加薪，爬到了管理层。

杜卿算是彻底明白了，他反问客人一句："如果俞老爷子不这么说，你会让他花几万块买保健品吗？没有那些订单，你又如何去买新房、换新车？你总说父亲偏心，可如今看起来，他最偏爱的，便是你啊！可你呢？你对他的关心和爱，是出于血缘，还是出于那不知在何处的两百万？"

当局者迷，旁观者清，俞业伟一下子懵了。

但有一个念头却清晰地盘旋在脑海里：没有两百万，假的，都是假的。

半晌，他才咂摸出父亲的良苦用心，只咂摸出那么一点，但也足够反衬出他的丑陋与不堪。男人摇头苦笑，抹掉了原本打算进屋和父亲再打声招呼的念头，问杜卿什么时候可以离开父亲的记忆。

"不继续了吗？"杜卿的声音空灵而遥远，"有关俞老爷子'头七'那晚发生的灵异事件，还有那根黄杨拐为何会从灵堂挪到屋外，你都不想知道？"

"不，不用了。"俞业伟低下头，鼻尖上沁出了细密的汗珠。

"怎么？"

"那一晚什么都没有发生，诡异的声响是我用椅子腿弄出来的，至于拐杖……"中年男子已经羞到无处遁形，一点点吐出真相，"也是我为了吓唬几个姐姐，亲手丢到门口去的。我这么做，就是想逼她们去查老爷子的遗产，不好意思啊。"

"果真如此。"

心知此时指责也解决不了任何事，杜卿没有继续坚持。

房间里的爷孙两人不知又说了些什么，齐齐笑出声来，门内其乐融融的氛围和被阻绝在门外的冷漠、猜疑，宛若两个世界。

世间无奈莫过于，人心读不懂人心，人心换不到人心。


自长生林而归，杜卿一眼便看见了坐在案几后的百里烬。他手执毛笔，一本正经地在宣纸上写画着什么，见两人自墙面缝隙中前后而出，这才抬起脸，扶着金丝边眼镜，彬彬有礼地笑了一下。

走近些许，杜卿惊讶地发现，百里烬所用的是一种自己叫不出名的字体，字迹虽不难辨识，却很难确定年代；桌上还摆着一张已经写好的、向客人收取"允"的凭证书，虽然和平时惯用的格式略有区别，但内容上却如出一辙——那家伙还细心地留下几处空缺，让他自行填补。

　　"都解决了？"

　　"解决了。"回答百里烬的是俞业伟，他一脸沮丧，声音都比先前低了许多，"竹篮打水一场空。"

　　其实从见到客人的第一眼，百里烬就猜出了这趟旅程的结果，但他什么都没问，什么都没说，甚至连一个安慰的眼神都没流露，而是将凭证书和印泥齐齐推到他面前，十分冷静地说："按照我之前与你说的，无论结果如何，该付的报酬可不能少。"

　　"这钱到最后我也没拿着，还要我把自己的树给你们……就算是死了以后的事，谁知道会不会有什么问题？"俞业伟迟迟不按手印，"万一，万一我儿子，我孙子，以后想了解我的生平，跑进长生林却找不到我的树……那可怎么办？"

　　事实上，他并非多在意自己的记忆，只是出于某种不甘，又或者是渗透到骨子里的无赖，非要和受益方来一次"讨价还价"。

　　若是莫换在场，早就动手了吧？杜卿默默地想，但是他不在，就只能靠自己的这张嘴来解决问题了……

　　他清了清嗓子："俞先生，听说你也开过几家店，应该知道，生意人最怕的就是客人拖欠账款，所以，总要有点儿担保措施——你瞧，这长生林可不是人人都去得了，你若执意不肯签押，那我只能过几日就强行收取报酬了！我方才应该有和你说过吧，长生树便象征着你的阳寿，若是树被砍了，唔，怕是俞家又得办白事了吧？"

杜卿用比一般人色泽更浅的眸子轻轻一扫，笑道："还有，我相信俞先生是不会希望自己的子孙后代来找我的。"

"这，这……"俞业伟面如土色，看也不看就在纸上按了手印，改口道，"我就那么随口一说……商量，这不是和你们商量着吗？没问题的话，我签还不行吗？今晚真是辛苦你了，杜老板，哦，还有百里老板……"

总算是掰回一局。

杜卿装作不经意地看了眼百里烬，没想到后者一直在注视着他，而后，露出了一抹颇为赞许的笑容。交易顺利完成后，他将车钥匙扔给俞业伟："我与杜老板还有几句话说，俞先生先回车上候着吧，稍后，我会送你下山的。"

男人接过钥匙，像失了魂的木偶一般推门走出去，仿佛回到了另一个世界。


直到两扇门重新合拢，杜卿的目光才落在苍穹山风景区商会会长身上。不等他试探性地问话，百里烬便主动搭话："我知道你想问什么，我几次三番出言暗示，本就没有打算隐瞒的意思——不必对我如此戒备，怎么说，我也算是你的前辈，只是出于某些原因，不得不提前'退休'而已。守林人空缺，神农氏这才选中了你们……"

"百里会长也是守林人？"

"曾经是。"百里烬颔首，"混沌初开，天地浩瀚，自刀耕火种伊始，长生林便存在于世，自然需得有人来守护。毕竟，同根偶生的扶桑树连通了人间、天界和冥地三处，容不得有任何闪失。"

"你是说，双生朽木是传闻中的扶桑树？"

"让我想想该怎么和你解释。"百里烬捏着鼻梁，斟酌着语言，"这么说吧，'扶桑树'只是一个标签，它可以是任意两棵交错生长在一起的长生树，当'扶桑'死去，不久便会出现新的代替品——而那两棵树的树主，就是下一任守林人，从而获取在长生林中掌控时间和空间的能力，这是亘古不变的选拔规则。"

现存古籍中有关扶桑树的记载很多，有说是通天的神木，有说是太阳栖息的地方，还有说后羿射日踩断其树枝、才使得三界无法往来……杜卿一直将双生朽木当作是自己和莫换的长生树，千余年来从未有过怀疑。然而，双生朽木上从不结因果，看不到关于两人的任何回忆，仅凭从神明口中听来的一句话，确实过于武断。

杜卿沉吟："也就是说，我与莫换为双生朽木积攒养料，不仅仅是为了延寿，还在无形中维系了三界的平衡？渡人，渡己，再渡世，唔，这倒是件大功德了，虽然能感觉到我们是被神明骗来白打工的……"

他本想多问一些扶桑树的事，但百里烬却没有继续这个话题的意思："话说，你的搭档是怎么回事？玩忽职守可是守林人的大忌，如此没有责任心的话，杜老板不妨考虑一下和我搭档？莫换能做到的，我都能做到，说不定，会比他做得更好……至少，你不必再为日常开销而发愁。"

他满怀期待地看着他。

客栈老板却失笑道："守林人这工作吃力又不讨好，百里会长图什么啊？"

百里烬回答："图个乐子——活得太久也会无趣，想看看这世上，还有多少我所不曾知晓的可悲人、荒唐事。"

良久，杜卿才轻声道一句："但是，我的搭档名叫莫换。"

"那又如何？"

"莫换，莫换，这名字从古至今我叫了无数遍，单单为这两个字，我也不可能自作主张把人换了，更何况，他是个很好、很好的搭档。"杜卿沉默了片刻，一字一顿道，"这世间，无人能换。"

屋里静得能听见两人如同对峙一般的呼吸声。

不知哪里吹来的风，案几上的烛火幽幽跳跃了一下，噼啪炸出小小的火星。

"这样啊，我知道了。"镜片后的眉眼微微眯起，百里烬礼貌地道别，"今晚真是打扰了，往后若有需要在下帮忙的地方，杜老板但说无妨——除了减免古宅房租的事，商会理事特意开过会，全票反对。"

啧，万恶的资本主义……

杜卿挂着假笑，殷勤地替前辈开了门，眼瞅着人家一条腿迈过门槛，他后知后觉地想到什么，内心的疑惑脱口而出："对了，既然'扶桑'自古是双生木，百里会长，那你的搭档呢？"

提及往事，百里烬神色有些不自然，但最终还是对后辈敞开了心扉："他？因为我们没能及时给'扶桑'补充养料，他变成了木头，而我……"

听闻"木头"两个字，杜卿收敛起笑容，下意识地捂住了手臂——今天早上，他发现自己身上又多出一块木纹病变，这预示着，双生朽木亟须添加养料，没想到，两任守林人连这一点都是继承的。

百里烬举目望着不远处连绵的苍穹山："而我，获得了解脱。"

向死而生。

199

这是斩断两位守林人生死牵制的唯一办法。

那一晚，杜卿在院子里独自站了很久，直到整座不来客栈恢复正常，他才拖着疲惫的步伐，回卧室补了个觉。

窗外雷雨倾盆而下时，枕边手机终于有了新的消息。

他急忙解锁，发现并不是莫换。

是百里烬。

那家伙发来一个定位，是山腰坟场的位置，这令杜卿有些错愕。随后，他又看见了紧随而来的第二条消息：路过坟场，意外看见了你养的猫。第三条消息则是一张照片，加载完毕后，隐隐能看出有个男人坐在坟场边的草棚里，身影落寞。

惊雷仿佛落在耳边，杜卿脑子里"嗡"的一声响，立马翻身下床，穿好衣服，带着柄黑伞冲进雨帘……

山腰那处坟场，向来是苍穹山附近居民所回避的话题，偶尔有人路过，都会不由自主地加快步伐，道一句"晦气"。杜卿平时一贯不乐意走那段路，更别说在这种连黑车都约不到的鬼天气里……然而今日，他却撑着伞，深一脚、浅一脚地踩着泥泞的山路，时不时撩起被雨水打湿的刘海，终于用最快的速度赶到了目的地。

那间草棚本是给前来祭拜的人暂作休憩用的，因为年久失修，看上去岌岌可危，铺在顶上的稻草也被风吹得所剩无几。一身黑衣的男子独自坐在草棚的石阶上，任由雨水滴落在自己的脸上、肩上，不知在想些什么。

介于莫换曾经的职业，若是认真起来，怕是在山里躲个三年五载都不成问题，还好他没有刻意躲着自己——杜卿释然一般长长舒了口气，走过去，将黑伞举过他头顶。

他没有直接表明来意，也不打算在这里道歉，只是故作轻松地换上一种聊天时才用的语气，毫无重点地说起生活琐事："我昨天去了趟景区超市，正巧赶上中秋特惠，家用电器全场打折，我没忍住，就买了台烤箱。"

莫换抿着唇，好看的眉眼间有一丝迷茫。

不等对方回应，撑伞的男人继续自说自话："那玩意儿很重，我要求送货上门，结果超市员工一看不来客栈地址，居然张口就让我加一百块？一百块钱，唔，能买很多猫罐头和小鱼干了啊，想想都心疼！"

"今天我给景区餐馆送菜的师傅买了条黑鱼，五斤多，就养在前院的池子里。做成烤鱼的话，我一个人肯定吃不完，可是鱼肉放到第二天，可就不好吃了。"

"还有啊，你知道的，我不敢杀鱼……"

"一堆废话。"被迫听着那些不着边际的闲聊，莫换眉宇间隐隐有些嫌弃。

"你第一天认识我吗？我一直废话很多啊。"

"你到底想说什么？"

"我就是想说，你……"杜卿讨好地笑了笑，"能不能回家帮我把鱼杀了？顺便，和我一起把它吃完？"说罢，他不安地看着自家伙计，生怕从那家伙嘴里听见任何一个透出轻蔑或是抗拒的字眼。

但他只是保持缄默。

可能是身处坟场的缘故，因雨水而萌生的凉意比往昔更刺骨，杜卿撑了一路的伞，手臂免不了酸痛，轻轻打了个寒战。就在他耸动着肩膀、打算找借口先进草棚歇息片刻，再继续进行"训猫"大业时，坐在石阶上的男人竟缓缓站起了身，顺势接过他手里的伞，沉沉道一句："走吧。"

杜卿迅速地跟了上去。

豆大的雨点落在黑色伞面上，宣泄着天空的不满，嘈嘈切切，淅淅沥沥，伞下却有一方与世隔绝的安然。将将行了几十米山路，嘴巴闲不住的杜老板便露了本性，他碰了碰身边的人，小心翼翼寻找话题："咳，先和你说个事啊，家里的猫罐头和小鱼干全给我拿出去喂了野猫……"

莫换举着伞，长腿一迈，几步就走到他前头去了。

失去了头顶的遮挡，杜卿瞬间湿了个透。他在雨幕下狼狈地抹了把脸，意识到自己是遭了猫主子的"报复"，但找过来求和的人分明是自己，淋了雨也只是敢怒不敢言，甚至还要继续赔笑，以此来缓解剑拔弩张的气氛："好啦，你别生气，我明天再去买几盒猫罐头？金枪鱼口味的，行不行？"

"再加一支逗猫棒，带羽毛的那种……你别不说话，莫换？莫换！你还想吃什么宠物零食和我说嘛，我买，多贵我都买！等等我！"

"喂，别走那么快，把伞分我一半啊！啧，混蛋！白养你那么久了！"

喊话声渐渐被雨声淹没，一前一后两抹身影逐渐和群山融为一体，山中所囤积的最后些许暑气也终于在雨后转化为沾染着秋意的凉爽，在空中搁浅多日的乌云逐渐散去，稍稍举目，就能看见闻木轩耸立的屋顶。

天，要放晴了。

# 〃 楸木棋盘 · 看不见的唐同学 〃

晚间十一点半，悦华中学宿舍楼准时陷入了一片黑暗。

只住了三个人的404宿舍里，女生们的叹息一声接着一声："每天都这么早熄灯，想多看会儿书都不行，哎……"

"明天还有英语随堂考试，我单词还没背完呢。"

"姐妹们，是时候展现真正的技术了！"宿舍长说完，摸黑从柜子里翻找出应急灯和手电筒递给室友。床头依次有光亮起，整间宿舍再度陷入互不打扰的学习氛围中，间或还能听见几句细碎的英文。

忽然，有人捏着嗓子惊呼一声，刺破了密闭房间里的静谧，惹得另外两人不约而同轻抚着胸口，你一言我一语嗔怪起她的大惊小怪。发出尖叫的女生将应急灯调到最亮，指向斜对面的方向，喃喃呐呐地解释："我刚才看到墙上出、出现了一个人影，好像有人从四床上坐、坐起身来了……"

宿舍长怔了怔，小声问："你是说唐琳琳的床铺？"

她话音刚落，房间便陷入了短暂的沉默。

　　四床是距离门口最近的床位，已经很久没人睡了，听说班里的转学生要住校，这才让宿管阿姨过来铺上了新的床单和被褥——白天她们几个还在纠结要不要告诉转学生最好别睡这张床，没想到，当晚就遇上让人心里膈应的事。

　　三人扭头望向那张空床，上面什么人都没有，墙上也只有叠好的被褥的影子，黑乎乎的一团，根本不可能错看成人影……起初发现异常的女生揉了揉眼睛，打着马虎眼，说可能是自己看错了。

　　那天晚上，直到应急灯都没电后，姑娘们才渐渐有了睡意。

　　第二天，404宿舍全员顶着黑眼圈来到初二四班的教室，趁早自习老师不在，和前后座分享起昨晚的经历。那些黑灯瞎火时不敢聊的话题，到了阳光底下都成了绝佳谈资，四五个人轮番说着自己曾听说过的校园灵异事件。收作业的男生驻足听了许久，最后幽幽冒出一句话："万一，真的是唐琳琳回来了呢？"

　　女生们哇哇乱叫，还有人顺势推了他一把："袁野，你到底怎么回事啊！干吗每次都说这么恐怖的话来吓唬我们？"

　　"我是说真的。"被叫到名字的男生眯着眼睛在教室里扫视一圈，压低声音，"我总有一种感觉，唐琳琳还在教室里。"

　　"你有病吧！吓死我了！"

　　"别说了，别说了，我交作业呢！"

　　"哎，等等，袁野，把学习委员的作业拿给我抄一下……"

　　身材单薄的男生"哦"了一声，低头在一沓作业本里翻找。不多时，他抽出其中一本举到众人眼前，用极其怪异的语调问："喂，谁替唐琳琳交了作业？"只见那本皱巴巴的作业本封面上，赫然写着"唐琳琳"三个歪歪扭扭的字。原本还在嬉闹的几个人，瞬间个个面如土色。

她不可能交作业。

因为那个名叫唐琳琳的女生，已经在两个月前因车祸去世了。


与曾经居住过的南方水乡相比，苍穹山冬季干冷，昨天后半夜才飘起雪，今儿一早，已是漫山遍野银装素裹。

临近中午饭点，杜卿接到了百里烬的电话，说最近来景区看雪景的游客数量激增，有家民宿的老板不守信用，将已有预订的客房让给了别的客人，导致一个旅行团无法入住，不得不将其中几位游客"分流"到不来客栈入住。为表感谢，他还特意差人送来了几箱自家山庄收获的应季水果。

吃人嘴软，拿人手短，杜卿只能勉强接受了商会的安排。雪天路滑，他担心客人的安危，刚吃过午饭，便使唤客栈里唯一的伙计到门口去接应。事实上，除了午夜十二点过后的生意，不来客栈也会接待寻常游客，只是，碍于位置偏僻、网络不佳、不提供伙食以及店家不算殷勤的服务态度，口碑一直没传开罢了。

古宅门口的石阶上，黑猫眯着眼睛想心事，时不时舔舐几下被雪水沾湿的皮毛。就在不久前，他从杜卿口中得知双生朽木便是传说中的扶桑树，而那位刻意接近他们的商会会长，竟是前一任守林人……震惊之余又有新的疑惑，但每每提及，百里烬总是含糊其辞，不知是他有所保留，还是有意隐瞒。自那之后，双方走动便频繁起来，甚至偶尔会坐在一起喝杯茶。可惜，莫换始终无法将那家伙当成殷家姐弟般的朋友相处，究其原因，大概是百里烬的一言一行总是散发出友好的气息，但那种事无巨细、不求回报的友好，本身就很可疑。

罢了，多想无益。

黑猫打了个呵欠，阖眼假寐。

半小时后，一辆中型大巴车停在了不来客栈外的山道上，几个坐在临窗位置上的熊孩子兴奋地拍打起玻璃，惊得小兽立刻瞪圆金瞳，警觉地弓起背。车门一开，走下来乌压压一群人，有孩子，也有大人，看上去像是亲子游的旅行团。

"是这家店里的猫吧？不知道会不会咬人……"

"好可爱，它在看我的手机镜头诶，还挺上相的！"

"咪咪，要不要吃火腿肠？"

见到这么多的人，仍然保持着猫形的莫换本能地流露出厌恶，当他发现不知天高地厚的小屁孩们举着手机渐渐向自己围拢时，那份厌恶直接达到了巅峰。小兽露出獠牙，喉咙里发出像是警告般的咕噜声，在众人退后的一瞬，沿着客栈门口的槐树窜上屋顶，飞快跳进院子里……

不多时，两扇木质大门自内被人打开，身穿黑色长款大衣的英俊男人出现在那群人眼前，用一种不怎么热情的声音招呼道："你们，是住店吗？"

听闻门外动静，原本在廊庑下午休的杜老板悠悠转醒，随即被那支浩浩荡荡的队伍惊呆了：说好的只是帮忙解决"几位"游客的住宿问题呢？不来客栈总共就四间客房，来这么多人，是打算在院子里露营吗？

领队的导游小姑娘表明来意，与百里烬在电话中所言无二，只是几位家长担心食宿条件比原先定的民宿差，非要把几个"分流"地点都看一遍，满意了才入住——好在不来客栈看上去气派又有禅意，比起景区里的民宿，更像是一家收费不菲的私人会所，已经有人开始打听房费了。

找上门来的生意，没有不做的道理。杜老板斟酌着报出一个相对合理的价格，顺便称道了一番客房里那些颇有来头的"私人藏品"，最后抓阄留下来的四家人都挺高兴。导游和其他人商议片刻，略有为难地询问杜卿，能不能让这十户家庭白天在古宅院子里做亲子互动、打雪仗之类的户外游戏，场地租用费可以另算。

她将杜卿拉到一边，压低声音道："杜老板你有所不知，这个旅行团里的孩子多少都有点问题，其中有两个还进过'少管所'呢！这次让他们组团来苍穹山旅游，算是心理治疗的一个环节——亲子关系破冰。你看，我们还有一位心理医生随行呢。"

简单介绍完旅行团的情况，导游姑娘忍不住吐槽："说实话，这可真是我带过的最难伺候的一个团，大人和小孩都特别会来事儿，真带着他们去山里找块空地放开了玩，怕是要出问题……"

杜卿弯着眉眼，连说好几句"辛苦"，想都没想便一口应允。

被帅哥这么一安慰，姑娘的脸红了红，转身继续招呼"最难伺候团"去了。

待大巴车折返回景区时，留在不来客栈的四家人也分配好了房间。

莫换一时间还无法适应同一屋檐下住着这么多客人，脸色不太自然地往来于客房间搬运行李，整理布草。杜卿没了能聊天的伴儿，闲着无聊便在院子里乱晃，一会儿去游廊下看几个一身痞气、满口脏话的男生组团打游戏，一会儿又跑去菜园子里教两个把头发染成五颜六色的女生辨认蔬菜。

终于，六角亭里一抹落单的身影引起了他的注意，那孩子是叫……袁野？

定了定神，他惊讶地发现，男孩正在独自下棋。

前几日百里烬来喝过茶，杜卿招呼他在亭子里手谈了几局，好不容易从储物间里翻找出来的一方楸木棋盘忘了收，一直搁在石桌上——眼下，那名初中生端坐在桌边，盯着面前的棋盘，口中念念有词，宛如在与人对话，落完手中黑子，还要替对面"不存在"的对弈者落下一枚白子。

唔，这可有意思了……

顺着游廊，杜卿来到六角亭，径直在袁野对面坐下："来一局？"

初中生瞥了他一眼，二话不说清空棋盘，落下一枚黑子。两人你来我往，棋盘上黑白错落。就在占上风的杜卿打算不着痕迹给孩子"放水"时，后者却开口宣告成败："你输了。"

"这才十几手，刚布局……"

"我已经五子连成一线了。"

"哈？"

"我又没有说要和你下围棋。"袁野歪着脑袋，"下五子棋不行吗？"

向来只有自己戏弄别人，哪有被别人戏弄的道理？被熊孩子摆了一道的杜老板着实郁闷，刚想提议再来一局扳回面子，袁野却摇了摇头："不了，我还要和朋友下棋，你别打扰我们。"

杜卿向周围看了看："你说的朋友在哪里？"

男生指着身边空无一人的石凳，笃定地回答："这里。"

听导游的意思，团里的孩子绝大多数都接受过心理辅导。

暗忖着袁野或许是有臆想症之类的疾病，杜卿并没有对他那位"隐形的朋友"发出任何质疑，在叮嘱了几句"早点回房间""别

208

感冒"后，他便回到游廊底下，却意外与躲在立柱后面的人影撞了个正着。

是袁野的母亲。

中年女子隐藏于此观察着儿子一举一动，目光里尽是担忧，手中还拿着一件厚实的男式羽绒服。见杜卿走近，她不好意思地笑了笑："你别介意，我儿子他……他有时候喜欢说胡话。"

院落一隅本就安静，方才两人下棋时说话的声音不小，想来，她全都听见了。

杜卿摆手道了句"无碍"，没急着离开，而是旁敲侧击问起袁野的情况。兴许是他生来便有亲和力，没聊几句，那位乔女士就像找到了一个可以吐露心声的树洞，开始和他说起掏心窝子的话：袁野那孩子原本成绩不错，但因为身材矮小瘦弱、不擅长体育运动，在班里始终不太合群。当父母的起初并没有太在意，毕竟，学校是读书的地方，又不是交朋友的地方，他们一心只希望袁野把心思放在学习上，将来考上市重点高中……然而，升初二那年发生的一场意外，却让他们寄予厚望的孩子彻底变成了另一个人。

"袁野的朋友不多，经常联络的几个都是从幼儿园一起玩到大的，关系很好，他也非常在意他们。"提起儿子的事，女人的眉头就再也没能舒展开，"但是两个月前，他最好的朋友出了车祸，人还没来得及送到医院，就没了。"

"事故原因查明了吗？"

"死的小姑娘叫唐琳琳，一直跟着爸爸生活。她爸搞工程的，天天在外面赚钱，也不怎么管她……因为我们两家住同一个小区嘛，隔壁楼，她平时住校，周末我经常叫她来家里吃饭。"她歇了口气，"我们小区人多，差不多大的小孩都在附近的学校念书，唐琳琳和我家袁野小学一个班、初中一个班，他一直把唐琳琳当成妹妹的。结果，小姑娘就在小区门口被卡车撞了，听说是过马路时走了神……肇事司机最后没赔多少钱，而且，那天她还正好请了假，学校也没被追究责任，具体情况我们不好意思去问她爸，反正，差不多就是这样了。"

"袁野是受了刺激，所以才……"杜卿的话只说了一半，他扭头望着六角亭，男孩仍然有说有笑地与空气"互动"，不停拨弄着棋盘上的黑白棋子，仿佛对面当真坐着自己的青梅竹马。

这乔女士约莫是多愁善感的性子，没说几句，眼中便隐隐泛起了泪光："自从唐琳琳没了之后，袁野性子就变了，在学校里和同学说话总是阴阳怪气的。就为这事儿，老师可没少找我们当家长的，孩子他爸骂也骂了，打也打了，一点用都没有。上周，班主任打电话让我领孩子回去看心理医生，说他故意在空本子封面写上唐琳琳的名字，塞进全班的作业本里去吓唬同学……"

女人用手背抹了一下眼角："事情都已经过去这么久了，他怎么还没走出来？"

她是真的迷惑，是真的无奈，也是真的无能为力。

听完袁野母亲的话，杜卿望向男孩的目光中不由多出几分关切，嘴上说着半真半假、用以安慰的话："苍穹山雪景很美，我看旅行团行程安排也很有趣，能认识新的小伙伴，又有心理医生，这趟旅行应该能让袁野走出阴霾。"

"每个领着孩子来报名的家长，都是这么想的，但是能不能如愿，谁知道呢？"这话说得并没有多少底气，甚至能让人品出点儿委屈。她想了想，又道，"其实，我们之前给他找过心理医生一对一治疗，但效果不是很理想，主要是袁野不怎么配合……问不出他做那种事的真正原因，医生也没办法啊。"

话已至此，只要再多说几句，不来客栈今夜或许就能多迎来一位有缘人，但行事颇有原则的守林人不准备立马这么做。白日听导游的意思，四户人家要在这里住上三日，他琢磨着，依靠沟通能弄明白的事，就不必依靠外挂一般存在的"记忆储存数据库"。若是到最后一日这对母子也没能成功"破冰"，自己再毛遂自荐，领她进一次长生林。

不来客。

若不是需要永无止境地为双生朽木添补养料，杜卿由衷地希望，午夜过后，店里永远别来客人。


白日入住的四个家庭稍作歇息后，便被大巴车接走，离开了客栈，直到入夜后才归来。

坐在二楼窗边确认天、地、玄、黄四间客房都熄灯后，杜卿才定下心来前往一楼，准备午夜过后的营生。

客栈里的活人一多，莫换也比往常更加警惕，虽然杜卿反复叮嘱过那些客人"十二点过后不要在客栈里随意走动"，但并无效果。几圈巡视下来，他分别在古宅几处隐秘角落里发现了翻窗溜出来抽烟的男孩，趁母亲睡着后偷摸着给男朋友打电话的女孩，以及两个看对了眼、趁夜深人静相约在院子里看雪看月亮的中年男女——还好两人主动交代各自离异，不然，这趟亲子旅行很可能会变成大型"吃瓜"现场。

眼见着白瓷瓶里为数不多的长生花被莫换一枝一枝送去客房，杜卿着实心疼，这花在长生林中极难寻得，若非情况紧急，他不会过多采摘，今天倒好，鲜花市场批发甩卖也不会这么大方……

即便如此，后半夜还是发生了一个小插曲。

杜卿刚安顿好莫换从院子里"捡"回来的家伙，房门便砰砰敲响。一开门，心急如焚的乔女士便闯了进来，她头发凌乱、红着眼睛，完全没察觉屋子里不同于白日的家具和陈设，也不在意客栈老板和伙计身上如同戏服般的衣着，只是掐住杜卿双臂，张口第一句便是："你们看见我儿子了吗？他不见了，他不见了！"

杜卿做了个噤声的动作，指了指几米开外的一张围屏卧榻：名为袁野的少年正平躺在榻上，盖着被褥，呼吸平稳，似乎是睡着了。

女人差点就要崩断的神经渐渐松弛："袁野他这是……"

莫换回答："晕过去了。"

她再度紧张："怎么会晕过去？"

游侠装扮的男人沉下声音，比划出"手刀"的姿势："我打的。"

乔女士瞪大眼睛，迟疑了好几秒才摆出一副要拼命的气势，扬起巴掌冲过去："你打的？你这么大一个男人，怎么能打一个小孩子，下手还那么重！打坏了怎么办？我儿子明年就要中考了，他做错了什么事，非得要动手不可？畜生！"

莫换没还手，胸口生生挨了几巴掌，并不打算开口为自己辩解。兴许是觉得这样还不解气，浑身发颤的女人扭头又要打杜卿："你笑什么？你也不是好东西！你店里的人敢打我儿子，我、我跟你们拼了！"

城门失火，殃及池鱼，无路可逃的杜老板只能认栽。

幸亏自家伙计良心未泯——莫换眼见他要挨打，上前一步扼住乔女士的手腕，冷声道一句"够了"，将人推开。乔女士这才恢复理智，愤愤不平地瞪了两人一眼，转身去照顾袁野了。

缓了片刻，杜卿殷勤地递过去一杯热茶，耐着性子解释道："乔姐，你消消气，我家伙计下手知道分寸，你儿子睡一觉便会醒过来的。倒是另一件事儿，你得多费点心，袁野他大半夜不睡觉沿着游廊'散步'，身上还裹着一条布草间里的白床单……若不是莫换及时发现，出手制止，只怕，明日景区就要传出不来客栈闹鬼的消息了！袁野才上初中，你也不希望他这么小就'出名'吧？"

乔女士无神的双眼瞬间被惊愕灌满。

她近乎没有血色的唇碰了碰，却没有发出声音。

就在三刻钟前，莫换搬货似的将昏睡的少年扛来了闻木轩，着实吓了杜卿一跳。问清缘由后，他愈发觉得，袁野一系列反常行为的背后有个不为人知的秘密。换句话说，那孩子是在用自己的方式谋划着一件事，至于是什么事、为什么要做这件事，恐怕和出车祸死去的那名女孩有关。

能确定的是，不是他走不出来，而是他根本不想走出来。

杜卿和颜悦色地将茶水递到女人手中，又拿起竹夹拨弄了几下火盆里燃着的炭块，斟酌着发出邀约："其实，我一直在犹豫要不要做这桩生意，但今夜你既然自己来了，那便是不来客栈的有缘人……也罢，权当是你我之间的一轮因果吧！如果我有办法让你知道袁野'装神弄鬼'的真正原因，你可愿意与我做一笔交易？"

"你有办法？你一个客栈老板，能有什么办法？"

"若是没有金刚钻，哪敢揽瓷器活呀？"杜卿堆着笑，用语言一点一点卸下袁野母亲的防备，"我们能在深山中经营这样一间客栈，没点旁的本事可不行！乔姐，来的路上难道你没听导游说，这苍穹山怪事多，解决怪事的能人异士也很多吗？"

女人有些动摇："那你们要什么？"不等答案，她又飞快补上一句，"只要能帮到我的孩子，不管你们要什么，钱也好，命也好，我都愿意给！"这话虽然极端，洋溢其中的坚毅与决心却令人动容。

在杜卿和莫换略微诧异的目光中，女人紧紧握住了儿子的手。

对于很多人来说，学校是处处烙印着青春气息的地方。那段时光或青涩，或酸楚，又或是如同玻璃杯里快要融化的方糖，轻轻一碰，就荡漾出一丝甜腻……即便数年后故地重游，也能清晰回忆起每一个角落里贮存的故事。

这段故事，贮存在充斥着刺鼻消毒水气味的校医室里。

悦华中学午休时间很短，下午第一节课的上课铃声已经敲响第二遍，但袁野和唐琳琳仍在校医室里没有离开。

男孩的脸、胳膊和膝盖都有不同程度的淤青。校医不在，女孩正小心翼翼地用酒精棉球给他涂抹消毒，嘴里劝道："以后你别和他们打架了，万一你妈妈问起来，我还得帮你编谎话……"

十五岁的少女像是含苞待放的花蕾，弯腰时，可以清楚地看见贴身上衣勾勒出的内衣肩带。袁野偷偷瞄了一眼，又做贼似的将目光移开，无比气愤地攥紧拳头："谁让他们一天到晚瞎说，这次还故意当着你的面说！不就是为了看你笑话吗？我是气不过才……你轻点，好疼啊！"

唐琳琳放慢了动作："大家都是在开玩笑，我没当真。"

让袁野和同学动手的导火索，是发生在两周前的那件事：他们所居住的城市，气温常年居高不下，虽然才到六月，不少女生都已换上了短裙和短裤，唐琳琳也是其中之一。某天放学后，她和几

214

个女生一起在学校门口的摊位上买沙冰，却被徘徊在附近的"咸猪手"盯上了——当短裙被男人故意掀起来的那一瞬，唐琳琳才意识到发生了什么，出于本能，她大声尖叫，反手揪住了陌生男子的衣服。女生们吓得花容失色，在学校保安和三五个男生的帮助下，好不容易才将人抓住。就因为这事，学校还组织全校女生开展了一次安全教育讲座。

本以为整件事至此就翻篇了，没想到，一切只是噩梦的开始。

总有人想在紧张枯燥的学习生活之余给大家找点乐子，宿舍议论、食堂聊天、论坛发帖，没过几天，悦华中学就传出不少关于唐琳琳的流言，而"被掀裙子"这件事，也被歪曲、夸大成更为不堪的好几个版本：

"为什么那个家伙不掀其他女生的裙子，偏偏要掀唐琳琳的裙子？她比别人长得好看吗？我没觉得啊！不过，我承认，她发育是挺早的，每次上体育课，我们男生最喜欢看她跑步了……哈哈，我太邪恶了！这样看来，掀裙子的男人还是挺会挑的嘛！拘留几天，也值了嘛！"

"天气又不热，她干吗穿那么短的裙子来学校？听说，还没穿打底裤……活该被色狼盯上！反正，我是绝对不会穿热裤、超短裙的，要是给我妈看见，不得打死我！她的家长都不管这些事吗？哦，我想起来了，唐琳琳是单亲家庭，没有妈妈，怪不得……"

"她好像和爸爸住在一起吧？她在家也这样穿？噫！你们说，她会不会……哎，我的思想太不纯洁了，我反省！但是，你们不觉得很奇怪吗？她爸爸几乎没来开过家长会，好像军训时来过一次，还开着豪车送她来的……"

"哎，我见过，我见过！但那个真是她爸爸吗？太年轻了吧？

我一直以为唐琳琳家挺有钱的，她的鞋和包都是名牌呢——听你们这么一说，我就觉得有问题了，她该不会是被包养了吧？"

流言是有声的，恶意却是无声的。

那些猜测、议论、毫无资格的审判，终是发酵成花季少女的另一场灾难。

午休时，有几个男生凑到唐琳琳身边，问她爸爸这次怎么又缺席了家长会。彼时她忙着写英语作业，头也不抬，敷衍地回答："他工作很忙。"见当事人懒得搭理，有意挑事的男生们不甘心，有人故意扯开嗓子喊了一句："唐琳琳，你和你那个开豪车的爸爸真的有血缘关系吗？他不会是你的'干爹'吧？"

男生说这话的声音很大，仿佛是为了引起全班注意而故意为之。

很不幸，他成功了。

唐琳琳停下笔，咬紧嘴唇瞪着众人，然而，她的不解、她的愤怒、她的沉默，却只换来其他人隔岸观火般的哄笑——懵懂中的少男少女们，对于不了解的事物多半会产生好奇与憧憬，那些偶然从网络上了解到的、带有成人色彩的生涩词汇，终于有了用武之地；那些想要碰触、却没有机会碰触到的界标，终于可以钉在一个弱者身上。

坐在前排的袁野目睹了全程，心头呼啦啦烧起一把火，他一推桌子，冲了过来，一拳打在说浑话的男生脸上；后者骂了句脏话，两人迅速扭打在一起，没过几招，体格瘦弱的袁野就落于下风……

眼见青梅竹马受人欺负，唐琳琳坐不住了，她奋力将两人拉开，将挂了彩的袁野拽到校医室。消过毒，又等校医来简单包扎好伤口，两人这才匆匆忙忙回到教室。然而，迎接他们的却是全班同

216

学的笑声、起哄声和口哨声。

新一轮恶作剧，即将上演。


从那之后，袁野和唐琳琳便成了全班甚至全校同学眼中的"一对"。

每次其中一人起身回答问题，总有几道戏谑的目光故意去看另一人；或是将唐琳琳的作业本扔到袁野的座位上；又或是在两人说话时，大家不约而同地咳嗽或者发笑……由于不想被打上"早恋"的标签，在家长会上被老师点名批评，袁野懦弱了、退缩了、选择视而不见了。即便周末在小区里看见唐琳琳，他也只是低着头，绕道而行。

对于袁野的转变，唐琳琳有过不解，但没多久便释然了。

她习惯于释然。

尴尬的氛围持续了好几个月，直到悦华中学模仿国外的电视节目组织了一次"天台喊话"，袁野才得到了一次解脱的机会。那天，他站在操场边数米高的看台上，鼓足勇气喊出了这段时间以来郁积在心中的不满："……我的好朋友她什么都没有做错，你们凭什么对她指指点点？凭什么！做了坏事的明明是别人，为什么承受非议的人却是受害者呢？这不公平！"

虽然隐去了姓名，所有人都知道，他的好朋友是谁。

学生们本就是带着"完成任务"的心态来参与活动，袁野一番正气凛然的喊话，着实叫人提不起劲，操场底下响起了稀稀拉拉的掌声。班里几个平日里瞧他不顺眼的男生无视老师的存在，大声嚷嚷："袁野，你的好朋友是不是唐琳琳啊？说那么多，你不如直接表白算了！反正你喜欢她嘛！"

一滴水进了油锅。

所有人开始大笑，还有几个女生一边拍手一边怂恿："表白！表白！表白！"

全然没有料到事情最后会发展成这样，少年瞬间涨红了脸，他怯怯看了一眼台下神色不自然的少女，连声否认："我没有说是她！我也不喜欢她！你们在乱说什么？我是希望你们道歉，我真的只是……我不是……"

话筒出了故障，他的尾音被无限拉长，听上去颇为滑稽，也让这句辩解显得苍白又无力。整个年级的学生都沸腾了，开始胡乱给袁野出主意；几位班主任也满脸写着"年轻真好"，仅仅是象征性地维持着现场纪律。好在负责活动的老师及时上前将身体僵硬的少年从看台上拉了下来，这才让场面免于更加混乱。

袁野捂着胸口回到班级的队伍里，校服从里到外都被汗浸湿，整个人像从水里捞出来的一样。他缓过神，立刻开始在人群里寻找唐琳琳，希望能和她解释清楚，却被人告知她已经提前请假回家了。

"嘻嘻，肯定是害羞吧？"

"看不出来啊，袁野！你很厉害嘛！居然搞'天台表白'这一套！"

"哎，我们以前也就是和唐琳琳开个玩笑而已，你别去告老师啊！有人在校园论坛上开贴讨论过她的事，论坛帖嘛，你懂的……有些话不能信的，她自己都不当真，你也别当真了啊！兄弟，你今天的表现太帅了，我以后挺你！"

少年百口莫辩，恨不得钻进地缝里。

彼时的袁野从未想过，那竟是自己最后一次见到唐琳琳。倘若

218

早知如此，他一定会在看台上多站一会儿，多看她几眼。至少要看清楚，对于这场唐突的"伸张正义"行为，她到底是感动多一些，还是困扰多一些。

出乎所有人的意料，少女在回家的路上出了车祸。

唐父从外地赶回来时，只见到了一具血肉模糊的尸体。他找到校方想讨个说法，却拿到了女儿因身体不适主动请求早退的请假条。同学、室友、老师纷纷表明这真的只是一场意外。只有袁野知道：没有一位同学与这场事故有关，但每一位同学，都与这场事故有关。

他不能原谅他们，也不能原谅自己。

风波平息后，"唐琳琳"这三个字一度如同梦魇般跟随着悦华中学里的每一个人，可随着时间的推移，他们还是将那位曾经一同学习、生活的女孩遗忘了——毕竟在多数人眼中，唐琳琳的死亡，不过是教室里缺了一个人，闲着无趣时少了一个诋毁对象罢了，和转学并没有什么区别。

对于袁野而言，却不止这样。

他后悔、自责、不甘、气愤、难过……在各种情绪的夹击下，他迫切想要做些什么去弥补过失，让那些语言上的施暴者良心不安，让那些无动于衷的旁观者有所反省，让已然沦为帮凶的自己永远铭记。

最后，他决定用自己的方式来"报复"他们。

从某一天开始，悦华中学初二四班便不停开始出现令人胆战心惊的怪事：有人会偷偷帮唐琳琳签到，她曾经用过的水杯和文具会时不时出现在教室各个角落，班级图书角每本书扉页都被人用红色水笔写上了控诉——你们凭什么那样说我？

种种迹象表明，死去多时的唐琳琳又回来了。

风声鹤唳，草木皆兵，越来越多的人开始重新正视起那个刻意想要回避的名字。直到袁野近乎于"被下降头"的举动被逐一拆穿，他们又隐约意识到，虚惊一场的背后，是各自为年少无知而付出的代价。

尚未成材的长生树前，中年女人凝视着重现在果实中的记忆，久久无法言语。

杜卿轻咳数声，她才回神，讷讷开口："袁野从来没有和我说过唐琳琳出事前在学校里受过这么多委屈……哎，那些孩子才多大，他们懂什么！怎么能对一个小姑娘有那么大的恶意？"

"也许，他们根本不认为这是作恶，权当一时好玩罢了。"杜卿的声音很平，听不出真实情绪，"趁前座起身抽走板凳看人摔跤是好玩，往别人的茶杯里撒粉笔灰是好玩，给班里的同学乱点鸳鸯谱是好玩，随口散布几句污人清白的谎言也是好玩……正因为知道自己是个孩子，即便做了错事，最坏的结果也不过是被大人责备几句，所以他们才有胆量去欺负不会反抗的弱者。"

然而，孩子们的有恃无恐又源自于何处呢？

大概，是大人的溺爱和纵容吧？

杜卿望着若有所思的中年女子，半是劝诫，半是安慰："关于您儿子的事，我们只能帮忙至此，想来，这样的结果也对得起我所要的报酬。至于要如何解开那孩子的心结，可能需要身为父母的你们再去慢慢沟通、管束……袁野本质并不坏，只是选错了伸张正义和寄托思念的方式，时间会治愈他的。"

看见希望曙光的母亲微微颔首。

她想，她的那棵小树苗，将来一定会苗壮成长。

　　又是一夜落雪。

　　征得杜老板的允许后，导游将旅行团最后半天的亲子活动地点定在了不来客栈。经过这几日的相处，各个家庭成员间的关系似乎缓和不少，甚至还有两三对父子，已经摩拳擦掌准备在雪地里"开战"了。

　　杜卿饶有兴致地站在廊庑下观战，忽然想起百里烬送来的几箱水果还摆在后厨，便差使莫换将东西搬了过来，打算借花献佛。临近圣诞的缘故，精挑细选的苹果被装进漂亮的礼盒中，摇身一变成了"平安果"，挨个分发给客人当作临别礼物，倒也体面。

　　两人寻到袁野时，他正独自一人在角落里堆雪人，乔女士则在不远处的游廊下和其他家长聊天，目光始终不离自家孩子。她后来有找过杜卿，告诉他这几日的心理治疗效果虽然仍不理想，但比之前几次有进步。至少，在自己向心理医生说明了真实状况后，他们能够根据症结对袁野加以引导和疏解了。

　　少年接过苹果，轻声道了谢。

　　谁料，杜卿并没有急着离开，而是又拿出一颗苹果递给他："这是给你那位'朋友'的，她应该会喜欢的吧？"

　　袁野一怔。

　　杜卿盯着他手里的东西，扬起一抹洞察一切的笑容："人这一生，就像是一棵树，而回忆是长在树上的果实。人没有回忆是不行的，可若想让一段回忆永远鲜活、永远不被遗忘，那棵树就得一直努力向上生长才行啊——你做的事已经足够了，那些人也得到了应有的惩罚，你接下来要做的是努力生长，然后，将那段回忆永远挂在枝头上。"

袁野难以置信地盯着他，紧紧握住手里的平安果。

末了，他回应了他一个微笑，弯腰将另一个苹果摆放在新堆好的雪人脚边，又郑重其事地说了一声"谢谢"。

杜卿摸了摸他的脑袋，又摸了摸冰冷的雪人，淡淡道了句："不客气。"


好不容易将一箱平安果分发到每个人手中，回到廊庑下的杜老板颇为吃力地伸了个懒腰。见莫换郁郁寡欢、欲言又止的样子，他变戏法似的又从兜里摸出一只平安果，递到他眼皮底下："拿着吧，正好多出来一个。"

莫换没有接，而是道出心中疑惑："你刚才说的话，是认真的吗？"

杜卿急了："真的就多出来这一个！我骗你做什么？"

"不是这句。"

"那是……"

"关于回忆的。"莫换目光微沉，"你说，人没有回忆是不行的。"

"为了糊弄熊孩子现场编的心灵鸡汤，怎么，把你也糊弄住了？"杜卿将包装花哨的苹果强行塞进他怀里，眼皮一翻，"我知道你想说什么，那个问题，我也想过——双生朽木上之所以没有结出果实，我觉得，大概是神农氏希望守林人都能够洒脱自在、不带任何回忆地前行吧？毕竟，我们会比其他人看见更多这世间的丑陋不堪、肮脏污秽，我们不能迷茫，也不能厌恶。"

兴许是早已料到又是这样的说教，莫换没什么反应。

直到送走了那批客人，他才站在杜卿身后，小声说了一句："有些不错的回忆，还是值得带上的。"

　　隔夜，杜卿去长生林里清点剩余养料的数目，意外地发现，双生朽木某根下垂的枯枝末梢，挂着一只嫣红饱满的苹果——是那天分发给客人的平安果。他瞬间明白过来，是莫换来挂上去的。

　　它孤单地悬在那儿，宛如一枚承载着树主记忆的果实。

　　他仰着脸，冲那只苹果微微一笑：不错的回忆啊……

　　是啊，他们也有的。

# ⫻ 枣木枕 · 世界上另一个她 ⫻

　　金华猫的利爪径直贯穿了黑衣男子的胸口，几乎是同一时刻，泛着寒光的锋利短剑一晃而过，割断了妖物的喉咙。

　　"啪嗒，啪嗒。"

　　鲜红的、温热的液体自一人一猫两具躯体中涌出，滴落在草地上，汇成血泊。失魂落魄的杜卿盯着同伴身上可怖的血窟窿，伸手冲前方胡乱抓了几下，艰难地从嗓子眼里挤出他的名字："莫换，莫换……"

　　濒死的男人并没有给予任何回应。

　　彼时，世间绝大多数生灵尚未开智，饥肠辘辘的妖物偶尔会顺着时空缝隙潜入长生林中，偷食树上的果实——这便是为何会有人无缘无故遗忘一段记忆的缘由。守林人一职，起初便是为了驱赶这些馋嘴妖物而设立的。然而，一旦遇上金华猫这般的妖物作祟，区区一介耍嘴皮子的生意人，根本无法与之抗衡，即便是身手了得的杀手，也只能用玉石俱焚的法子将其击杀。

莫换向来惜命，本不该出此下策，只是，当那只发狂的金华猫转而开始攻击毫无招架能力的杜卿时，他本能地用身体挡了上去……意识到同伴的真正意图，杜卿无比自责，可除了一遍一遍呼唤莫换的名字，他什么都做不了。

黑色与红色不断交融，直到一抹带着暖意的金色肆意挥洒下来刺痛双眼，他近乎僵硬的身体才勉强恢复些许知觉，随即，猛地从床上坐起身来。

黑猫不知何时挤开窗户缝，钻进了房间，嘴里咬着窗帘布向一侧拖动，显然是用这种方法进行午后"叫醒服务"。与杜卿目光相触，小兽松开嘴里的布料，跳到床上："我听见你一直在喊我……"

杜卿顺势挠了挠黑猫下巴，惆怅道："我梦到了金华猫。"

对于两人而言，那是一段尘封已久的记忆，好在金华猫所招致的悲剧结局并非不可逆转：莫换命悬一线之际，殷家姐弟及时赶到，殷绯用缚命的术法护住他的神识，让其寄栖在金华猫的躯壳中，借助残存妖力疗伤自愈——正因为欠下了这份人情，两位守林人才会对那只母狐狸颇为尊敬。以黑猫的形态度过了很长的年岁，莫换几乎放弃了冲破身体桎梏的希望，疏于接触和学习现代知识，任由自己活成了"老古董"，没想到却在几年前重新得以变回人形。至此，杜卿也终于能够释然。

"都过去了。"黑猫用金色的竖瞳盯着他。

"是啊，都过去了，鬼知道我怎么会做这样的梦。"杜卿收回手，故作轻松活动着肩颈，"大概是枕头睡着不舒服吧？回头让殷黎给我买只乳胶枕寄过来，前几天看他在朋友圈里说打算在荣城定居，那里应该能买到不少高级货吧？过段时间，我一定要去大都市租幢独门独户的别墅开店，好好享受生活！"

"在你享受生活之前，能不能把我这些年的工资结算一下？"

"哎，方才做了噩梦，头好疼……不行，我得再补会儿觉！要不，你先出去，工资的事咱们下次再聊？"

"不着急，搬家前付清就行。"

"我忽然觉得在山里开客栈挺好的，没事搬什么家啊？"

面对将没脸没皮发挥到极致的商圈老江湖，莫换一言难尽。一人一猫夹枪带棒来回扯了几个回合，最终谁也没有让步。不过，聊起杂乱琐碎、无关紧要的闲事，却将先前噩梦所带来的阴霾一扫而光。


说者无意，听者有心。

见殷黎的包裹迟迟不来，莫换那日闲着无事，在充当仓库的杂物间里翻找出一只旧式枣木枕头，打算拿去给杜卿当替代品。那枕头周身没有一丝雕饰，只因枣木不易保存，枕面有几道裂缝，看上去像块规整却无用的废料……即便如此，也仍然是个宝贝。两人早前在别处开家具店时，就有客人中意它，可杜卿不肯做亏本买卖，最后不了了之；后来，他用旧报纸将东西里里外外裹了好几层，带来了苍穹山。

当莫换把枣木枕头递过去时，杜卿笑得差点儿从躺椅上掉下去。

他扯开枕头上因受潮而泛黄的旧报纸，扫了一眼，没舍得扔，叠好塞进柜台的间隔里，打算用来当杯垫："我说猫主子，您脖子上那颗'猫猫头'能偶尔开个窍吗？这年头，谁还睡这种硬邦邦的枕头啊？你从哪儿拿的，放回哪儿去！"

"可你不是说过，枣木枕头可以安神助眠吗？"莫换抱着东西没动。

"那都是我编出来骗客人买……"杜卿及时咬断说到一半的事实，"算了，拿出来就别放回去了，你将枕头放去天字房，我编个噱头，说不定能揽到客，比如'绿色环保枣木枕助您一觉到天明''百年神木夫妻枕越睡越亲密'之类的。"

"说谎不好吧？"

"这是广告修辞手法，不是说谎。"杜老板一撩刘海，问心无愧，"我做生意，向来只赚良心钱。"

明明是八字没有一撇的胡言乱语，不想几日后，客栈里当真迎来了一对"上钩"的准夫妻，杜老板觉得自己这张嘴啊，可能真是开过光的。

他一边拿钥匙，一边例行公事般地和两位客人搭话。名叫华洁的女孩颇为自来熟，喜怒哀乐都写在脸上，很快就把能说的都交代清楚了：她的未婚夫姓陈名维，两人半个月前刚订婚，打算正式领证前出来放松一下。因为陈维喜静，不想去那些看人后脑勺的热门景点，这才来了苍穹山。

听说男客人是一位律师，杜卿不由多看了几眼：他戴着一副无框眼镜，头发梳得一丝不苟，气质上有些许像百里烬，却更多出几分古板和凌厉。若不是华洁说陈维四十出头，杜卿以为他顶多三十五。

于是他半真半假地恭维，陈律师保养得不错。年轻女孩毫不掩饰内心的得意："你们看不出来吧？我和我老公年龄差足足有二十岁呢！"

莫换不明白这有什么可炫耀的：殷绯和她的小男友们，哪个不是差了好几千岁？

生怕自家伙计发表惊天动地的言论给客人难堪，杜卿立刻使唤他去搬行李，嘴上抹了蜜似的接上女客人的话："陈律师稳重成熟，一看就是很会照顾人的类型，华小姐眼光真是不错……咳，我说的这不是废话吗？能挑中不来客栈，眼光自然是一等一的好！唔，方才忘了问，华小姐是做什么工作的？"

华洁笑容僵了僵，支吾道："我？我就是个网店客服……"

杜卿会意，没再继续这个话题。

陈维检查完房间，见未婚妻仍杵在门口和年轻俊俏的客栈老板聊天，带着厉色剜她一眼："小洁，你今天的话有点多。"被数落的女孩当即涨红了脸，讪讪冲杜卿一笑，钻进客房，关上了门。

出于好奇，杜卿站在门外候了片刻。直到听见客房里传出陈维指责未婚妻不该和陌生男人随便搭话后，他才摸着鼻尖快步走开：是时候好好反省一下自己了，没事不要随便释放个人魅力。


那对准夫妻在不来客栈住了三天，除了偶尔能听见陈维在客房里大声说话，似乎并没有任何异常。

只是，连不大懂人情冷暖的莫换都看得出，华洁珍惜那位比自己大二十岁的未婚夫已经到了一种忘我的境界。只要一闲下来，她就像是陈维私人保姆般跑前跑后，生怕哪里照顾得不周到：

"杜老板，你这儿有没有瓶装矿泉水啊？让莫哥帮我搬一箱去房间里吧。我老公说外面的水壶脏，不肯喝水壶烧的水。"

"那个，有更厚点儿的被子吗？空调正好对着床头吹，我怕把我老公吹生病了，他今天起床后就一直在咳嗽！可以借厨房用一下吗？我炖点冰糖雪梨给他喝！"

"昨晚睡得不太好，总能看见院子里有光亮，还有猫叫声……放心，我老公有早睡早起的习惯，我们大半夜不会出房间的！啊，你问那只枣木枕头？睡着不习惯，听你们说挺贵的，我怕弄坏了，放进了壁橱里……"

托这位女客人的福，杜卿这几天过得着实忐忑，总感觉耳朵上挂着"咕咕钟"，时不时就会有一只小鸟飞出来，对着他叽叽喳喳轰炸一番。

他把这话当玩笑说给莫换听，却得到自家伙计饱含嫌弃的一句嘲讽："自从认识你以后，我每天都有这种感觉。"

杜老板觉得这日子是没法过了。

第四天，两位客人吃过晚饭，便从景区折返回客栈。陈维阴沉着脸走进客房，猛地一推门，将华洁扔在门外。杜卿觉得蹊跷，打算借口送茶叶过去问问情况，却发现华洁一脸沮丧地喊住了正在晾晒衣服的莫换，请他帮忙跑一趟药店。

"常用药品店里都有，怎么，是吃坏肚子了？"不等莫换回应，杜卿便从柜台底下拿出药箱。然而，在看清女人红肿的双眼和嘴角那一小片淤青后，他猛然意识到，事情没那么简单——那分明是被打出来的伤。

递上能治跌打损伤的喷雾，他试探着问："陈律师打的？"

条件反射一般，华洁立刻开始为未婚夫的恶劣行为开脱："他不是故意的！都是我的错！吃饭的时候，我说错了几句话，才惹他发了脾气……我老公平时不会这样，他对我很好，这次确实是我不听话……"

这样的辩解既苍白又无力，甚至有点儿滑稽，可准夫妻两人一个愿打，一个愿挨，故意伤人就被粉饰成了"家务事"。除了哀其不幸、怒其不争，杜卿帮不上任何忙。

他轻叹一声，叮嘱道："你自己注意，我们就住在闻木轩，有事喊一声。"

华洁勉强弯了一下嘴角，大概是扯动了伤口，她疼得倒吸一口冷气："嗯，我和他都订过婚了，早晚是一家人，还能有什么事儿啊？"

杜卿和莫换相视一眼，不置一词。

曲尺柜台后的电脑屏幕停留在扫雷小游戏的窗口——因为深山里的网络不好，眼下杜卿只能依靠单机游戏来打发时间。放药箱时，他不小心碰到了鼠标，再一看游戏界面，已是一颗雷引爆了一片雷，最终满盘皆输。

像极了那些一步错、步步错的人生。


急促的敲门声，破坏了院子里的微妙氛围。

为了方便客人进出，不来客栈两扇木质大门平日都是虚掩着的。来客拍打了几下，很快自行推开了大门——是一个浑身脏乱、蓬头垢面的陌生女人。她看上去四十岁出头，穿着一身脏兮兮的长袖连衣裙，一瘸一拐地走向三人，嘴里念念叨叨，仿佛在念着某种能够置人于死地的邪恶咒语。

莫换警觉，伸手将杜卿和华洁双双护在身后。杜卿却没有领情，他压下同伴的手，径直走上前询问女人是否需要帮助，仿佛那根本不是什么疯疯癫癫的怪人，而是和华洁一样的寻常游客。

兴许是感受到了客栈主人的善意，女人原本浑浊的眼睛顿时亮起来，像是抓住救命稻草一般抓住杜卿的手臂，目露惊恐地喊：

"帮帮我，请帮帮我吧！别让他找到我，求你们帮帮我！"

"别急，慢慢说。"杜卿打量着她身上大片大片的淤青和结痂，一字一顿地问，"谁在找你？"

"我老公！他要打死我！我、我是偷跑出来的！"

果然如此。

自从成为热门旅游景点，苍穹山这一带的治安便愈发完善，能把一个手无缚鸡之力的妇女逼到这个份儿上的，除了自家人，还真没别的可能。女人说自己姓花，家就住在景区西区，四年前远嫁来到苍穹山，和娘家断了联系，听从丈夫安排一直没有外出工作，没有经济来源；如今受了委屈，身边没人，身上没钱，只能冒险向附近商户求助，若是被丈夫抓回去，免不了又是一顿打。

杜卿和人打交道多年，练了一身见微知著的本事，对于花姐的话，他只信一半，可人伤成这样前来求助，也不可能置之不理。见天色不早，他让女人先去客房休息，打算知会百里烬一声，是报警还是直接通知她娘家人，在苍穹山经商多年的商会会长应该考虑得更为周详。

随即，他又望向心事重重的华洁："华小姐，能麻烦你将花姐领去玄字房吗？我和莫换可能不太方便，请你给她身上那些伤拍照取证，再上些药……唔，我一会儿把药箱送过去。"

这是一个别有用心的决定。

杜卿衷心希望，女人的悲惨遭遇能够触动那个懵懂无知、将自己一生都赌在男人身上的年轻姑娘。

华洁拖长尾音"啊"了一声，本能地想要拒绝，但出于对弱者的同情，她还是咬牙答应下来。

去客房路上，被家暴的妇人情绪逐渐稳定，倾诉欲旺盛地拉着华洁说话，十句话里九句不离自己的丈夫："结婚前他是真的对我好，我要什么他给什么，除了离过一次婚、偶尔发起脾气会对我动手，几乎没有缺点！我学历不高，家里条件也不好，就想着趁年轻赶紧找个能赚钱的男人嫁了……早知道结婚后他会这样变本加厉欺负我，我当初根本不会跟他好！"

华洁那样健谈的一个姑娘，难得遇到能说得上话的人，此时却三缄其口，不大乐意接话了。瞧见她脸上有和自己"同款"的伤痕，妇人没什么眼力见儿地问："你这伤，难不成也是……"

生怕被她看出端倪，华洁抢着说："撞的！是我不小心撞的！"

家丑不可外扬。

即便这个"家"，仅仅只有一个脆弱不堪的雏形。

人和人之间很容易产生同理心，特别是华洁这种情感丰富的年轻女孩。面对和自己有着相似遭遇的陌生女子，她的心一直突突突跳个不停，反复在想那些伤痕是由何种钝器击打所致，如果打在自己身上会有多疼，结婚后陈维如果也这样对她又该怎么办……等她自我代入得差不多、再不敢往深处去想时，两人已经站在了玄字房门口。

心里揣着事，华洁双手发抖，那枚小巧的铜钥匙始终没能戳进门锁孔洞。花姐等得有些不耐烦，索性从她手里夺过钥匙，自己开了门。妇人熟门熟路地走进客房，并没有急着脱衣服上药，而是莫名其妙话锋一转，拉起家常："妹子，听你的口音，老家该不会是陌县吧？"

"咱们是老乡？"华洁愕然，"怪不得，我瞧你有些眼熟。"

"我瞧你也眼熟。"妇人反常的言行更像是要急于表达什么，

"刚才听你说，你未婚夫姓陈，对吧？我老公也姓陈，耳东陈，是个律师。"

华洁猛地抬头盯着她，仿佛想从那张饱经风霜的脸上挖出一些秘密。可如此近距离一端详，她发现妇人的五官竟和自己有几分相似，只是因为瘦得脱了相，又比自己年纪大了一轮，这才没被杜卿他们觉察。不知怀着何种心情，女人冲她凄然一笑，不慌不忙掀起右手衣袖，露出半截手臂，只见深浅不一的青紫伤痕中有一块暗红色的长条形胎记，煞是显眼。

华洁喉咙微动，低头查看自己的右臂，同样的位置上有一块同样形状、同样颜色的胎记，和那花姓妇人如出一辙！

天底下会有如此巧合吗？

她的神情有些恍惚："你……你到底是什么人？"

"我是什么人，你不知道吗？"花姐咧嘴，布满血丝的眼睛弯成两条细缝，"我有这样的胎记，你也有这样的胎记；我是陌县人，你也是陌县人；我的丈夫姓陈，你的未婚夫也姓陈；我叫华洁，你也叫华洁；你今年二十二，我今年四十二……你说我是谁？"

"你不是姓花吗？"

"华。"她凭空比划了一下，"第四声。"

像是撞见了鬼一般，华洁瞪大眼睛。几秒钟后，她才堪堪回神，拉开房门不管不顾地向外跑，嘴里喊着："我不知道！我哪儿知道你是谁？你、你就是个疯子！"大白天遇上这种咄咄怪事，她那点儿可悲的脑容量根本没办法处理，即便心中有一个答案在叫嚣，她也不想、不愿、不敢承认。

那个遍体鳞伤的可怜妇人，正是二十年后的自己！

干瘦的手从门内探出来，不知伸了多长，一把揪住她的衣服，女人的声音随着风声灌进华洁的耳朵里："你难道不想知道未来会发生的事吗？如果连我都不帮你，就再也不会有人来帮你了！照我说的做，今天晚上十二点过后，你去……"

杜卿挂断电话，脸上晃过一丝困惑。

他在电话里说明了前来求助的女人的家庭情况，却被百里烬以一句"查无此人"挡了回来，坐实了他先前的怀疑。再去玄字房一瞧，哪儿还有那女人的影子？房间里的东西没丢，院子里没留下任何蛛丝马迹，唯一令人意外的是，原本应在天字房里的枣木枕，却出现在了玄字房中。

"长了腿不成？"莫换皱着眉，掂量着手里的实木枕头。

"不仅长了腿，还长了嘴。"杜卿直接下定义，"是个戏精。"

"又在说什么鬼话？"

"就是说，大概率是遇上了喜欢'多管闲事'的木灵。"杜老板带着一丝从容，拂袖而去，"看样子，今晚又得不闲了。"

这些年来，他辗转过一座又一座城市，开过一家又一家"小破店"，始终没把当年杜家少爷纵横商场的气势拿出来，过得散漫且随心。他自己没觉得有什么不妥，倒是让身边能显神通的一堆老木头操碎了心。

也好，说明他这个守林人还挺受待见。

当晚，落地钟卖力地敲了十二下，眼前景致一如既往地回溯到数千年前。长发如瀑的男人歪在案几边，不顾形象地打了个呵欠，随手拨亮油灯灯芯，又碰了碰白瓷瓶里开得正盛的长生花，才抬起脸问身边阖眼休息的同伴明天想吃什么菜。

莫换刚说了一个"鱼"字，是红烧、是清蒸、是醋溜还没想好，两扇木门便"吱呀"一声被推开——华洁蹑手蹑脚走了进来。下一秒，她就被吓得定在原地，不敢动弹，直到认出眼前古人装扮的两个男人是这几日对她照顾有加的客栈主仆，她才略微一欠身子："你们怎么是这副打扮？花姐人呢？"

"这个时间点，你找她做什么？"

"是她约我十二点过后来这儿见面的。"

"哦？那你怕是等不到了。"杜卿回答，"她希望你来见的人，是我们。"

"你们……你这儿……"女孩怯怯看了一眼四周，"你们是什么人？这地方，到底是怎么一回事？"

"如果你有兴趣的话，我会慢慢说给你听。"杜卿似笑非笑地望着她，"不过，今晚留给客人的时间不多，你是想坐在这儿听故事呢，还是想跟我们去长生林里看清你那位未婚夫的真面目？"

华洁咬着唇，局促地站在那里，像是在等待一场对自己的审判。

她和陈维是经人介绍认识的，奔着结婚谈恋爱。了解到对方的年龄和婚史，华洁起初并不乐意，但介绍人说男方和别人合伙开了家律师事务所，各方面条件都不错，她才答应去见一见——对高中毕业就背井离乡、外出打工的姑娘而言，男方能有一份体面的职业，就是绝对的加分项。几次接触过后，华洁彻底沦陷了，她觉得这个比自己年长许多的男人外貌出众，谈吐不俗，和之前相亲时见到的流水线工人、快递员、超市小老板一比较，简直是挂在天边的月亮……

爱慕和憧憬，渐渐变为崇拜和仰望，以至于陈维和她确立关系时，她整个人像是飘到了云雾中，想都没想便一口答应下来。

那段时间，她被快乐冲昏了头，每每一冷静，内心又充满不安：陈维身边不缺女人，他为什么会选择自己呢？华洁反复问他这个问题，被闹得烦了，男人给出一个回答：因为你听话。

她又问，那你会一直爱我吗？

他又回答，只要你一直听话。

华洁心满意足。

无知的女孩并不知道，命运馈赠的礼物都在暗中标好了价格。两人正式在一起后没过多久，沉稳内敛的陈律师便露出了旁人看不见的另一副面孔：他否定她、贬低她、轻视她，若是遇上事务所接下的案子败诉，还要找借口拿她撒气。年过不惑的社会精英精明且狡猾，凡事都会给自己留退路，感情上也不例外，打一巴掌再给一颗甜枣，依然哄得华洁死心塌地。

当意识到未婚夫有潜在的暴力倾向时，华洁的无名指上已经多了一枚戒指。她只能自我催眠般地告诉自己，那个男人对自己做的一切并不算太过分、都可以被原谅，只要一直听话，他们的婚后生活就一定会幸福美满。直到在不来客栈遇见了二十年后的自己，五彩缤纷的梦幻肥皂泡才被戳破……

真面目？陈维的真面目，她能不知道吗？

她和他朝夕相处，她比任何人都清楚，可即便知道未婚夫并非想象中的良人，自己又当真舍得离开他吗？与"拥有体面工作的丈夫"和"宽敞明亮的大房子"相比，偶尔挨一次打、被扇几个巴掌，也许，并非不能忍受吧？

内心的天平开始向另一端倾斜。

见客人犹豫不决，杜卿心里冒出无数个说服她的理由——那女人耳根子软，是完全可以被说服的，可是，她清醒了一时，能清醒一辈子吗？杜卿扼腕叹息，示意莫换去打开通往长生林的门："罢了，还是得让你亲眼见一见，才能下定决心啊。"

　　华洁最后的记忆停留在一刻钟前。

　　她记得自己站在一棵挂满怪异果实的大树前，杜老板轻轻将她推入开裂的树身中，眼前的一切便发生了翻天覆地的变化……过程并不痛苦，却很诡异。等她再度睁开眼睛，发现自己回到了陈维全款购买的精装商品房里。

　　订婚后，她就和陈维住到了一起。那房子很大，欧式装修，全套真皮沙发，还有地暖和中央空调，和华洁原先与人合租的出租屋是云泥之别。搬进去的第一天，她就再也不想走了。

　　他们住在一楼，小区不少一楼住户都将地下室改建成了酒窖或者储物间。陈维平时有健身的习惯，在地下室里面摆了跑步机、史密斯架、沙袋之类的健身器械。见未婚妻感兴趣，他便半开玩笑地说，如果她以后不听话，就把她关在里面，吓得华洁一直不敢靠近地下室。

　　可是此刻，她便站在通往地下室的那扇门前，脚边还蹲着一只金瞳黑猫。

　　对上女人恐惧又疑惑的目光，黑猫主动开口说明了自己的身份，并告知她，这里是陈维的记忆幻境。华洁花了好一会儿才消化掉一堆让人炸裂的信息。就在她对着会说话的猫发怔时，重物敲击的声音、手掌拍打墙壁的声音、女人撕心裂肺地哭嚎的声音，接二连三从地下密闭空间里传上来。

　　她一愣，踮起脚，偷偷从门上的玻璃向内张望一眼：陈维扯着一个女人的头发，彼时的他似乎更年轻一些，但镜片后的疯狂和阴鸷却和如今一模一样！他将女人的头往冰冷的健身器材上撞！因为疼痛，女人的五官已经扭曲在一起，她奋力挣扎，最终却败在压倒性的力量下，浑身绵软无力像一堆破布，仍由身材高大的男人施暴，唯一能够用来求助的手机也被摔在一边……

在这种地方施暴，既不会惊动隔壁邻居，也不会担心妻子逃跑或者安装搜集证据的摄像头。那是一处无人涉足的灰色地带，只要他足够疯狂，甚至可以在那间阴暗潮湿的地下室里囚禁一个人一辈子。

华洁浑身一颤，瘫坐在地，捂住了自己的嘴。

黑猫在她身边打转："地下室里的女人是谁？"

华洁的嘴唇几乎没有了血色，颤声道："应该是陈维的前妻，他和我说过，那女人是生物制药公司的销售，因为压力太大导致精神崩溃，加上他们一直没有小孩，就、就协议离婚了。我不知道，真实原因是这样……"

她盯着自己无名指上的戒指，小声感慨："还好，他们离婚了。"

话音刚落，在女人的求饶中，又响起男人的狞笑："你也知道我是做什么的，就算你报警又能怎样？只要你还喘气，就那几块淤青，最多只能判定为轻伤——你知道这意味着什么吗？这意味着，警察来了也不能拿我怎样！你听着，你是我老婆，住着我的房子，花着我的钱，我打你几下怎么了，嗯？"

"你想离婚，那就离啊！丑话说在前头，这个家里的东西，你别想带走一样！不然你就等着我找你麻烦吧！我有房有车，有体面的工作，离了婚照样能娶年轻漂亮又听话的小姑娘，你呢？我看谁要你这么个不下蛋的黄脸婆！"

"不要跟我谈法律，我可比你懂得多！有没有犯罪，我自己清楚！"

男人的尾音带着挑衅，从他的嘴里听见"法律"这两个字，着实可笑。华洁不敢继续逗留，她小心翼翼俯下身体，爬向大门的方向。小兽亦步亦趋跟在她身后，忽而发出一声质疑："你不帮她？"

华洁四肢一僵："帮……帮她？我、我又打不过陈维，我能怎么帮她？报警吗？可陈维不是说，没有证据，而且有没有闹出人命，就算警察来了也没办法……"

"连你也这么想？"

"我……"

"如果连你也不帮她，就没有人会帮她了。"

如同当头棒喝。

华洁伏地的四肢像是被黏住了一般，再也无法挪动，因为她记得，花姐——二十年后的自己也曾说过这句话。因为陈维的前妻什么都没做，选择忍气吞声离婚保平安，后面才会有她的悲剧。现在她醒悟了、后悔了、知道不得不逃走了，可陈维的恶行还在继续，今后一定还会有下一个华洁，下下个华洁，被困在这个地下室里活受罪……

她闭上眼睛，缓缓站了起来，转身，伸手握住门把手。

得做点什么。

不管结果如何，从她开始，必须得做点什么。

华洁深吸一口气，将口袋里的手机取出来，切换到录制视频的界面，推开了通往地下室的门。

白日和杜卿通过电话，百里烬对那位不知从哪儿冒出来的"被家暴者"放心不下，大半夜特意开车过来了一趟，正巧撞见两人商议着要送那位女客人下山……结果是，他半杯热茶没讨着，却接了桩司机的辛苦活。

大概是很多年没有被人这样理所当然地使唤，百里会长很纠结。但为了在现任守林人面前扮演好"前辈"的角色，他还是决定尽一份薄力，将那位女客人先安顿在自己经营的度假山庄里，等天一亮，再送她离开苍穹山——早一刻远离魔鬼，便能早一刻享受自由和安适。

不打招呼就让人家的未婚妻"人间蒸发"，杜卿承认这事做得不厚道，但只要华洁下定决心走这一步棋，善后的事，可以由他们来做。

就当是额外赠送的服务吧。

第二天一早，陈维从一场好梦中醒来，发现床头柜上多了一枚订婚戒指。

四下不见华洁身影，在看到手机里的短信留言后，他脸色一变，来不及洗漱便闯至闻木轩，绕到曲尺柜台后，质问杜卿他的未婚妻到底去了哪里："小洁她胆小怕事，若不是你们在背后唆使，她怎么可能丢下未婚夫独自离开？杜老板，如果你不能给我一个合法、合理的解释，我就报警！"

杜卿眼皮一掀，丝毫不惧："与其问我们对她说过什么，倒不如问问你自己，对她做过什么？"

几张旧纸被重新铺展开来，摆在陈维眼前，宛如一张定罪书。

昨日杜卿还觉得奇怪，对于这对准夫妻的事，那枣木木灵是如何知晓的？没想到，玄机就在那些用来包裹枣木枕的旧报纸上：

头版刊登着一则几年前的报道，正是陈维前妻的家暴维权求助，一旁还附有施暴者的照片；那个女人曾经反抗过、斗争过，却败给了丈夫精心的计算，只因"情节轻微、证据不足"，施暴者甚至没有得到任何处罚……枣木木灵大抵是不满这样的判罚，这才变作二十年后被家暴的妇人模样，想方设法提醒华洁，不要重蹈陈维前妻的覆辙。

男人匆匆扫了一眼报纸，原本嚣张的气焰荡然无存："这……我承认，我是和前妻有过矛盾，但是，你们就这样一棍子把我打死了吗？事情都过去好几年了，我就不能有一个改过自新的机会，和小洁重新组建家庭？男婚女嫁，天经地义，哪里轮得到你们多管闲事！"

他继续死鸭子嘴硬："我再问最后一遍，你们到底知不知道华洁去了哪里？如果敢欺骗我，我一定让你们吃不了兜着走！"说罢，他又补了一句，你们应该知道我是做什么的吧？

魔鬼撕下了伪善的面具，杜老板依然摆出不上心的表情："我家伙计胃口很好，不管你有什么招，他都吃得了……说实话，比起你的未婚妻，我更希望昨晚进入长生林的人是你啊，陈律师。"

并没有听懂那番话是什么意思，陈维不安地吞咽着口水。

宽敞的厅堂内似有阴风穿过，头顶那盏用树枝作为装饰的吊灯摇摇欲坠，几扇旧式木门艰难地发出声响，在男人扭头张望的一瞬间，全数紧紧闭合！而他面前，不知何时出现了一只体型巨大的金瞳黑猫，黑色毛发末梢化作雾气一般在空中浮动，长尾如同索命的钩镰，缓缓在男人眼前晃动。

陈律师当即跌坐在地上，无框眼镜歪在一边，态度来了个一百八十度大转变，用商议甚至带着乞求的口吻，喃喃道："我错了！我、我不找小洁了！不找了，不找了！她爱去哪里去哪里！你要吃、吃人，就去吃她，她一个小姑娘家细皮嫩肉的，别来吃我，我不好吃的……求你别吃我！"

杜卿抱着肩在旁唏嘘：比起说道理，还是这种直截了当的威胁更奏效啊。

然而，妖异的巨兽并没有被陈律师打动，它喷着鼻息，露出尖锐的獠牙……狼狈不堪的男人两眼一翻，当场晕了过去。

虽然平时多以野猫大小的形态行动，但莫换与之缚命的金华猫，远比山林间的猛兽更加庞大、更加可怖。

趁着晨间的山道无人往来，金华猫将吓晕的男客人以及他的行李齐齐扔出古宅后，才低垂着脑袋，重新挤进正厅，沿途还不小心碰倒了两把椅子。许久没有看到莫换变化成这种体型，杜卿仰着脸，清亮的眸子里满是憧憬：咳，这不能怪他，应该没有猫奴能抵挡住这么大一只毛茸茸的诱惑吧？更何况，在那些居无定所、颠沛流离的年月里，莫换无法变回人形，正是借助这金华猫的躯壳来保护自己的。

不过，那也已经是好几年前的事情了……

"杜卿。"黑猫开口制止了他的妄想，或许是因为体型的变化，它的声音也比往昔更加浑厚，"就这么放他走？"

"不然呢？"

"或许可以用长生花……"

"不必，如果从一个律师嘴里说出'看见了比人还大的猫'，恐怕所有人都会觉得他疯了。为了往后的生计，那家伙也不会向旁人提及今日所见。"出于对人性的思考，杜卿安抚着多疑的同伴，

"今日所见，便让陈维记着！让他知道，这世上多的是超越常理的存在，别自以为是，妄图逃避因果的责罚。"

金华猫向前一步，黑雾散尽，显露出男人匀称的身形。

莫换站在原地，沉沉开口："只要犯下罪孽，便没有改过自新的机会了吗？"

杜卿的眼神变了变，瞬间明白了他真正想问的是什么：莫换曾经的身份是杀手，肩负着无数杀孽，其中有该死的人，也有无辜的人，那些或好或坏、或善或恶的人中，甚至还有自己的故友。时间原本已经抚平了他的伤口，今日陈维的几句诡辩却令他迷茫，只要曾犯下过错，不管今朝如何赎罪，是不是依然不可饶恕呢？

"这个世界上，有很多问题是没有标准答案的——喂，你见过树的年轮吧？"杜卿边说边绕到曲尺柜台后，从抽屉里拿出几包饼干丢给对方，含蓄地表明：今天的早餐就是这些。

莫换捏着饼干，不明所以地看着他。

杜卿又道："若是那棵树在某一年生了树瘤，年轮会记住，那是一生都无法磨灭的烙印，就像是人们曾经犯下的、不可饶恕的罪孽；但只要恶疾痊愈，新的年轮一旦出现，就会慢慢将树瘤包裹住、隐藏住，而那棵树则会继续生长，直至外表与其他树无异。只有切开树身、看见年轮，才会知晓它曾经生过病……"

他拆开食品包装袋，在圆形饼干上咬了一口，冲对方摇了摇作为示意："是否有改过自新的机会，裹藏住树瘤，像一棵正常树木般挺立在森林里，不仅取决于年轮的多少，也取决于那棵树的恶疾在何时痊愈，不是吗？"

时间，以及一颗悔过的心。

那张扰人清静、惹人厌烦的嘴，说出来的倒也不全是废话。

莫换轻哼一声，微微扯动唇角，像是想笑，但又被极力压制住了。他忽而又想，曾经折磨自己身心多年的那一场恶疾，或许在遇到杜卿、决定成为守林人的那天，便已经痊愈了吧？

至于那颗陈年树瘤，也早已隐没在了无尽的年轮中。


半个月后，杜卿意外接到了华洁的电话。

彼时的她已经退掉婚约，离开了和陈维一起生活过的城市，暂住在老乡家中。简单的寒暄过后，华洁带来了一个振奋人心的消息，她联系上了陈维的前妻，将在陈维记忆幻境中偷录下的视频传给了她，而后者依然没有原谅前夫的所作所为，选择在网络上公开了那些家暴的"证据"。

杜卿问："有办法定陈维的罪吗？"

华洁给出了一个意料之中的回答："很难，但舆论压力已经足够了，那些视频传播开以后，律师事务所合伙人和他闹掰了，还有几个曾经和陈维交往、被他家暴过的女孩也站出来发了声。有人诋毁我是悔婚讹钱，也有人怀疑视频的真实性，还有人质疑我是怎么拍到的。我说不出来，就算我说出来，估计也不会有人相信……总之，这段时间我过得很好，也很不好，但不管怎样，我一点儿都不后悔帮她。"

施暴者最担心的，就是处于劣势的女人们忽然得知自己还有反抗这条路可走。

杜卿反复说了好几遍，那就好。

回头是岸，自然是好的。

自来熟的女孩一夜长大，却依然话多，存不住心事，她将自己今后的打算一股脑儿全倒出来。杜卿虽然没有兴趣，但出于礼貌，还是耐着性子当了回倾听者。临挂电话前，华洁忽然问他："你后来还有再见过花姐吗？"

"没有，我没有再见过她。"

"喔。"华洁有些失落，"其实，我到现在也没想明白为什么会遇到她，但是，我真的很想再见她一面，向她道一声谢。"

"我想，她不会再出现了。"杜卿反问道，"你觉得呢？"

"是啊。"电话那头的女孩轻声应和，"她再也不会出现了。"

# 木蝴蝶·女明星的"葬礼"

天气渐暖，万物复苏，苍穹山即将迎来新一年的旅游旺季。

为了吸引更多的游客，景区商会决定举办一场为期半个月的花灯夜市，并确定下"梦回千载"的国风主题。提议得到绝大多数商户的热情响应，一时间，景点内外支起了宣传展架，街道两侧挂起了灯笼，还有随处可见的花车和拍照打卡点，一切都在有条不紊地筹办。

考虑到每晚经营的另一桩生意，杜卿原本并不想凑这一趟热闹。可百里烬却打电话来说，夜市摊位和花灯会一路铺到不来客栈，中途有巴士接送游客，身为商会一员，没有不参加的道理。

杜卿试探着问，现在退会还来得及吗？

对方沉默了几秒钟，随即挂断电话。半个小时后，装饰布置用的物料已经送到了古宅门口，甚至还有一叠印好的宣传单页，百里会长用实际行动诠释了什么叫做"不要和霸道总裁谈条件"。

憋屈老板杜卿只好妥协。

这天中午，他刚差使莫换在廊庑下挂好一长串灯笼，两扇大门就被人推开，一窝蜂走进来好些年轻男女。为首的女孩穿着时尚，鸭舌帽、口罩、墨镜一样都没落下，将巴掌大的脸遮得严严实实。她的身边跟着几个助理模样的家伙，有的拿着手持风扇，有的撑着遮阳伞，有的举着饮料杯，还有的不停找角度给她拍照……说是"公主殿下"的出行待遇也不为过。

莫换眉头一皱："这女人是什么来头？"

对于自家伙计的少见多怪，杜卿已经懒得去吐槽，他耐着性子解释："瞧这阵仗，应该是个小明星吧？"虽不热衷于娱乐圈八卦，但对于频频出现在网络上的脸，杜卿多少会觉得眼熟，加上这次景区活动宣传册上印有几位"旅游大使"的照片，他想起一个名字：段小星。

这姑娘不满二十就站在了舞台镁光灯下，唱过歌、跳过舞、演过戏、拍过广告，却始终没有令人印象深刻的代表作，之所以还没掉出观众的视线，完全是因为狂轰滥炸式的热搜与通稿。俗话说得好，小捧怡情，大捧伤身，强捧灰飞烟灭。尽管公司花了大力气去栽培她，段小星的星光还是日渐暗淡，最后沦落为网红景区的旅游大使……

花无百日红，说的便是如此。

见客栈里冷冷清清、没什么人，段"大明星"索性摘掉了全副武装。在摆了好几个姿势拍完"路透照"后，她开始低头玩手机，嘴巴一刻也没闲着："这到底是什么破地方，网上都搜不到评价，靠不靠谱啊……喂，你们还愣着干吗？快点把我的行李都搬去客房！那个谁，去给我买杯咖啡，刚刚不是路过一家咖啡店吗？开车回去买啊！这还要我说？只要牛奶不要糖，别弄错了！"

年纪不大，脾气倒是不小。

想到这里，杜卿不由轻笑一声，不想却引来了段小星的注意。她施施然走过来，目光在两个大男人身上徘徊。杜卿立即表明身份："我是这家客栈的老板，姓杜，单名一个卿字。"

"那百里会长说的人，就是你咯？"

"唔，是百里烬让你来的？"杜卿心中一紧，本能地想要将面前的段"大明星"归为"准客户"范畴，可与先前介绍来的客人相比，她的状态实在是过于放松，丝毫看不出有被灵异事件所困扰的迹象。杜卿留了个心眼，半开玩笑地问，"段小姐该不会是想借我这不来客栈拍摄吧？只要价格合适，一切都好说……"

"你先等一下，我的事稍后再聊。"似乎是发现了更有兴趣的东西，段小星将挡在眼前的杜卿一把推开，径直走到莫换面前，问他是不是在这里打工。得到肯定答复后，她又接着问，福利待遇怎么样："我看这苍穹山物价不高，小哥你留在山里干体力活，一个月能赚到五千块吗？"

莫换看了自家老板一眼："……能吗？"

杜卿清了清嗓子："想多了。"

听罢两人对话，段小星颇为夸张地惊呼一声"不会吧"，随即旁若无人地将手贴在莫换身上，从胸肌摸到腹肌："你外形条件很不错，有没有兴趣来我们公司当艺人？洗个头就能出道了！"

完全听不懂她说的话，莫换退后一步，冷声道："我每天都洗头。"

杜卿一抚额头，暗忖着得找个时间再给自家伙计补补课，增加些现代词汇量。

段小星噗嗤笑出声，隐隐觉察到这位帅哥脑子可能不太灵光，这才收起"挖墙脚"的心思，重新将目光落回到杜卿身上，聊起正事："杜老板，事情是这样的，今天上午我在景区舞台表演时遭遇了一场灵异事件，后来闹到了景区商会，你们那个会长百里烬让我今晚十二点过后来找你，说你能帮上我的忙。可我是公众人物，要是被狗仔们发现我大半夜偷偷乱跑，又不知会乱写些什么！我想来想去，干脆包场住这儿得了，回头我去和门口招牌拍几张合影，就当免费帮你们做一次宣传好啦！"

"倒也不必，只要正常付房费就行。"杜老板干笑两声，终于想起正事，"段小姐不妨与我说说，是怎样的灵异事件呢？"

对于合影一事，男人的反应并没有预想的那么热烈，段小星不免失落，她噘着嘴从手机里翻出一个视频，冷着脸招呼两人道："喏，这是我上午表演时助理拍到的，你自己看吧。"

视频里的段小星身着亮片背心和热裤，在景区临时搭建的舞台上随着音乐跳了一段劲舞。那些游客和前来凑热闹的商户大概也没见过几个明星，个个都很捧场，尖叫、掌声不绝于耳。音符终止，就在演员们摆好定点动作的一瞬间，舞台周围的冷焰火和礼炮齐齐启动，将气氛推向高潮。冷焰火没有任何问题，但是，礼炮中飞出来的却不是彩色纸屑，而是清一色的白色纸片……

整个舞台，像极了气氛悲怆的葬礼现场。

有人回过神，趁乱喊了一嗓子："搞什么啊，这是在撒纸钱吧？晦气！"视频中听得清清楚楚，想来，在现场也有很多人都听见了。舞台上的段小星表情管理失败，瞬间黑了脸。视频到此中断，再没有后续。

杜卿拖动视频进度条，反复看了几遍，犹豫着问："会不会是礼炮被人动过手脚，将彩纸换成了白纸？我听说，某些粉丝因为喜欢或者讨厌一个明星，会找机会做出一些极端的行为……"

"要是这么简单，我还跑来找你做什么？"段小星迅速拿回手机，生怕叫外人窥探到自己的隐私，冷哼一声，"这已经是第三次了，就算是有人故意想咒我死，把彩纸换成白纸，总不可能次次都成功吧？"

"第三次？"

"是啊，我签的合同上写了，这趟来苍穹山一共有三场演出，今天是最后一场，之前那两场礼炮也出了同样的问题。我和经纪人一开始都觉得是'黑粉'干的，立刻换了礼炮供应商，换了现场的工作人员，就怕被那些没安好心的粉丝混进来……结果呢，今天还是这样！"她有些窝火，毫不避忌地从手袋里摸出一盒女士烟，熟练地点燃，"后来，你们那位商会会长和我私下聊了聊，我才知道这苍穹山一带经常发生怪事……反正我也拿钱收工了，就过来一趟看看情况，宁可信其有，不可信其无嘛！"

杜卿有些为难，这位女明星的心理素质极佳，对于各类突发状况更是习以为常，并没有表现出一般客人那样的惊恐与担忧。

报酬的事，怕是不好谈呐。

段小星抽烟的动作显露出不符合年龄的成熟，语气仍旧傲慢无理："杜老板，事情你已经清楚了，什么时候能给我一个答复？哎，像我这种咖位的女明星，出行一般只住五星级酒店，你家这种深山里的客栈，我最多将就一晚……"

"按照不来客栈的规矩，今晚十二点过后，我们在闻木轩等你。"客人不急，杜卿自然也十分淡定，"不过，段小姐可要好生嘱咐你的经纪人和助理们——入夜之后，别在客栈里随意走动，我可不敢保证，他们会看见什么不该看见的东西。"

听闻此言，段小星将信将疑地眯起眼睛，悠悠吐出一个烟圈。

听闻有位助理要开车跑一趟景区购买生活用品，杜卿领着莫换蹭了一次顺风车，说是到段小星这几日的演出地点看一眼。

看得出，商会很重视这次主题夜市，不惜花费大价钱去制造噱头：豪华舞台搭建在景区中心广场上，龙门架、聚光灯一应俱全，每天分时段有四场演出，旅游大使段小星的场次则是在上午。当前不是演出时间，舞台周围依旧围拢着不少游客与观众，场地被流动保洁及时打扫过，并没有发现段小星所说的"纸钱"。

杜卿打发莫换去附近搜寻残留的线索，自己则走到树荫底下休息。

就在他拿出随身携带的纸扇扇风解暑时，恰好碰上了一群段小星的粉丝：她们年龄差距挺大，多数是年轻女孩，有几个看上去还在念中学，应该是特意请假跑来苍穹山，为自己喜欢的明星来应援的。

正是一天当中最热的时候，广场上没有遮挡，粉丝们穿着统一的应援服，浑身被汗水浸湿，却依然不肯放下手中的应援板。在这种环境熬着，人也容易焦躁，几个女生不知因为何事发生了争执，年纪稍小的两人满脸通红被围在中间，正努力地向领队模样的女子解释着什么……

杜卿不动声色靠近些许，终于听清了她们之间的对话：

领队的粉丝面有愠色，手里捏着一叠现金，低头查看手机里的转账，不耐烦地冲她们摆摆手："算了，算了，这次就不让你们出钱了，但是下一次可不行了啊！说好的所有应援费用平摊，凭什么要让别人体谅你们？再说了，三百块钱而已，少吃一顿火锅不就省出来了？去网上借点儿也行啊！"

两个女孩相视一眼，其中一个小声道："我身上没带多少现金，也没有用过信用卡和网贷，我……我连买回程车票的钱都是问同学借的。后面几天的活动，我真的没办法继续参加了，对不起！"

另一个有些委屈："我以前都是'云追星'，这次是第一次跟着大家到'前线'做应援。我以为只要承担路费、住宿和餐费就好了，没想到还要集资给小星姐买礼物、给助理和景区工作人员买咖啡，报名时也没人告诉我……"

这样的发言很快引发众怒，其他人开始轮番上阵指责她们不配当段小星的粉丝："你们知道为了组织这场应援，大家付出了多少心思吗？那个谁，还有那个谁，都是自掏腰包为小星姐做了灯箱广告、买了热搜榜单，就为了让她开心一些。你们既不出力又不出钱，还怪别人没提前打招呼？是不是提前说了要集资买礼物，你们就不来了呀？小星姐怎么会有这样的粉丝？"

生怕被"开除粉籍"，两个女孩急忙改口说还要继续参加应援活动，只是请求其他人垫付一下后续开销，等下个月拿到生活费，一定还给她们……

闹剧最终得以收场。

见那群粉丝走远，杜卿扇着扇子仰起脸，边端详舞台后方的巨幅宣传照边嘀咕，原来段小星这么火吗？

身边另一个年轻女孩立刻发出不屑的笑："段小星早八百年就过气了，火什么呀！如果是当红流量，谁会来景区接商演？看见刚才带队的女人了吗？那就是'粉头'，是段小星特意雇来组织粉丝活动的，明天肯定会铺天盖地发通稿……啧，成天就知道让粉丝为自己花钱，连学生党的钱包都不放过，看着吧，她早晚会'糊穿地心'的！听说上午她演出结束后有人撒冥币，闹得动静挺大，哈哈，真是大快人心！"

"纵然段小星有疏忽之处，也不必这么诅咒人家吧？"

"有必要，谁让她'拉踩'我喜欢的明星！"

"好吧，原来你也是……"

对于那些饭圈术语，杜卿听得云里雾里，有些勉强能猜出接近的意思，有些则根本无法理解，只能尴尬又不失礼貌地赔着笑脸。但那位追星族游客像是打通了任督二脉，非要向他"安利"自己喜欢的明星。就在她孜孜不倦地科普何为"爆肝"、何为"卖肾"、何为"私生"、何为"毒唯"时，莫换终于回来了。杜卿忙抽身上前帮他扇风，询问是否有收获。

莫换将捏在手里的一叠黄白色薄片递过去："在舞台底下找到的，应该就是那女人所说的'纸钱'。"

杜卿仔细端详，发现那些"纸钱"生得着实怪异，每一片都不足手掌大小，边缘呈半透明状，并非是纸张质地，更像是某种虫子的翅膀。他否定了先前的推测："这分明是木蝴蝶嘛，又叫做'千张纸'，晒干后可以入药……哪里是什么纸钱？！"

"木蝴蝶？"

"嗯，是一种树的别称，这薄如纸片的东西是它的种子，被风吹落时就像是无数白色蝴蝶在空中飞舞，故得此名。但据我所知，苍穹山是没有木蝴蝶的，某种程度上来说，也是桩怪事儿吧。"辨识木头的行家把玩着手里薄片状的树种，"这么多木蝴蝶同时出现在舞台上，确实很像办丧事时撒的纸钱——这其中怕是当真有一轮因果，只是当事人尚未觉察罢了。"

物有本末，事有终始。

那些木蝴蝶，到底因何而出现呢？

杜卿再度望向广告牌上笑得甜腻妩媚的女明星，蹙起了眉。


混娱乐圈的不愧都是夜猫子。

午夜过后，万籁俱寂，不来客栈四间客房仍是灯火通明。时不
时有人走到院子里抽支烟、聊宣发方案或者用手机对接工作，丝毫
不在意黑眼圈和岌岌可危的发际线。杜卿备好几支长生花，嘱咐莫
换找时机送去工作人员所住的地、玄、黄三间客房。只是，闻木轩
大门刚推开一条缝，妆容精致的段小星便踩着"恨天高"款款走了
进来。

即便是大半夜也不能忽视外在美，当明星可真是个苦力活……

杜卿如是想。

段小星在屋子里扫视一圈，随即"咦"了一声，伸出手指点
了点面前两个男人。一个长发束冠，一个黑衣执剑，皆是古人打
扮——首先排除"穿越"这个错误选项，如果不是在拍电影，那就
只可能是整蛊真人秀了吧？所以，那些一连三天出现在舞台上的诡
异"纸钱"也是为今夜拍摄做的准备？

她飞快换上一副营业性笑容，不动声色地打量四周，试图寻
找拍摄机位，故作天真地仰起脸，怯声问道："杜老板，那些'纸
钱'到底是怎么一回事呀？难道说，我真的碰上灵异事件了吗？人
家最怕这种听上去就毛骨悚然的事，求求你帮我想想办法啦！"

杜卿手里的茶盏一斜，热茶泼了一案几。

他猛咳数声："段小姐，你……演过头了，这里没有摄

像头。"

"不早说！"段小星嗔怪一句，恢复了原本不可一世的神情，双手抱肩，在房间里边溜达边点评，"现在连算命的都开始搞沉浸式体验了？这个行业的竞争如此激烈吗？还是说，这是苍穹山旅游的特殊互动项目？不过，你们的服装、道具也太逼真了吧，回头介绍给我的古装戏剧组，让他们做个参考呗？"

杜卿并未急着解释，略过向客人收取"允"字的环节，径直引着客人走到房间最深处那只多宝格前。段小星起初一直半推半就，直到看见墙壁后缓缓出现的裂缝，面色才阴转晴："又要去哪里……哇哦，这里居然还有一道机关门！后面是不是有隐藏空间？我仿佛看到了经费在燃烧，够震撼！经纪人什么时候给我接了这个真人秀？太考验我的临场发挥了吧？"

开启通往长生林的大门后，莫换将放置在枯枝上的手缩了回来，略显厌恶地瞥了一眼过分情绪化的女人。段小星仍然处于兴奋中，冲他直嚷嚷："喂，不和我说明一下这到底是个什么类型的真人秀吗？"

"非要说的话，大概是个'自我反省'类的访谈节目吧？不过，结束后也不会对外播放，只供段小姐一人独家观赏……"

"什么意思？哎，不管了，为了节目效果，等下不管看到什么，我都会假装出很惊讶的样子！"

"不必假装。"杜卿笑了笑，率先步入裂缝中，转身做了一个邀请的姿势，"接下来你所看到的一切，一定会让你'真的'很惊讶。"

段小星越听越糊涂，本想再多问几句，可多宝格后的那座森林实在过于恢弘，她顿时觉得曾经看到过的片场布景全都不值一提。

段"大明星"一路走走看看，全然忘了自己的偶像包袱，只剩下接连不断的惊呼和赞叹。

确实是真的惊讶，而并非装出来的——如果她有这么好的演技，也不至于在试镜时弄丢好几个女一号。

直到姓杜的客栈老板在一棵枝繁叶茂的怪异大树前驻足，向她诉说起长生树与因果的存在，段小星终于意识到，这家客栈绝不是真人秀的录制现场：树上的果实像极了造型奇特的精密显示器，正清晰流畅地播放着一些她永远不想被人看见的"视频资料"；再环顾左右，静谧的森林中并没有能够为她解惑的导演或者工作人员，甚至看不见任何一台拍摄设备……

只有一片一望无际的森林，以及无数充盈着记忆的果实。

少女纤细脖颈上那颗生锈的脑袋开始艰难地运转，被迫回忆起那些尘封的往事。


段小星出生于一个三线小城市，父母都是工薪阶层。虽然不愁吃穿，夫妻二人也乐意出钱支持女儿的兴趣爱好，却给不了她任何娱乐圈内的人脉与资源。即便如此，段小星的明星梦依然深深扎根于心中。

因为长相出众，又有一定舞蹈基础，她频频报名参加各类歌舞比赛和选秀，高二那年就被一家娱乐公司签中，继而开始北上追逐梦想；默默无闻混迹多年后，她在二十岁时通过选秀节目收获了大批粉丝，作为女团成员之一成功出道。

然而在这个圈子里，最不缺的，就是年轻、漂亮、优秀的女孩。随着时间的推移，女团的热度渐渐退去，几名成员的发展也不尽相同：有人和著名导演合作拍了电影，有人出了音乐专辑，有人成了综艺咖，有人和豪门公子哥来往甚密……段小星却一直不温不火，站不到中心位，拿不到好资源，一场综艺节目录制剪辑过后，甚至剩不下几个镜头。更令人郁结的是，段小星常常被粉丝们拿去和同期另一名成员可可作比较，但从头到尾，她都是被嘲讽的一方。

虽然表面上仍然维持着和气，却暗地里积攒着一点一滴的怒意，段小星只等一个合适的时机，翻身改变劣势。

机会，她需要一个机会。

想在娱乐圈立足，实力往往不是最重要的，有时候，运气也必不可缺。

就在之后不久，幸运女神好像眷顾了这个几乎被遗忘的女孩：在某次演出现场，升降台意外出现了故障，可可不小心踩空摔落，在送去医院的路上便没有了生命迹象。

舞台意外当时引起轩然大波，女团也在不久后宣布解散。段小星在采访镜头前哭得梨花带雨，贡献出此生最高水平的演技，赢得了路人的好感；事后，她不断将与可可相处的日常点滴整理发布在网上，树立起好队友人设，声称要带着对方的梦想，继续在这条路上披荆斩棘地走下去……

有人赞许她人美心善，有人骂她吃"人血馒头"，但不可否认的是，有曝光率就有流量，有流量就有资源，这是某些行业亘古不变的准则。借可可的死来营销自己，段小星饱受争议，却也如愿得到了曾经可望而不可及的一切，也正是从那时起，她就无法控制自己的欲望。

记忆的走马灯缓慢且毫无规律地播放着，零零星星拼凑出树主光鲜又阴暗的一生：为了让流量数据更漂亮，她让"粉头"唆使未成年学生帮她打榜、买周边；为了得到心仪的电影角色，她买通稿大爆竞争对手黑料，甚至不惜半夜敲开导演的房门；为了制造话题，她故意指使助理将女团成员的私人行程透露给举止疯狂的"私生饭"；为了一己私欲，她故意隐瞒演出时升降台故障的讯息……

是的，她看见了。

当全场灯光暗下去的那一刻，站在后排的她漏跳了两个动作，正巧看见舞台中央出现的那一处凹陷——她明明看得很清楚，明明只要迈出一步，明明只要伸手一抓，就能救下一条人命，至少，能让名叫可可的少女免于重伤，但是她没有，她站在那里，什么都没有做。

世间诸多恶意，往往只产生于一念之间。

亦或是善恶相抵，稍有迟疑，便让私欲滋生蔓延，占据心头。

不等再看见更多的记忆片段，段小星怒不可遏拦下两位守林人，质问道："这些视频你们到底是从哪儿弄来的？全部都是栽赃、诽谤、陷害！姓杜的，我警告你，如果你敢泄露出去，就等着收我们公司的律师函吧！"

面对律师函警告，杜卿并不为所动："是真的还是假的，你自己清楚。"

见威逼不成，段小星企图毁去那些贮存记忆的果实，却在伸手的一瞬，被在旁等候的莫换死死扼住手腕；她不依不饶伸出另一只手，却因扭转幅度过大、身体失去平衡而摔倒在地，最终号啕大哭起来。

"我是明星啊，我想火有什么错！这个行业就是这样，不进则退！想方设法让喜欢我的人为我花钱，有错吗？出卖良心和身体去换更好的资源，有错吗？我也有努力，不然谁会到这种深山里来演出，我就是想，让更多人看到舞台上闪闪发光的我而已……我没有觉得自己做错了什么，我……"她哭花了妆，再加上整夜煎熬，看上去着实憔悴，"我唯一承认自己做错了的事，就是当时在舞台上没有拉住可可……如果我大声提醒她，如果我拉住了她……或许，会有一些不一样吧？"

莫换没有说话，松开了手。

杜卿则从怀里摸出一块方巾，俯身递过去："我一直在想，在你表演谢幕的时候，为什么会出现像纸钱一般的木蝴蝶？现在我好像明白了，那些木蝴蝶，其实是在祭奠一个人啊……"

"是、是从舞台上摔下去的那个笨女人吗？"

"不是。"着一身青衣的守林人轻叹，"是在祭奠你——曾经的你。"

说罢，他轻轻拍了一下她的肩膀，示意她再去看果实中的记忆片段。最新的画面已然回溯到一间教室里，扎着羊角辫、身穿朴素校服的小女孩站在讲台中央，举着自己的作文本正在大声朗读：我的梦想——我的梦想就是长大以后当一个明星，不用赚很多钱，也不用得很多奖，我只是想去唱歌、去跳舞、去演绎不同的人生，站在舞台上像星星一样闪闪发光，带给大家勇气和快乐……

稚嫩却笃定的声音萦绕在耳边，段小星停止了哭泣。

长生林中，洋洋洒洒的木蝴蝶忽而自天而降，如同是在祭奠着那个早已死去的、怀揣梦想和初心的小女孩。

"你在舞台上展露出的笑容，照亮了许多人前行的路，你就是他们的星星。"杜卿垂着眉眼，冲她伸出手，"所以啊，请不要随意让自己变得黯淡。"

段"大明星"入住不来客栈的消息不胫而走。

她悄然离开的第二天，娱记和狗仔就在山谷中安营扎寨，将整座古宅包围起来，直到莫换拿着扫帚出去赶人，才纷纷扛着偷拍设备落荒而逃……杜卿倚在门边，边剥枇杷边给自家伙计助威，内心在盘算着：真不愧是每天都洗头的男人，连打人都这么潇洒，等回到城里，给那家伙添置几身新衣服吧？下次开店可不能再屈才了，指望他当块"活招牌"也挺不错。

两日后，苍穹山风景区"梦回千载"主题夜市如期举行。

虽然官方还有个说法是汉服节，来凑热闹的游客却穿什么的都有，有些服装款式杜卿能准确分辨出朝代，有些他也说不准，反正都挺别致。白日的歌舞表演集中在景区，入夜后，山道两侧灯笼一亮，人群自然而然分散到别处，他与莫换身着古装混迹其中，丝毫不会引来注意——如果忽视颜值的话。

入夜后的不来客栈依然灯火通明，熙熙攘攘。

为避免不必要的麻烦，杜卿特意备了一些长生花安放在各个角落，青白色花朵散发出的淡淡异香充斥着整座古宅，给山谷一隅增添了几分如梦似幻。这般时刻，即便有人误入正房，瞧见那些现世并不常见的木质家具和古旧物件，也会误以为是为了映衬夜市主题而做的仿制品。

客栈主人甚至允许他们在房间中拍照留念——反正等明天一早太阳升起来，所有与不来客栈相关的照片都会消失不见，一并消失的，还有关于这里的记忆。

渐入佳境。

涌动的人潮中不乏熟识的身影，远远瞧见孤身而来的百里烬，杜卿拨开人群，将他迎了过来。大概是为了顺应今日气氛，那家伙抛弃了西装革履的打扮，而是换了一套改良过的中式长款外套，还搭配了一副颇有年代感的圆框眼镜，煞是惹眼。两人先是彼此恭维了扮相，又在僻静的角落聊了会儿天，最后还是绕不过生意上的事。对杜卿不再续租古宅的决定，百里烬丝毫不觉得意外。对于拥有漫长寿命的守林人来说，"活下去"本就是一场没有终点的旅行，沿途的风景再美，也不可能为之停留太久。

"接下来打算去哪里？"

"唔，还没想好。"

"这样啊，那我再送你一样临别礼物吧。"百里烬从贴身的口袋里摸出一把古朴的钥匙，递到青衫束发的后辈眼前，"回头我把地址发给你，杜老板若有兴趣，休息够了，便顺路去看看。"

"这是……"

"在世间徘徊这么久，我一直有种预感，有朝一日会和你们相遇。于是，每找到一处时空裂缝，我都会想方设法买下最近的土地或者商铺，等待你们的到来……这地方，便是其中之一。"他深吸一口气，将自己从遥远的回忆中剥离出来，"既然做不成杜老板的搭档，那便做你的房东吧。"

"啊，还要付房租？"杜卿蹙眉，"谈钱多伤感情啊。"

"杜老板可别忘了，我也是生意人。"百里烬微微一笑，"不谈钱才伤感情吧？"

"说的也是，多谢。"

"不必客气，能和'同类'有所联系，才让我有真正活着的感觉，毕竟，我也是一个孤独了很久、已经被时间所遗忘的老怪物。"镜片后的双眼盛满不易觉察的温柔，百里烬轻声道，"后会有期，守林人。"

找到莫换的时候，他正被几个年轻女孩拉扯着合影拍照。

早知这家伙这么受欢迎，就应该在旁边放上收款二维码、标注"合影十元"才对，错失了商机啊……杜卿暗自打着小算盘，站在一旁，等人群散开些许，才慢悠悠踱步过去，将自家伙计"解救"出来。

莫换的脸色不算好，按着杜卿的肩膀，用目光将其上上下下检查了一遍："你方才在和百里烬说什么？"

"没什么。"杜卿示意他不必紧张，"道别而已。"

"真的决定要离开了吗？"

"怎么，你不舍得啊？"

莫换迟疑了几秒钟："……不是。"

识破了他对这座深山古宅的留恋，杜卿回身望了一眼人影绰绰的庭院，提议道："我们换个地方说话？"

除却正房里那几张椅子，莫换最常待的地方就是古宅高高低低的屋顶，无论是人形还是猫形，只要顺着小二楼的窗户翻出去，就能找到一个舒坦的、能晒到太阳或是沐浴月光的"特等席"。杜卿没有那么好的身手，莫换连拖带拽，终于把他弄上了屋顶。谁料那家伙刚坐下，就忙不迭从袖笼里掏出两罐冰啤酒，笑嘻嘻地递给他一罐，说是从客栈门口的摊位上蹭来的。

杜老板的酒量不太好，一罐啤酒没见底，眼角就晕染开一抹红。

华灯初上，月色醉人，他的话也比往常更多：从生意场上的血雨腥风到为人处世的中庸之道，从花木的换季养护到猫毛的修剪与清理……好不容易才得以喘气，不等同伴酝酿出嘲讽的语句，他忽而又道："莫换，你想过'单飞'吗？"

像是不经意，又像是深思熟虑过后，才问出了这么奇怪的问题。

莫换有些迷惑："什么意思？"

"就是解绑，散伙，各过各的。"杜卿用食指来回点着自己和他，试图用最浅显的语言来解释这个现代用语，"如果我说，我知道一个办法可以让你摆脱双生朽木的约束，不必再守着时空缝隙等待有缘人，不必再重复子夜过后收集养料的营生，无病无灾，永生喜乐，你愿意试试吗？"

沉默。

长时间的沉默。

长到杜卿开始怀疑自己是不是说错了话、惹恼了猫主子时，莫换才沉声道："我只有一个问题——如果我得到了解脱，你会怎样？"受制于双生朽木的状态，受制于同生共死的桎梏，他们不是没有思考过未来和彼此的喜悲结局。只是杜卿这一次只提及他，却对自己绝口不提，着实令人生疑，至少，让他觉得过于意外。

"我？我会怎样，这不重要吧？"

"不，这很重要。"

听得莫换笃定的语气，能言善辩的杜卿当即成了哑巴。

他一口气将啤酒喝完，仍然没有想到糊弄过去的言辞：按照百里烬的说法，想要逃脱双生亦或是双死的命运，除非一方完全变为木头……每每双生朽木养料不足，诡异的木纹便会显现在自己身上，很显然，只有他可能成为被"献祭"的一方。但如果就这么直白地说出来，对方肯定不会接受他这份好意。

"我讨厌噪音，我讨厌奇怪的电器和车辆，讨厌虚伪自私的人类，讨厌这荒唐又可笑的现世……还有你，一天到晚招惹我，神神叨叨一刻也不停歇，也够让人讨厌的。"莫换神色凝重地捏着手中的空易拉罐，语气依然冷冷冰冰，"但是，我喜欢现在的生活，无所谓住在哪里，无所谓要做什么事，我只希望，能够一直这样活下去……我的意思是，你别丢下我一个人……"

杜卿看着莫换，神情从讶异到欣慰，再到无奈，最后到释然。

是啊，养了这么久的猫，怎么可能丢下不管？他微微扬起嘴角，将目光投向隐于夜幕中的山峦："我明白了，往后，我绝不会再提起这件事——如你所愿，就让我们这样彼此牵制、彼此扶持，继续活着吧。"

阵阵夜风吹散古宅中的喧嚣，杜卿的声音轻而沙哑，莫换却听得清楚明白。

那是希冀，也是承诺。

解开心结之际，人群中忽然爆发出欢呼声，原来是附近空地上升起了孔明灯。寄托着美好愿望的纸灯飞向空中，山道两侧悬挂的灯笼绵延至远方，点点火光，如同千万颗落入这荒唐人间的星辰，点亮了前行的道路，也点亮了迷茫的心。

# 尾声

曲折蜿蜒的山道如同一条丝带，温柔地缠绕着苍穹山。

正值春分时节，前来山中踏青的游客络绎不绝，其中不乏一些不走寻常路、企图找寻新景致的"探险家"。景区往西的山道上，几个大学生模样的年轻男女低头研究着手里的地图，正在为"要不要继续前行"而争执不休。

"咱们还是折回去吧？方才饭店老板不是说了吗，这条是进山的路，再往前去，就没有能歇脚的地方了……"

"哎呀，你们怕什么呀！就这么一条路，还能走丢了不成？我的建议是，继续往山上走，看看星星、聊聊天，等晚点儿再回景区找地方过夜，怎么样？"

"我怎么听上一届来苍穹山写生的学长说，谷地附近有一处景点，好像是……是一座古宅来着？但导航上没有显示啊，问当地人也都说不知道，难道是学长记错了吗？哎，我们要不要再找人问问路？难得来一趟，别留遗憾嘛！"

就在其他人各抒己见时，有个完全没有进入状态的女生忽然兴奋地指向不远处："你们快看，那棵树长得好奇怪哦！难道是什么'网红打卡点'不成？我们过去看看吧，顺便拍张照！"

"你眼神是不是有问题？明明是两棵树！"梳马尾辫的女生纠正她，"连一片树叶都没有，应该是早都枯死了，有什么好看的？"

"树和树……长到一起去了吗？和拧麻花似的！咦，居然还有人闲着无聊在树枝上挂苹果……喂鸟吗？好蠢！"

"嘘，你们小点声，别被人家听到啦。"

有男生小声提醒着，顺势向前方抬了抬下巴：路边停着一辆"饱经风霜"的银灰色私家车，不偏不倚，就在双生树下，车身旁站着两个身形高挑的年轻男人，似乎是在停车观赏旅行途中的风景。其中稍矮的那人，手里还抓着啃到一半的苹果，一对上视线，那家伙便颇为自来熟地冲他们挥手打招呼，不着痕迹地眨了眨眼。

男生们不约而同认定对方是冲着队伍里的几个女生而来，怒不可遏地瞪了回去，在看清另外一人过分出众的样貌后，又被巨大的挫败感给击溃，纷纷开始提议折返。不料，女生们却嘀咕着"我去问个路"，争先恐后冲了过去……

像是一场因缘而生的相遇。

又像是，一场因果而起的离别。

"走吧。"男人将没吃完的苹果随手搁在树下，打开车门，冲同伴弯起眉眼，"再不走的话，我可救不了你了。"


从旧货市场低价淘来的二手车艰难地沿着山道向东前行。

好不容易得以脱身，新手司机的脸上却并没有一丝喜悦，他攥紧方向盘，赌咒般地恨恨咬牙："这破车，也不知道能不能撑到山下的加油站……等我手头有了闲钱，一定换辆新车！"

　　副驾座上一身黑衣的男人始终阖着眼，强忍着晕车所带来的不适，并没有应声。

　　像是为了替同伴缓解症状，掌方向盘的人故意没话找话："喂，你不问我接下来要去哪里吗？"

　　"不问。"

　　"也不问我接下来要去做什么吗？"

　　"不问。"

　　"唔，你对我也太放心了吧？"

　　"你去哪里，我就去哪里，你做什么，我就做什么，一直以来不都是这样吗？"穿黑色风衣的男人睁开眼，透着一点淡金色的眼眸缓缓瞥向左侧，声音低沉却笃定，"没什么好问的。"

　　得到了出乎意料的答案，新手司机先是一怔，随即展露出浅浅的笑容。

　　出了景区，再经过一个多小时车程，已经能听见山下居民区的喧哗。

　　从逼仄的老街旧巷，到闪烁着霓虹灯的摩天大楼，处处都有烟火，处处都是人间，无论在何处停留，无论以何种身份融入其中，想来都是很好的——和曾经那些或平静、或纷扰的岁月，一样好。

　　因为，无论年轮怎样更迭，这世上总有一些东西，是不会改变的。